JN038341

うそをつく子

助けを求められなかった少女の物語

トリイ・ヘイデン　入江真佐子 訳

LOST CHILD

早川書房

うそをつく子

――助けを求められなかった少女の物語

LOST CHILD
The True Story of a Girl who Couldn't Ask for Help
by
Torey Hayden

Translated by
Masako Irie
First published 2021 in Japan by
Hayakawa Publishing, Inc.
This book is published in Japan by
arrangement with
Curtis Brown Ltd.
through Japan Uni Agency, Inc., Tokyo.

装画／大竹茂夫
装幀／早川書房デザイン室

パートI

1

三月に今年初めてのヒバリを見た。もちろん、生きているヒバリではない。わたしたちがいる高地で風の強い荒地《ムーア》では、ヒバリが現れるにはまだまだ早すぎる。そのヒバリはＡ４の用紙に描かれていたものだ。プリンターで使うふつうの紙で、最初見たときにはわたしはその鳥をまったく見逃していた。メレリが右下の隅を指さした。読書用の眼鏡をかけ、わたしは紙を車の窓のほうにかかげて、わたしの親指の爪くらいの大きさしかない絵を見た。その日は典型的なウェールズの気候、つまりどんよりと曇っていて――霧と呼ぶには重すぎ、小ぬか雨というには軽すぎる――「霧雨」が降っていた。そのため車の後部座席は打ち捨てられた礼拝堂のように薄暗かった。紙をよく見ると、とげがあるように見える草むらの真ん中に小さな鳥がうずくまっていた。鳥の目は輝き、まるでわたしの知らないことを知っているような、抜け目なさそうな表情をしている。羽は鮮やかな色で、ヒバリというよりはコンゴウインコのようだった。用紙の右端に立ち上がるように小さな音符が描かれていて、ヒバリが歌っていることを示している。

「なかなかの才能だと思わない?」とメレリがきいた。「その子、まだ九歳なのよ」

「何て名前だっけ?」

「ジェシー。ジェシー・ウィリアムズよ」

とても正確で複雑に描かれたその絵の細部に、わたしは魅了された。

メレリはひざの上にあった蛇腹式の書類ファイルを開け、さらに三枚の絵を取り出すと、わたしに渡した。二枚はわたしがすでに手にしている絵のようにフェルトペンで描かれていた。が、残りの一枚は鉛筆で描かれており、線があまりに薄く細いので、薄暗い光の中ではよくわからなかった。どれも同じ小さな鳥がじっとわたしを見ていた。

「あの子がこういう絵を描くってところがわたしは気に入っているの。どの絵も楽しそうでしょ。まるでジェシーにもまだ希望があるみたいで」とメレリがいった。


わたしがメレリ・トーマスに初めて会ったのはもう何年も前のことだった。カーディフにあるウェールズ語で放送するテレビ局S4Cのスタジオの出演者控室でのことだった。わたしたちはふたりともモーニングショーに出演することになっていたのだ。わたしは自著のプロモーションのためにその場におり、彼女は子どもの権利に関するパネル・ディスカッションに参加するために来ていた。メレリはすぐにわたしの注意を引いた。おそらく他のだれもがそうだっただろう。目鼻立ちのはっきりした顔に、大きな黒い瞳と長くて黒い髪が魅力的で、ほとんどイタリア人といってもいいくらいだった。そして鮮やかなエメラルド・グリーンの、身体にぴったりとした二ットのワンピースを着ていた。そんな特徴だけでも十分に人目を引くのに、メレリはテレビで人気の料理研究家、ナイジェラ・ローソンにそっくりだったのだ。一瞬わたしはナイジェラ本人だと思い、どうして彼女が子どもの権利に関するウェールズ語のパネル・ディスカッションに出演するのだろうと興味を持った。

出演者控室はいつもぴりぴりした雰囲気だ。テレビカメラの前に行くのを待っている者はほぼ全員がそれぞれの理由で不安を感じている。したがって、たとえお互い知らない者同士でも、控室で一緒にすわっている人々が神経をなだめるために他愛ないおしゃべりをするのはよくあることだ。だが、今回はそれがわたしにとってはなかなか難しかった。みんなウェールズ語でしゃべっていたからだ。わたしはこの言語を習ってからまだ日も浅かったので、それほどうまく話せなかった。しかもわたしのアメリカ人の口ではウェールズ語の発音がまだうまくできないものもあった。だから、あのときの記憶といえば自分がへまをしたことしかない。ちょっとしたおしゃべりにぴったりの話題は、いつも天気に関するものだ。それで、わたしは最近の身がひきしまるようなぴりっとした凍てつく寒さの日々（crisp frosty days）を自分がいかに楽しんでいるかをいおうと思ったのだ。わたしの発言が予想外に大受けしたので、わたしは「凍てつく寒さ（frost）」にあたるウェールズ語の発音が、ウェールズ語の「セックス」にあたる言葉にそっくりなことに気づいた。

メレリとわたしが再び会ったのは、これもカーディフで開かれたソーシャル・ワーカーとその他の若者支援ワーカーたちのための小さな会議のときだった。豊かな黒い髪と身体にぴったりとした服装で、わたしはすぐに彼女に気づいた。わたしたちはわたしのドジ話の思い出に笑い合ったが、わたしのウェールズ語はそのころよりもさらにひどくなっていることを認めざるをえなかった。わたしは方言がずいぶんちがう別の地域に引っ越していたからだ。ウェールズ語を読むのはまだまあまあできたが、しゃべるのはほとんどやめてしまっていた。

わたしがその事情を説明すると、「そこはわたしの地域だわ」とメレリがいった。「わたしが住んでいるところよ！」そういってから、「まあ、そんなに近くにいるのなら、ぜひグラン・モルファにいらして。あなたに会ってもらいたい子どもたちが大勢いるのよ」

海岸沿いの町から町へと続いている大規模に都市化された海岸線の道路を、子どもたちのグループホーム、グラン・モルファへと車で連れていってもらうまでに、それからさらに二年がたっていた。

いまでは使われていない石切り場のために作られ、閉鎖されてしまっている工業用の港から、壊れたジェットコースターやシャッターが下りた売店などが目立つ、わびしい海辺の遊園地にいたるまで、この地区全体が荒廃していた。やがてホリデーパーク（キャンピングカーで旅行する人たち用の宿泊設備）が果てしなく続くのが見えてきた。錆の浮いた色あせたキャンピングカーが何列も何列も続いている。オフ・シーズンのいまは全部空っぽだ。

わたしたちの乗った車は、このようなキャンピングカー用の駐車場ふたつのあいだを縫う一本の細い道へと入っていった。道路はひどいでこぼこで、車は速度を極端に落とさなくてはならなかった。実際、車があまりにも激しく上下するので、後部座席のわたしたちはぶつかり合い、笑うしかなかった。やがて、海風のために変形した貧弱な木の藪を通り抜けると、長くて低い建物が見えてきた。ブルータリズム建築特有のコンクリート打ちっぱなしの建物は、それが一九六〇年代に建てられたことを示していた。窓のまわりの白いペンキは剝げ落ちていた。小石を埋め込んだ壁はおかゆの色をしている。このような殺風景な環境にわたしが戸惑っているのを察したメレリが「議会が今年はペンキを塗りなおす予算を立ててくれるよう願っているところよ。もっとも、彼らはそのお金を道路を補修するほうに使うとは思うけどね」といった。

しかし、中は別世界だった。入口部分は明るく照明がなされていて、白とトルコブルーの鮮やかなグラデーションに塗られていた。グループ活動や外出の日を知らせる掲示板には、ポスターや写真が貼られていた。突き当たりはガラス張りのオフィスで、壁にはカレンダー、個人個人のスケジュール、たくさんの子どもたちの写真が貼ってあった。わたしは担当スタッフのジョーゼフとエニールに紹介された。

わたしがオフィス・エリアに入っていくと、エニールが電気ポットのスイッチを入れ、マグカップを四つ取り出してその中にインスタントコーヒーを計り入れた。「ミルクは入れますか？」ときくと、彼女はわたしが答える前にミルクを入れた。ジョーゼフが紫色の缶を開けると、中にはいろいろなビスケットが入っていた。「ラッキー。まだペンギン印のチョコバーが残ってた」彼は陽気にそういうと、わたしにひとつ手渡してくれた。

わたしたちはひじょうに楽しい十五分を過ごして、お互いのことを知り合った。エニールは二十八歳。このグループホームで四年間働いていた。まだ幼い娘の学校のスケジュールとうまく合うので、ここのシフトが気に入っていた。いまは夏休みにマジョルカ島に行くのを楽しみにしていた。ジョーゼフは四十代前半というところだろうか。ここグラン・モルファでほぼ十年と、だれよりも長く働いていて、いまはデイ・マネジャーだった。この仕事が気に入っている、と彼はいった。ほとんどの人にとって、この仕事はキャリアにはならないが、自分にとってはキャリアだ、と気づいていた。彼は「前線にいる」ことを楽しんでいた。そこではグラン・モルファにやってくる子どもたちを助け、彼らをここにいるあいだに成長させて変えることができるからだ。彼は子どもたちに帰属意識や、自分が気にかけられているという感覚を与えようとしていたし、これは実際うまくいっているようだった。なぜなら「卒業生」――十八歳になりソーシャル・サービスの制度から出ていった子どもたち――の何人もが、いまだに定期的にジョーゼフに会いにきていたからだ。

コーヒーを飲み終わってから、メレリとジョーゼフはオフィスに隣接した廊下を通って、わたしを家具を押し込んだ小さな部屋に案内した。ひとつの壁に沿って茶色い肘掛け椅子が二脚と小さなファイリング・キャビネット二個が置かれ、反対側の壁際にはすり減ったベージュのソファが置いてあった。中央には、そのまわりを通れるかつかつのスペースを残して、頑丈な木のテーブルがあった。テーブルの表面は模様のついた白い合成樹脂になっており、オレンジ色のプラスチックの椅子四脚がくっつくように置かれていた。

「立派じゃないけど」と、悪びれず事務的な声でジョーゼフがいった。「ここがぼくたちのセラピー・ルームなんだ。というか、かっこつきの『セラピー・ルーム』というべきかな。というのも、ここは会議室でもあり、面接室でもあり、子どもを混乱から引きはがして話をしなければならないときの部屋でもあり、それからご覧のとおり、倉庫でもあるからね」

メレリはジェシーを呼びにいっていたので、わたしはテーブルの右側にある椅子を選んで腰かけた。

数分後、ドアが開いてメレリが女の子と一緒に入ってきた。「ジェシーよ。それからジェシー、こちらはトリイ」と彼女がいった。

その子はわたしに向かって暖かい人なつっこい笑みを浮かべた。

彼女はどこか古風な感じのかわいい子だった。もっともその感じは彼女の服装から来ただけのものかもしれなかった。彼女の年齢の女の子のほとんどが身に着けているレギンスと色鮮やかなセーターではなく、ジェシーは一九七〇年代だったら場ちがいには見えなかっただろう、洗いざらしの木綿のワンピースにベージュのカーディガンを身に着けていた。髪はまっすぐで肩まで届かないくらいの長さだ。穏やかな赤毛で、横分けにして顔の横でクリップでとめていた。目は緑色。小柄で九歳という年齢よりも小さく見えた。

「こんにちは」とわたしはいった。「ここにすわらない?」とテーブルをはさんでわたしの真向かいにある椅子を示した。その椅子が彼女が立っているところからいちばん近かったからだ。

ジェシーはその椅子にはすわらなかった。代わりに、テーブルをまわりこんでやってくると、わたしの隣の椅子を引いた。だが、すわりはしなかった。そうはせずに、立ち止まったまま、値踏みするようにじっとわたしを見つめた。

「あたし、髪の毛を寄付したの」と彼女はいいはじめた。「だからあたしの髪はそんなに長くないの。前はここまであったんだよ」ジェシーは二の腕の半分くらいのところを示した。「でも、切ったの。その髪は、ガンで髪の毛がなくなっちゃった女の子のためのかつらになるんだよ」

「それはいいことをしたわね」この思いもかけない情報の洪水に、わたしはいった。

「あたしの髪の毛はすごく速く伸びるんだ」

「親切なことをしたのね。さあ、すわったらどうかしら……トーマス先生にはソファにすわってもらいましょうか。で、あなたはその椅子にすわればいいわ。一緒に遊べるものを持ってきているのよ」とわたしはいった。

ジェシーは動こうともしなかった。「あなたの髪、すてきね。触ってもいい?」と彼女はいった。

そしてわたしが答える前に、触った。「すごくすてきな髪」

「ありがとう」

「くるくるカールしてる。映画スターの髪みたい。あなた、映画スターなの?　だって映画スターってこんな髪をしてるもの」

わたしの髪は映画スターのような髪ではなかった。モンタナの乾燥した気候の中で暮らしていたときには、「ボリュームがある」とみなしていたものは、ウェールズの湿気の中では手に負えず、どうすることもできないらせん状のものに変身してしまっていた。ほとんどの日々、わたしはまるで羊だった。

ジェシーはひと房の巻き毛を長さいっぱいまで引っ張り、けっこうな強さでそのまま引っ張っていた。彼女の視線は揺るぎない。「この髪の毛を寄付できるのに。長さもあるし。そのこと考えたことある？」

「わたしの髪はちょっとカールしすぎだと思うわ」

「親切なことなんだよ、髪の毛を寄付するって。寄付すべきだよ」

「ありがとう、考えてみるわ」とわたしはいったが、この会話は出だしから失敗したかも、と感じはじめていた。

「あなたは映画スターなんでしょ。だから髪の毛を寄付しないんだ」

「お世辞でもありがとう。でも、髪の毛を離してくれない？　あなたの持ち方、ちょっと強すぎるんだけど」

ジェシーはじっとわたしを見つめたままだったが、彼女の唇にごくわずかに挑みかかるような笑みが浮かんだ。彼女がいまこの状況をコントロールしていて、ジェシーはそのことを知っていた。それをわたしがわかっていることも、知っていた。

「すわってくれないかしら？」とわたしは再びいった。

「へんな声」

「そう？　わたしのアクセントのせいね。アメリカ英語だから。すわってくれない？」

「これ、なに？」ジェシーはわたしの髪から手を離すと、テーブルの上に身を乗り出し、わたしが持ってきた革のかばんをつかんだ。それはわたしが『お道具箱』と呼んでいるものだった。かつては文字通り厚紙製の箱で、中にはペン、紙、指人形、カードゲームなど子どもたちが喜びそうなものが入っていたからだ。最近では、そういうものがもっと実用的な肩掛け型のかばんに入れられていた。

ジェシーはバックルをはずして中を見た。とたんに彼女の目が輝いた。「すごい！　ステッドラーのペンだ。それも、まだ封も切ってない！　まだしっかりとシールで止めてある。これ、使おうっと。何か絵を描こうっと。ここに紙も入ってる？」

わたしは開いたかばんに手を置いた。「まず、少しお話ししましょう。お互いのことを知り合いましょうよ」

「どうして？」

「そのほうが助けになるでしょ？　そう思わない？」

「思わない」ジェシーはペンを一本容器から取り出すと、自分の腕に絵を描きはじめた。

「そういうのはやめましょう」といって、わたしは彼女の手からペンを取った。

わたしたちの後ろのソファにすわっていたメレリが、身を乗り出していった。「絵を描く時間はこれからいくらでもあるわ。トリイは毎週あなたに会いに来てくれるのよ」

「どうして？」とジェシーがきいた。

「あなたのためだけに誰かがいてくれるってすてきなことだと思っているからよ。あなたを困らせていることを助けるためにね」とメレリが答えた。

「何も困ってないもん」とジェシー。挑みかかるような口調ではなかった。強いていえば、わずかに謝っているような口調といえたかもしれない。何の理由もないのにわざわざ遠いところから来たわたしに申し訳なかったとでもいうように。

「お互い相手のことを知るために、少し時間を過ごしましょう」とわたしはいった。「どういうことに興味があるのかいってくれる?」

「こういうもの」ジェシーはペンを指さした。

「そう。絵を描くのが好きなのね? その他にやっていて楽しいことは?」

ジェシーは大げさに肩をすくめてみせた。「わかんない」

「じゃあ、アイスクリームから始めようかな。アイスクリームではどんな種類のものが好き?」

「あたしは乳糖不耐症なの」

「ジェシー」とメレリが割って入った。「あなたはそうじゃないでしょ」

「ううん、そうだよ。乳製品を食べると吐いちゃうもん。先生が知らないだけだよ」

「いいわ」とわたし。「じゃあ、テレビはどう? お気に入りの番組はなに?」

ジェシーは大げさに息を吐き出した。「もうこのペンを使ってもいい?」

テーブルのわたしの真ん前にはジェシーが描いたヒバリの絵が入ったファイルがあった。わたしはそれを開けて、その絵を取り出してテーブルに置いた。「トーマス先生があなたのすばらしい絵を見せてくださったのよ。あなたがヒバリに使った色が好きだわ」

ジェシーはもう一度いらいらしたようにため息をつくと、テーブルにつっぷし、「ったく」とつぶやいた。

「いますぐにそのペンを使いたい、と思ってるのね」

「えー、そうだよ」とジェシーはテーブルに向かっていった。まだ額を樹脂のテーブルトップに乗せていたが、わずかに身をよじり、左腕を上げてメレリのほうを覗き見た。「この人っていつもこんなふうなの？」とまじめくさった声できいた。わたしたちはふたりとも噴き出してしまったが、それこそジェシーが意図していたことだと思った。

ついにジェシーは身体を起こすと、ヒバリの絵をつかんで自分の顔の前にかかげた。「あたしはこれをイドリスのために描いたんだよ。ペンを貸して。ここに彼の名前を書くから。そうしたらみんなにこの絵はイドリスのために描いたんだってわかるから」

「イドリス、って誰なの？」とわたしはきいた。

「お兄ちゃんだよ。十八歳。スイスに住んでいるんだけど、来週あたしを連れ出しに来てくれることになってるんだ。あたしたちリルに行くの。レジャー・センターに。だから、ペンを貸して。お兄ちゃんの名前を書くんだから。これはほんとにお兄ちゃんのための絵なんだから。あなたが持ってちゃいけないんだよ。そういうところがこの場所のいけないところだよ。先生たちがあたしの絵を持っていっちゃって。あたしは家族のために絵をとっておきたいのに」

「ジェシー、いまの話はどれもほんとじゃないじゃない」とメレリが割って入った。

「ほんとだよ。ほら、先生はあたしの絵を全部このファイルに入れてるじゃない。これはあたしの絵だよ。先生のために描いたんじゃないもん」

「いいえ、ジェシー。ほんとうじゃないといったのは、お兄さんのことよ。あなたにはお兄さんはいないでしょ。スイスに住んでもいないし、あなたたちはリルにも行かないわ」

「ううん、あたしにはお兄ちゃんがいるもん」とジェシーは鋭い声でいった。

「いいえ、いません。お願いよ、ジェシー。このことは前にも話したわよね。ずっと前のことよ。発達プランのことを覚えてる？　作り話をすることについて話したのを？」とメレリがきいた。

「あたしにはお兄ちゃんがいたもん。先生が知らないだけだよ。お兄ちゃんは殺されたの。あたしが赤ちゃんだったころに」

「ジェシー……」メレリが警告するような声でいった。

「お兄ちゃんはナイトクラブにいたんだけど、タバコを吸うために外に出たときに悪いやつらがやってきたの。そいつらがお兄ちゃんの頭を銃で撃って、お兄ちゃんの死体を大きいゴミ箱の中に入れたんだ」

「ジェシー、やめなさい」メレリが警告した。「ルールのことはわかっているわね。タイム・アウト（罰としてひとり隔離されること）になるわよ」

ジェシーは口元に作り笑いを浮かべて、わたしを横目で見た。そしてまるですべてはゲームだったといわんばかりに、悪びれずに肩をすくめた。

ここからどう会話をつづけていいのかわからなくて、わたしは彼女にペンを渡した。

ジェシーの目が輝いた。ペンの容器をもう一度開けると、声を出して数えながらペンが全部で二十本あることを確認した。深緑色のペンを取り出すと、彼女はヒバリの絵を描いた用紙を自分の前に引き寄せた。そして、その紙を裏返した。裏側には何も描いてなかったので、彼女は小さな線を二本試し描きした。それから他の色もそれぞれ取り出し、ひとつずつ同じように試した。

「きっちりと正しく描きたいの。イドリスがあたしのことを誇りに思えるように」とジェシーはいった。それから紙を持ち上げると、青白い蛍光灯の光の下であちこちに傾けながら、いろんな色で描いた印を注意深く見た。まるでとても重要なことであるかのように。それから紙を下に置いて、ヒバリが描いてあるほうの面にもどすと、何本かのペンを手に取った。それを長いあいだ一生懸命見ていた。どうしようかと慎重に考えているのだ、とわたしは感じた。彼女が考えているのをそのまま感じることもできた。が、次にどうなるのかはわからなかった。彼女の行動はわたしには奇妙なまでに支離滅裂に思えた。まるですべてがわたしにはわからない文脈の中で行なわれているかのように。紙の上にものを書いたり描いたりする際のふつうの段階は、そこにはなかった。

ジェシーは最初に選んだ深緑色のペンを再び手にすると、もう一度これでいいかどうか考えて、それから突然紙の上にひどく乱暴な動きで走り書きを始めた。

最初、わたしは本能的に止めようとした。彼女はあのすてきなヒバリの絵を完全にめちゃくちゃにしていたからだ。が、わたしはそれを我慢して、彼女に続けさせた。前に後ろに前に後ろに、と彼女は広範囲に激しく線を引きつづけた。やがて彼女は激しい運動をしているかのように息を切らしはじめた。

わたしはジェシーの頭越しにメレリを見た。メレリが目を大きく見開いていることから、ジェシーの行動を奇妙だと思っていることはわかったが、彼女の表情からこういうものを見たのはこれが初めてではないとわたしに告げているのがわかった。

三分か四分ジェシーはなぐり書きをつづけ、ついには紙全体を塗りつぶしてしまった。ヒバリも、ヒバリがいた草むらも、側面を昇っていくように描かれていた音符もすべて深緑色のインクの下に消えてしまった。ついにジェシーはあえぎながら後ろにもたれ、両手をだらりと身体の両側に垂らした。「他にも紙があればいいんだけど」と彼女はわたしにいった。

わたしはおぼつかなげにうなずいた。

「この紙は塗りつぶさないといけなかったんだ」

「あなたは怒っているのかしら。わたしたちがイドリスの話はほんとうじゃないっていったから。それでわたしたちからあの絵を取り上げようとしたの？」とわたしはいった。

「ううん」とジェシーは気のない声でいった。「悪魔をあたしの中から追い出したかっただけ」

「どういうこと？」

「トーマス先生から聞いてない？」ジェシーは肩越しにメレリのほうを顎で示しながら、いった。

「聞いてない、って何を？」

「あたし、取りつかれているの。悪魔祓いを待っているところなんだ」

「いいえ、そんなことは聞いてないわ。だってトーマス先生がそんなことを信じているはずないもの。わたしも信じてないし」

「いいんだよ」とジェシーは明るくいった。「みんながほんとうだって信じる必要はないもの」

「そんなことがほんとうだなんてわたしは受け入れられないわ。わたしはすごく大勢の子どもたちと長年仕事をしてきたけど、悪魔に取りつかれた子なんてただのひとりもいなかったわ。ほんとうにはね。ときどきひどいことをする子はいたわよ。ときにはほんとうにひどいことをする子もいた。でも、それはその子たちが怖がっていたからなの。あるいは混乱していたからなの。あるいは、その子たちが自分を助けてくれる人をほんとうに心底必要としていたからなのよ」

「それはその子たちの話で、あたしのことじゃない。だって、あたしの中にはほんとうに悪魔がいるんだもん。ほんとうに、だよ」とジェシーが答えた。

「わたしはそんなこと信じないわ」

ジェシーはかわいい顔で微笑んだ。「そのうち信じるようになるよ」

2

一九七〇年代初頭にわたしがアメリカで教職についたとき、わたしたちはまだ子どもの精神疾患と共に前に進む方法を模索している最中だった。牛追い棒を使って自閉症の子どもを社会に適応させることが、極端だとしてもまだ受け入れられるものとみなされていた。家庭内暴力も身体的な児童虐待も、不適切なことだと認識されはじめたばかりだった。しつけと称して子どもを怪我までさせるのは決してよいことではないが、親に従うということがいまよりもずっと重んじられていて、子どもたちに行儀よく振る舞わせるための方法は、法廷ではなく家庭で決めるべきことだと思われていた。それが当時の人々の考え方だった。よほど劣悪な環境である場合を除いて、子どもへの性的虐待など存在しない、とほとんどの人が思っていた。

今の時代に、あのころがどんなふうだったか想像するのは難しい。専門家がどうして自分たちが行なっていたことをあんなふうに考えることができたのか、今では生まれつきのものとわかっている多くのことに関してわたしたちがどれほど親を責めてきたことか、ひいては子どもたちがわたしたちにあんなに多くのことを語ってくれていたというのに、どれほどわたしたちが聞き入れず、見てもいなかったことか。わたしたち専門家の無知のせいで子どもたちの家族にもたらしてしまった苦悩のことを考えると悲しくなる。

それでも、あの時代の無邪気さから生じた魔法のようなこともあったのだ。薬物療法はほとんど知られていなかった。保険会社がかかわってくることもまずなかった。起こっている問題が化学的不均衡のせいや遺伝子によってすでに決まっていたことだとされることはめったになかった。その代わりに、わたしたちはその子を理解するために子どもと一緒に時間を過ごすことに頼っていた。そして、わたしたちが直面している問題のほとんどにまだ答えを得ていなかったので、何かを変える可能性は常にあった。

それでも、わたしたちが一歩進むごとに、資本主義がすぐ後からついてきた。何かがうまく行きそうになると、問髪をいれずだれかがそれについての本を書き、だれかがそれについての活動プログラムを作り、だれかが金銭を請求しはじめた。薬剤も急激にこの鎖の一部になっていった。一九八〇年代にまずリタリンが登場した。このときから形勢が一変した。

精神医学と製薬会社の関係はあっという間に排他的なものになっていった。新しい薬が開発されるにつれて、わたしたちの診断の際のバイブルともいえるＤＳＭ（精神疾患の分類と診断の手引き）は膨大なものになっていった。これは新しい精神疾患が発見されたからではなく、保険会社が急騰する処方薬の価格をカバーできるように、人間行動のちがいが精神疾患として再分類されたからだ。

八〇年代初頭にイギリスにやってきたとき、わたしはアプローチの仕方がまったくちがうことに驚いた。アプローチの仕方がちがっているだけではなく、まさに考え方がまったくちがっていたのだ。契約書もなければ、ＩＥＰ（個人別教育計画）もなく、薬物も保険会社もなかった。教育と医療コミュニティとソーシャル・サービス間で照会しあうという体制を含めて、わたしがアメリカの学校や治療施設で慣れていたシステムの大部分がここにはなかった。

最初のころ、特別支援が必要な子どもたちを扱うイギリスの制度が、わたしにはボロボロに見えた。建物は古色蒼然としていまにも崩れ落ちそうなほど古いものが多かった。文字通りにそうだったのだ。教材は不足気味のことが多く、子どもたちは教科書やその他必要なものを共用で使っていた。学校に配置される心理学者のような専門家はまずいなかった。しかし、とりわけ不思議に思われたのは慈善団体の存在だった。政府が自分たちでサービスを提供する余裕がないときには、わたしがアメリカで慣れていたその活動を任されている人たちではなく、大小とりまぜての慈善団体がその不足を補っていた。市内の就学前プログラム、朝食プログラム、学習支援、相談室、多数の独自の特別支援の提供などを慈善団体が供給していることがわかってきた。中には政府のサービスとじつにうまく統合されている慈善団体もあって、だれがどのサービスを提供しているのかわたしの目には必ずしもはっきりしないこともあった。

アメリカにも慈善団体はあったが、それらは宗教団体か、あるいは主に研究に携わっている大企業と関連していることが多かった。彼らはすぐ目の前にやってきて、個人的に日常の地元のプログラムの日々のサービスを提供するようなことはしていなかった。政府と非政府組織がこのように密着した形で働いているところをそれまで見たことがなかった。わたしたちがアメリカでやっていたこととはちがうけれど、ここのシステムはちゃんと機能している、ということが間もなくわたしにもわかってきた。それどころか、専門家を使うプログラムを支援するための人口も地元の収入もないような貧しいコミュニティや片田舎のコミュニティにとって、慈善団体の存在はライフラインとなっていることが多いこともわかってきた。

アメリカとはちがうこのアプローチに慣れてくると、わたしはそれが好きになっていった。このやり方はわたしがアメリカに残してきたものよりもより自由で柔軟だった。そして、いまは子育てと、作家以外の仕事は許されないというビザの制限のために規制されている、わたしのスキルのかっこうのはけ口だとわかった。ボランティアで働く分にはわたしは自由だった。そんなわけで、わたしは間もなく、この国に着いた当初あれだけわたしを驚かせたシステムの一部となり、ある大手の慈善団体を通じて地元の子どもたちの世話をする地位についたのだった。

ジェシーと会った後、メレリとわたしはスタッフルームにもどった。彼女がふたり分の紅茶を入れてくれているあいだに、わたしはテーブルについて、分厚いファイルを引き寄せて開いた。ご多分に漏れず、ここにいる子どもたちの背景は家庭崩壊、暴力、薬物とアルコール依存など、機能不全そのものだった。しかし、ジェシーの家族についての記録はこの種の絵を描いてはいなかった。父親のグウィルはアーティストで、母親のダイアンは地元のスーパーマーケットで働いていた。彼らは一九八〇年代に建った公営住宅を買い取るというマーガレット・サッチャーの購入権スキームを活用しており、自分の家を持っていることを誇りに思っていた。グウィルは熱心な園芸家でもあり、色鮮やかなハンギング・バスケットを仕立て上げて地元のコンテストで受賞していた。この家族にはジェシーの他に三人の姉がおり、さらにジャック・ラッセル犬がいた。

ジェシーは予定外の赤ん坊だった。彼女の妊娠がわかったとき、両親は四十六歳と五十歳だった。したがって、生理が止まったとき、母親は最初更年期が始まったのかと思った。「しつこい膨満感」が何か月か続いたので、ダイアンは婦人科を受診した。子宮摘出が計画されたが、超音波検査の結果、彼女が抱えている問題にまったくちがった説明がつくことが判明した。ダイアンは妊娠五か月だったのだ。

これは歓迎すべきニュースではなかった。上のふたりの娘、ネスタとケイトは十八歳と二十歳ですでに家を出ていた。三女のジェンマは八歳だった。上のふたりの娘たちがすでに十代だったときに生まれたジェンマも、予想外の赤ん坊だった。ダイアンがジェンマを妊娠していることがわかったとき、がっかりしたと両親は認めている。彼らは上の子どもたちが育ったことからできた自由を楽しんでいて、夏にアイルランドを旅してまわろうと小型のキャンピングカーを買ったばかりだったのだ。新たに赤ん坊が生まれればそんなことはしていられなくなる。キャンピングカーは売られ、そのお金は三番目の子どもの養育費に当てられた。とりわけダイアンはこの新たな家族の形を受け入れるのに苦労した。彼女はジェンマを出産後、三週間も入院するほどのひどい産後うつにかかった。

そこにジェシーがやってきたのだ。もっと早くわかっていたら中絶したのに、とダイアンがいったと報告されていた。さらには後期中絶の可能性さえ調べた、と。もしジェシーが男の子だったら、事態はもっと簡単だったかもしれない、ひょっとしたら自分たちはもうひとり子どもを持つという考えに慣れたかもしれない、とグウィルはソーシャル・ワーカーに語っている。しかし、ジェシーは四番目の女の子であり、ジェンマの後にまた「予定外の子ども」を持つことになるなんて、じつに不公平だと感じたという。グウィルが彼の芸術作品から得るお金では四人はおろか三人の子どもを育てるにも足りなかった。ジェシー誕生のときに家族はかなりの借金をしたので、グウィルはアーティストとしてのキャリアをあきらめ、地元の自動車工場で働かざるをえなくなった。

ジェシーが未熟児で生まれてきたことが事態をさらに複雑にした。彼女は生後三週間を特別新生児室で過ごし、その後家に帰ってきたが落ち着かなかった。ジェシーは絶えず泣き、授乳を拒否し、飲んだものを吐き出すことが多かった。ダイアンはなんとか対処しようとがんばった。ジェシーが母乳をうまく飲んでくれないことに焦った彼女は、人工乳に切り替えた。これが事態をさらに悪くした。ジェシーは牛乳アレルギーと診断されたのだ。そしてその後間もなく大豆アレルギーでもあるといわれたので、ついには特別のミルクを処方された。三か月のときに体重が三・六キロしかなかったので、ジェシーは「発育不全」として再び入院した。彼女はその四か月後、やはり発育不全で体重が足らず、不機嫌で落ち着かないのでもう一度入院した。ジェシーが「危険にさらされている」子どもと認定され、ソーシャル・サービスに要観察と登録されたのはこの時点だった。

わたしはこれに興味を引かれた。その子のことを心配する何かがあり、ソーシャル・サービスに連絡をとるほどのことがあったことを示していたからだ。「危険」リストに登録されるのは、ふつう虐待かネグレクトが疑われるか、あるいは親が子どもを育てる能力に深刻な欠陥が見られる場合に限られる。しかし、わたしが読んだものからはジェシーには健康上の問題しか見られなかった。それなのにどうして照会されているのだろう？

ダイアンは再び産後うつに陥った。このうつの症状がどの程度のものかの記述はなかったが、ジェシーの生後一年のあいだにダイアンも二度入院したという記録はあった。同じくこの間《かん》だれがジェシーの面倒を見ていたのかも書いてなかったが、父親か姉たちだったのだろう。

ジェンマのときもそうだったが、最初の一年が過ぎるころにはこの家族も落ち着いてきたようだった。生後すぐにはいろいろ問題があったにもかかわらず、ジェシーは十八か月検診ではすべての重要な発達の審査事項を達成し、月齢のわりには小さかったが健康そうだった。検診のとき、ダイアンは感じがよく協力的だと記録されており、質問者に彼女はメンタル・ヘルスの問題を克服したという印象を与えていた。ジェシーは頭がよくて愛想のいい子だと記録されていた。

それから不明な数年間がある。公式にそれに触れたものは見つけられなかったのだが、ソーシャル・ワークの報告書がないところからすると、ジェシーは「危険」リストの登録からはずされたようだった。ジェシーのファイルには、十八か月から七歳までのあいだには、じつにたった一回しか書かれた記録がなかった。しかも、それはジェシーに関することではなく、姉のジェンマに関することだった。それはジェンマの担任からのもので、ジェンマは学習面ではひじょうに優秀な生徒だが、自制心がなく「多少野放図なところがある」と書かれていた。この教師はこの点をジェンマの両親の子育てに対するだらしない態度のせいだとしていた。父親のグウィルが信奉している「放任主義」という言葉を引用していた。つまり、子どもたちをできるかぎり大人が干渉せずに自由に成長させ、子どもたち自身のペースでものごとを決断させ、楽しみを自分で見つけ、問題も自分たちで解決させるというものだ。彼はこの姿勢が子どもたちの独自性を守り、子どもたちを自由でより創造的な大人に成長させると思っていたのだ。この姿勢が、ジェンマの場合には乱暴で、大人の権威をまったく意に介さず、暴力を画策する技に長《た》けた子どもを作り出してしまった、と教師は書いている。教師が驚いたことに、グウィルはこれを聞いて、このような態度はジェンマが自由な精神を持っていることの証拠だとして喜んでいたようだった。

　ジェシーが次に当局の注意を引いたのは、彼女が七歳のときだった。しかもたいへんなことで、だった。空き地の草に火をつけ、それがあっという間に近くの物置小屋に飛び火したのだ。中にあったガスボンベが爆発し、その結果小規模とはいえ、たいへんな惨事になり、数千ポンドの損害を出した。

　すぐに捜索が行なわれた結果、この火事の責任はジェシーにあるとされた。彼らはジェシーが以前にも近所で小さな放火を何回かしていたことを見つけた。非行放火は女の子にはあまり見られないし、七歳のジェシーは放火に夢中になるには幼すぎた。それで、物置小屋への放火という驚くべき性質のものであったにもかかわらず、結果的には病理的なものというよりは子どもっぽい好奇心のなせる業だったと結論づけられた。

　しかし、この評価は彼女が八歳になった翌年に変わった。母親とけんかした後に、ジェシーは台所に行き、ガスレンジに火をつけると、そばの窓にかかっていたカーテンを引っ張って火の上にかぶせたのだ。台所中が火事になった。さいわいにも全員が無事に逃げたが、家はひどく損傷を受けた。

この出来事のせいでソーシャル・サービスの注意が再びこの家族に向けられた。調査の結果、この家族のめちゃくちゃで荒涼とした状況がすぐに露わになった。ジェシーは極端に扱いにくい子どもだった。自分のやりたいことが妨害されると、癇癪《かんしゃく》を爆発させがちで、家具に穴をあける、壊れやすいものを壁に投げつける、自分の服を引き破る、両親や姉たちを殴る、切りつける、噛むなどして傷つけようとした。怒ると両親のベッドやジェンマのベッドに放尿することもあった。両親は彼女の放火をひどく恐れていたので、家族が眠っているあいだにマッチやライターに手を出せないように、ジェシーは夜は自室に文字通り閉じ込められた。しかし、彼女の最悪の振る舞いは、家族が飼っていた犬に対してのものだった。その犬を彼女は容赦なきまでに痛めつけたのだった。犬にとびかかって顔のすぐそばで悲鳴をあげる、犬をつねったりぶったりする。熱い湯の中に放り投げたことも二度あったし、一度などは犬の尻尾を切ろうとした。この攻撃を受けたあと、かわいそうなこの犬はよそにもらわれていった。

ソーシャル・サービスは、自分たちがかかわってこなかったことの弁解として、ジェシーの他の場所での行動からまさか家の状況がこんなふうだとは思わなかったといった。たしかに、学校でのジェシーはクラスの中でも最も優秀な生徒のひとりで、課題もいつも時間内にきちんとやり遂げるし、褒めるに値するほど反応もよく、新しいことをどんどん学習しようという意欲も見せた。彼女の先生は、ジェシーがすぐにカッとなり、不適切につっかかってくるところがある、と認めており、たいへん意地悪なことをしたことも何度かあったといっている。しかし、ほとんどの場合、ジェシーは異常に見えないようにうまく対応していた。したがって、クラス内での彼女の振る舞いはいつも正常の範囲内とみなされていた。

ジェシーの唯一の重要な問題点は、人とのつきあいの中にあるというのがこの教師の意見だった。嘘をつくことが彼女のいちばん大きな問題だった。ジェシーはどうしようもないほどの負けず嫌いで、自分がやったすべてのことで常に一番でなければ気がすまず、自分が有利になるように嘘をつくことが多かった。また、その教師が見たところ、ただ嘘のために嘘をつくこともあった。これはすぐに他の子どもたちの神経を逆なでした。ジェシーは友達が欲しくてたまらなかったが、他の子どもたちが彼女の嘘の犠牲にされたときに、腹が立ったり裏切られたと感じたりすることが理解できないようだった。ひとりも友達がいないことに焦って、ジェシーは他の子どもたちの友情をキャンディーやお金で買おうとした。その結果、もっと世知に長けた子どもにいじめられるという悲しい出来事も何度かあった、と教師はいった。

ジェシーが学校では比較的うまくやっているにもかかわらず、家庭ではしつこく破壊的行動を繰り返しているのは、読んでいて恐ろしくなるほどだった。これほど長いあいだ、そういうことが見破られずに来たことに、わたしは驚いた。しかし、わたしがもっと驚いたのは、再びソーシャル・サービスの目がこの家族に向いた、例の家の火事騒ぎのときの両親の反応だった。彼らは申し出された援助を断固として断ったのだ。その代わりに、彼らは自分たちの娘を家庭からどこかに連れ去ってほしい、そしてもう戻さないでほしい、といったのだ。以上、終わり。

ジェシーは八歳だった。これを読んでいて、わたしはとたんに彼女が気の毒になってきた。自分の両親にこんなにも露骨に出ていってほしいと思われるなんて、恐ろしくてわけがわからなかったにちがいない。そういいながらも、彼女の家族の気持ちもわかった。彼女の行動は控えめにいっても悪夢のようだったし、自分の子どもを手放したいというところに来るまでには、たいへんな思いをしたにちがいない。だがとにかく、彼らは実際に子どもを手放したのだ。ジェシーの両親は彼女が家を離れなければならないことについては断固としてゆずらなかった。

メレリはこの状況をもとの状態に戻すことができれば、と願っていた。そしてジェシーに適切な治療的援助をし、両親を支援することによって、彼女が最終的に家に戻れれば、と思っていた。しかし、しばらくのあいだジェシーが家を離れる必要があることは明らかだった。

その後混乱期が続く。ジェシーは短期間に三か所の里親を渡り歩いた。すべて彼女の困った行動のせいだった。ジェシーが反応性愛着障害《RAD》と診断されたのは、この時点でだった。これは子どもが他人への愛着《アタッチメント》を形成できないメンタル・ヘルスの状態をいうもので、ふつうは乳幼児期に継続的に愛情深い世話を受けなかった結果とされている。これは死、病気、あるいは予期せぬ事態のために主に世話をしてくれる人から引き離されたためや、児童養護施設のような状況で起こり得るように、乳児期にあまりに多くのちがう養育者に世話されたために密接な絆が築けなかった場合、あるいは虐待やネグレクトを受けたために起こるとされている。この障害を持つ子どもは適切な社会的関係を築きにくく、敵意を抱いたり、要求がましかったり、人を操ろうとするところが多く、衝動を抑えにくいなど、情緒面でも行動面でも難しい点を持っていることが多い。RADの子どもが回復することはできるが、その道は長くゆっくりであることが多く、悲しいことにそれは愛情だけでは十分ではない。このような子どもたちには適切な環境と安心感、そしてかなり長期間にわたる一貫性が必要で、そういうことがあって初めてその子たちがそれまでの不適切な行動パターンを手放し、もっと有用なものを身に着けるのを助けることができるのだ。

残念なことに、里子に出される子どもたちはとりわけこの問題で傷つきやすい。というのも、彼らの不安定な暮らしのためにアタッチメントが続かないということがますます補強されてしまうからだ。システムにやってくる子のほとんどは、幼児期に虐待やネグレクトを経験しており、多くはすでにある程度のアタッチメント障害にかかっている。それなのに、彼らはホームからホームへ、養育者から養育者へとたらいまわしにされ、彼らに必要な適切な環境や一貫性をほとんど経験できないのだ。

ジェシーの場合もまさにそうだった。彼女の最初の措置は里親の家に到着してほんの数時間で終わった。彼女が里親の家で飼っているペットの二匹のハムスターをにぎりつぶして殺すと脅したからだ。二番目の里親のところは十八日間つづいたが、教会に行ったときに信者席用に新たに寄進されたばかりのクッションにジェシーが放尿して終了した。三番目は彼女の持ち物を黒いゴミ用の袋に詰めて、ジェシーが夜の十一時に戻されたという結果になっている。緊急措置として、彼女はグラン・モルファ子どもホームに戻され、いまもそこにとどまっているというわけだった。

メレリはグラン・モルファに着任したときに、ジェシーの件も引き継いだが、気遣いといらだちの両方を感じていた。グラン・モルファは重度の行動上の問題を抱える子どもたちを扱うために作られた中程度のセキュア・ユニットと呼ばれる施設だ。たいていのグループホームに比べて、職員はより高度な訓練を受けており、活動プログラムもより組織化されている。しかし、ここは児童ではなく思春期の子どもたち向けに作られたものであり、十一歳の女の子がひとりいるものの、やはりジェシーがいちばん年齢が低かった。メレリはジェシーを里親に措置したくてたまらなかった。ジェシーが切望している一対一の注意を払ってもらえる適切な家庭に。しかしその家庭は経験豊富な里親のいるセラピー的な効果のあるところでなければならないが、そんな里親はまずいなかった。

ファイルを閉じて、わたしはメレリのほうを見た。彼女は紅茶をゆっくりと飲んでいた。部屋が寒かったので、彼女はカップを両手で包むように持って手を暖めていた。目を上げて、彼女はわたしと目を合わせた。「で、どう思う?」と彼女はきいた。

わたしは自分の紅茶のカップを引き寄せた。最初熱すぎたのだが、いまではぬるくなっていた。わたしはスプーンに手を伸ばし、カップを持ち上げる前に紅茶をかきまぜた。

わたしがすぐに答えないので、ファイルの内容にわたしが驚いたと解釈したメレリが口を開いた。「あなたがアメリカでやってきたこととはすごくちがうでしょ? すべてがつぎはぎで、必要とする援助をする余裕がない、ここのめちゃくちゃなやり方には慣れていないものね。あちらではもっともっと行き届いていたんでしょ? 学校つきの心理学者やあらゆる種類のセラピストや多くの特別プログラムなど……」

　わたしは肩をすくめた。「そんなに充実していたかどうかわからないわ。ここの子どもたちは、国に彼らが必要としている手助けをする余裕がないから方向を見失ってしまっている。アメリカの子どもたちは、親に彼らが必要としている手助けをする余裕がないから方向を見失ってしまっているのよ。あるいは保険会社がそのための支払いをしないから。結果は同じ。あらゆるシステムの中で子どもたちは方向を見失ってしまっているの」

「でも、それこそがわたしがそうなってほしくないことなの。ジェシーを見ていて思うのよ。あの年齢ならユニコーンのキャラクターや男の子のバンドのことで頭がいっぱいであるべきなのに。こんな人生であっていいわけないわ、ってね」

　わたしは笑みを浮かべて、再び紅茶をかきまぜた。「そうね、とにかくわたしたちに何ができるか考えてみましょう」

3

　次の訪問日にジェシーがわたしに会うために例の狭い部屋に入ってきたとき、彼女は黄色のズボンと正面に派手なデザインを描いたピンクのトップを着ていた。

「この服、好き?」テーブルの端のところでポーズをとって、彼女はきいた。

　ごくふつうの服で、新しいようには見えなかった。だから、ふつうの場合ならわたしは特にコメントはしなかったと思う。だが、きかれたので、「ええ、好きよ。かわいい春らしい色で、あなたによく似合ってる」といった。

「お母さんが買ってくれたの。あたしのお気に入りなんだ。今日は特別にこれを着たんだよ。あなたが見たいかなと思ったから」

「わたしのことを考えてくれたなんて、やさしいのね」そういって、わたしはかばんを開けた。

　ジェシーはテーブルを回り込んできて、わたしの隣の椅子にすわった。

「あたし、あなたが好き」

「ええ、わたしもあなたが好きよ」とわたしは答えた。「一緒に時間を過ごせるようになってうれしいわ」

「あたし、ほんとにあなたの髪が好き」ジェシーは手を伸ばしてわたしの耳に触れた。触れられたとき、予想もしていなかった親密さを感じた。好奇心から触れるというより、愛撫に近かった。それで、わたしはわずかに身体を硬くした。ジェシーは自信に満ちた様子でわたしに微笑みかけた。自分がわたしをどぎまぎさせたことに気づいているかのようなしたり顔だった。

「今日、あなたのために絵を描いてほしい？」そうきくと、彼女は再びわたしの髪に触れ、わずかにかきあげた。手を下げると、今度はわたしの肩に置いた。愛情のこもった、まるでわたしをやさしくあやすようなしぐさで、わたしを大目に見てやっているというような感じだった。手をどけてくれといいたかったが、それも大人げないと思ったのでいわなかった。わたしの私的《パーソナル》な領域《スペース》に入ってきているという以外、彼女は何も悪いことをしているわけでもないのだから。

「このかばんの中には、いろんなものが入っているのよ」彼女の気をそらそうとしながら、わたしはいった。「あなたも見てみる？」わたしはかばんを大きく開けた。

「ずっとあたしに会いにくるの？」ジェシーは再びわたしを撫でたが、今度は腕をわたしの肩にまわしてきた。

「一週間に一度来るわ。火曜日に、今日みたいにね」

「おひざの上にすわりたい」わたしが答える間もなく、彼女はテーブルとわたしのあいだにすべりこんでわたしのひざに乗ってきた。そして両腕でわたしを抱きしめ、わたしの肩に頭を乗せた。

「あたしだけのために来るの？」と誘惑するかのようにきいた。

「この椅子にすわったほうがすわり心地がいいわよ」といって、わたしは近くにあったオレンジ色のプラスチックの椅子をわたしの横に引き寄せた。

ジェシーはわたしの顔を軽く叩き、彼女を見るようにしむけた。「あたしだけのために来てくれるの？」

「ええ、あなただけのためよ。一緒にゲームをしたり絵を描いたり、ときにはおしゃべりもするの。外に出かけることもあるかもしれないわね。そうしたい？」

「あたしだけ？　他の子どもたちは一緒じゃなくて？」とジェシーはきいた。「あたしだけ？」

「ええ、あなただけよ」

「ここに犬も入れないでしょ？」とジェシーがきいた。

この唐突な話の展開にわたしは虚をつかれたが、合わせていった。

「ええ。犬は入れないわ。でも、どうして？　犬が怖いの？」

「ううん。あたしは何も怖くない」

「なるほど」

「確かめただけ。ここに猫も入れないでしょ？」

いたずらっぽい聞き方だったので、わたしも合わせて答えた。「ええ。猫も入れない。犬も入れない。他の子たちも入れない。牛も入れない。馬も入れない」そこで言葉を切って、それからおどけた調子でつけ足した。「でもヤギはどうかしら？　ヤギは入れてあげる？」

ジェシーはわたしの頭がどうかしたのかというような顔で見た。

わたしは笑った。「わたし、おかしい？」

彼女は怪訝《けげん》そうに目をせばめた。そしてわたしのひざからすべり降りると、立ち上がった。

「どうしてそんなことをいったの？　ヤギだなんて？」

「冗談でいっただけよ」

「やめて。いい？　あたし、冗談は嫌い。ちっともおかしくなんてないし」

「わかったわ」

「悪いと思ってる？」

「あなたを怒らせてしまって悪かったわ」

「そうよ、悪いと思うべきだよ」とにべもなくいうと、椅子にすわった。

間もなくジェシーは手を伸ばして、わたしのかばんからカラーペンを取り出し、ケースを開けた。またなぐり書きを繰り返すのだろうかとわたしは興味を持ったが、今回はそうならなかった。そうはせずに、何も描いていない紙を選ぶと、手で伸ばし、ピンクのペンを取り上げて絵を描きはじめた。

わたしも紙を一枚取った。

「何をするの？」と彼女がきいた。

「わたしも絵を描こうと思って。あなたはあなたの絵を描き、わたしはわたしの絵を描くの。それからお互いの絵を見せ合いましょう」

「だめ。あなたは描いたらだめ」ジェシーはペンのケースをわたしの手の届かないところに動かした。「ううん、待って。気が変わった。描いてもいい。でも、どの色で描くかはあたしが決める」そういうと、彼女は茶色のペンを取り出し、わたしに渡した。「さあ、あたしがいうものを描いて。ヤギを描いて」

「ヤギ？」

「そう。ここに」彼女は紙の真ん中を指で叩いた。

わたしが描くヤギはジェシーが期待している水準に達しなかった。「うわぁ、へたな絵！」と彼女は叫んだ。そして、わたしの前に身を乗り出して、その絵にピンクのペンでなぐり書きをして消してしまった。「もっと上手に描いて。もっと大きく。ここに」と紙の右の隅を指さした。

わたしはもう一度やってみた。今度はヤギの額から始めて、鼻のほうへ下がっていった。

「だめ！　だめ、だめ、だめ！」彼女はそう叫ぶと、またなぐり書きで消した。「もっと上手にやって。ちゃんとしたヤギを描いてよ」

「あなたが描いたら？」とわたしはいってみた。

「だめ。あなたが描くの」

「どうやったらもっと上手に描けると思う？」

「角を描いたら。こんなふうに」と彼女は紙の上にうずまきをひとつ描いた。

わたしは三回目のヤギを描いた。それまでの二度のように横から描くのをやめて、今度は顔を正面から描いた。ヤギが紙からわたしたちを見つめているように。それから大きい、渦を巻いた角をつけた。ヤギというより牡羊の角みたいだったが。

「そう！」ジェシーが合格というようにいった。彼女は紙をかすめ取ると、もっと注意深く調べた。

「大きな角が好きなのね」とわたし。

「そうだよ。トリイを突っつけるように」そういって、紙をわたしに押しつけてきた。

「その角でわたしを突っつきたい気分なのね」

二、三度、ジェシーはその紙でわたしの腕を叩いた。それから動きを止めると、その絵をもう一度見た。「悪魔を描いたんだ。あたしはトリイに悪魔の絵を描かせたんだよ、ハハハ！」紙をテーブルに置くと、彼女は指でヤギの頭と角をなぞった。

唐突にもう一度紙をかすめ取ると、それでわたしの顔を叩いた。「悪魔がトリイに乗り移る」彼女は楽しそうに笑った。

わたしは紙を下におろした。「この遊びは乱暴すぎるわ。叩かれるのはいやよ」

「悪魔はそんなこと気にしない。それに、悪魔を止めることはできないんだよ」

「ここでは悪魔に力はないわ。ここは安全な場所だから。それに、わたしは安全な大人だから。わたしは悪魔より強いわ。だから、わたしがもうやめる時間だといったら、やめる時間なの。その紙をわたしなさい」

「いやだー。あたし、まだ始めてもいないのに。ペンを使いたいよ」

「ジェシー、その紙をわたしなさい」

「こんなのずるいよ。トリイは描いたけど、あたしは絵を描いてないもの」

「そこにある紙に描けばいいでしょ。その紙はわたしてちょうだい」

「ずるいよ。あたしに絵を描いていいっていったくせに、今度は描いちゃいけないなんて。いうことがバラバラじゃない」

「わたしは紙で叩かれたくないの。紙をわたしなさい」

ジェシーは紙をテーブルに叩きつけるように置いた。

わたしはその紙を取って、わたしの反対側に置いた。「わたしにこの遊びは乱暴すぎるっていわせるなんて、さっき何が起こったの？」とわたしはきいた。

「あたしに絵を描いちゃだめだなんて、ずるいよ」

「ええ、そのことは聞いたわ。もうちょっとしたら絵を描いていいから。でも、まずいってちょうだい。どうしてわたしはこの遊びは乱暴すぎるっていったのかしら？　乱暴すぎるような何が起こったの？」

「わかんない。トリイが急に怒った。それだけだよ」

「あなたが紙でわたしの顔を叩いたからでしょ。それは乱暴すぎることよ。だからわたしはやめなさいといったの。怒ってはいないわ。ただ、顔を叩かれるのはいやなだけ」

ジェシーはわたしを見つめていた。まさに、わたしが話しているあいだじゅうずっと、彼女はじっとわたしの目を見続けていた。気まずく感じているとか自分の行動を悪いと思っているとかというそぶりはまったく見せずに。そして、今度はわたしの言葉に返事もせずに、手を伸ばしてきてわたしの側頭部をまた撫ではじめた。

「あなたの髪、ほんとうに大好き」

その午後、このグループホームには三人が勤務していた。ジョーゼフ、エニール、そしてヘレンだ。エニールは、子どもふたりを歯医者に連れていっていた。ヘレンは他の子どもたちと一緒にテレビ室にいた。ジェシーとの時間が終わって、わたしが入っていったとき部屋にいたのはジョーゼフだけだった。彼は小さなテーブルについて、ノートになにやら書いていたが、わたしが入っていくと顔を上げた。「Paned《パネド》？」そうきいて、立ち上がった。これは英国人がいう英語の「カッパ」――つまりカップ・オブ・ティー――にあたる短縮形のウェールズ語だった。アメリカ人のわたしが、ほとんどどんな場合でも即座に紅茶を勧めるというこの儀式に慣れるまではなかなかたいへんだった。英国に移ってきた当初、わたしはそれほど紅茶を飲むほうではなかった。それどころかわたしが育ったモンタナの田舎では、この種類の紅茶はなかったくらいだ。しかし、紅茶を飲まない人は社会からのけ者にされるということに気づき、わたしはすぐにこの習慣を身に着けた。

小さなテーブルに向かってすわり、わたしはジョーゼフが手際よくお茶を淹れるのを見ていた。彼はそうしながら感じよくおしゃべりをし、自分はティーバッグより茶葉から淹れるほうが好きなのだといい、彼の妻は機会があるときにはチェスターの紅茶専門店で紅茶を買ってくる、といった。立ち働く彼をわたしはじっと見ていた。ジョーゼフは中肉中背、黒い髪に黒い目で先祖は地中海出身かと思われた。彼はただひとつの点を除くとごくごくふつうの人だった。そのひとつとは彼の人柄だった。彼には生きる喜びにあふれているという魅力があり、そのせいで、あなたと一緒にいる以上にしたいことなんて世界に何もない、と彼が思っていると相手に思わせてしまうようなところがあった。特になんということもないオフィスにあるお茶を一緒に飲むというだけのことで、彼はわたしを特別な気持ちにさせた。これはすごいことだ、とわたしは思った。ジョーゼフのことはほとんど知らなかったが、それでも彼と一緒にいると居心地がよかった。彼が紅茶を淹れるのを見ながら、こんな気持ちになるなんてどんなサブリミナル信号をわたしは受け取っているのだろう、と思った。

それぞれのお茶を前にして、わたしたちは気軽なおしゃべりを楽しんだ。ジョーゼフは、わたしがどうしてこんなウェールズの片田舎までやってきたのかに興味を持ち、アメリカのことやどうしてわたしがそこを去ったのかを知りたがった。そこから話題は政治のことになり、さらにあっという間に、使えるお金がこんなに乏しいときに、ケアを必要としている子どもたちに必要なサービスを提供するのがいかに難しいかという話になった。子どもたちのための休日の催しから、わたしのように時間を提供してくれる技術を持った人たちにいたるまで、さまざまな慈善活動が支援してくれるすべてに感謝している、とジョーゼフはいった。最終的に話題はジェシーのことになった。この子どもたちのホームでの日常の中で、ジョーゼフが彼女のことをどのように見ているのか、わたしは興味を持った。

「ほんとのことを知りたい？」と彼はきいた。

「あの子は九歳の詐欺師だね」その口調は愛情に満ちたものだったが、憤慨も含まれていた。

「どういう意味？」

「ジェシーはぼくがこれまで見たこともないような嘘の作り話をするんだ。冗談じゃなく。年上の子どもたちだって、彼女にはかなわない。厄介ごとから逃れるためや、したくないことをしなければならないのを避けるために嘘をつくっていうのなら、わかるよ。それとか自分を実際以上に大きく見せるために嘘をつくとかならね。そんな嘘ならみんなつくよ。だけどジェシーはこっちが思ってもいないようなどんな状況でも嘘をつくんだ。たとえば、このあいだのことだけど、夕食のときにアップル・クランブル（甘く煮たリンゴの上から小麦粉、砂糖、バターで作った生地をそぼろ状にしたものを載せてオーブンで焼いたデザート）を食べたか、って彼女にきいたんだよ。何人かの子どもがそれがすごくおいしかったっていっていたから、彼女にきいたんだ。ただの会話としてね。ジェシーは食べなかったというんだ。で、どうして、ってぼくはきいた。アップル・クランブルは好きじゃないの、ってきいたんだ。これもただの会話としてね。これにきっちり答えなきゃいけないというプレッシャーなんかなかった。彼女がクランブルを食べても食べなくても、それを好きでも嫌いでも、そんなことはぼくにはどうでもいいことだからね。彼女は、いや、自分はリンゴにアレルギーがあるから食べられないんだ、というんだよ。それが嘘だっていうことはすぐにわかった。だって、彼女は休憩時間にいつもリンゴ・ジュースを飲んでいるんだから。だけど、そのときダミアンが口をはさんだんだ。『ジェシーは夕食のときに二切れ食べたよ』って。つまり、実際は彼女はアップル・クランブルを食べた、ってことだ」

ジョーゼフは人がよさそうに微笑んだ。「こういうのがぼくたちのジェシーなんだ。すべて嘘、ってわけさ」

「うわぁ」とわたし。

「これほど穏やかじゃない例もある。ジェシーは人の心をめちゃくちゃにしようと故意にしかけてくるんだ。昨日もその例があった。ロビンっていう男の子がいるんだけど、この子は傷つきやすくてね。もう大きいんだけど、小さい子がするようなことをよくするんだ。ぼくたち、この子にはかなり気をつけている。とても傷つきやすいのでね。他の子どもたちでさえロビンにはとてもやさしい。ジェシー以外はね……。

ロビンはお母さんからもらったという小さな犬のマスコットをキーホルダーにつけているんだ。彼のお守りだな。彼はそれをどこに行くにも持っていく。きのう、彼は食堂の当番で昼食の後テーブルを片づけなきゃいけなかった。それで、作業をしているあいだそのキーホルダーを後ろのカウンターの上に置いておいたんだよ。それから、それを取りにいくのを忘れてしまった。後になって娯楽室にいたときに、キーホルダーがないことに気づいて、当然のことながらパニックになった。

同じように娯楽室にいたジェシーがこういった。『マーティンが後ろのカウンターを拭いているときに、キーホルダーを水が入ったバケツに入れたのを見た』ってね。これを聞いてびっくりしたロビンは、すぐさま奥のキッチンにある大きな流しのところに走っていった。そこにバケツの水を捨てるから、排水口にキーホルダーがあるか見にね。でもなかった。この時点でもうロビンは泣きだしていた。キーホルダーが排水管から流れていったと思ったんだ。で、ヘレンがキーホルダーは大きいから排水管から流れていくはずはない、って彼を安心させようとした。大きすぎて穴の中に入らない、ってね。そのときジェシーが割り込んできていったんだ。『マーティンはまず濾し網を通して水を捨てて、それにひっかかったものはコンポスト用のゴミ箱に捨てたよ』って。流しのそばに大きなプラスチック製のゴミ箱があって、残飯なんかは全部そこに捨てることになってるんだ。最終的には庭にあけるためにね。そのゴミ箱がどんなに汚いかわかるだろ。生ゴミや子どもたちの食べ残しやこぼれた水なんかが入っているんだから。かわいそうなロビンは、自分のキーホルダーがこの中に入ってしまったと考えて取り乱してしまった。それでこのゴミの中をひっかきまわしはじめたんだ。すぐにスタッフの半分も彼を手伝った。そのときになって、ジェシーがいった。『昼食の後、このゴミ箱の中身を庭のコンポストにあけるのを見たよ』って。で、ロビンは雨の中、外に出て裏庭の泥の中に置いてあるコンポストの中をさがしたいと思った。

この騒ぎの最中、ぼくはそこにいなかったんだ。オフィスで仕事をしていたからね。だけど、庭のその場所に行くためにはロビンはぼくから許可をもらわなければならなかった。で、彼はオフィスにやってきた。泣きべそをかいてパニックになり、生ゴミ入れをひっかきまわしたせいでひどく汚れてね。彼はぼくにこの気の毒な顚末を話した。で、ぼくはいった。落ち着いて。それは全部嘘だよ。だってきみのキーホルダーはここにあるんだから、って。子どもたちが昼食を終えたあと、ぼくが食堂に行くと、奥のカウンターのところにこれがあるのを見つけた。で、ロビンが忘れたんだなと思った。だから急いでそれを取り上げた。他の子どもたちがいたずらしないようにね。そのあとずっとぼくが保管していて、彼と会ったら渡すつもりでいたんだよ、ってね」

ジョーゼフは首を振った。「ということは、ジェシーはずっとただ彼をおちょくっていたってことなんだよ。彼のキーホルダーが捨てられたのを見たと彼にいったって、ジェシーには何の得にもならないのに、だよ。昼食の後ジェシーは食堂にいさえしなかったんだよ。彼女は当番じゃなかったからね。だから、彼女は何にも知らないはずなんだ。彼女がいったことはすべて、ロビンを傷つけるためだけにでっちあげた作り話なんだよ。他に何の理由もない」

「そのことで彼女と話したの？」とわたしはきいた。

「ああ、もちろん話したよ。そのためにまたまったく新しい嘘が生まれた。ぼくはいった。『マーティンが奥のカウンターを拭いていて、キーホルダーをバケツの水の中に入れたのをきみが見たっていった、ってロビンはいってるよ。それは嘘だね。きみはそのとき食堂にいなかったんだから』そうしたらこういうんだよ。『ロビンはあたしがいったことを誤解したのよ。あたしは、マーティンが偶然水の中へ落としちゃったのかもしれない、ってちょっといっただけだよ。あたしはただ力になれれば、と思っただけ』と。で、ぼくが『いや、ロビンは誤解なんかしていない。きみはすごく詳しくいったそうじゃないか』そしたらこういうんだ。『でも、あたしが食堂にいたなんてぜったいいってない』こんなふうに会話は続いていくんだ。ぼくが何かいうとそのたびに、ジェシーはいいかえしてくる。こうはいわないんだ。『わかった。あたしが嘘をついた。ばれちゃったわね。ごめんなさい』あの子はぜったいにこうはいわないんだよ」

4

当時のわたしの家は、スノードニアからそう遠くないウェールズのムーアの上のほうにある小さな農場だった。そこに夫と娘と一緒に住んでいた。そこに行くには、海岸線から三十キロちょっと内陸に車を走らせなくてはならない。幹線道路から出て、網の目のように張り巡らされた小道を海抜三百メートルくらいのところまでじりじりと登っていくと、開けた荒地《ムーアランド》に出る。ムーアを貫くように一本通っている道を行くとがくんと土地が下がり、そこから登ったところが丘の頂上だった。そこに開発された農地が広がっている。そこには我が家である十八世紀に建てられた石造りの農家といくつかの家畜小屋があった。その家畜小屋でわたしたちは純血種のブラック・ウェルシュ・マウンテン種の羊や数頭の牛、鶏とアヒル、それからとても食いしん坊の七面鳥一つがいを飼っていた。この七面鳥は娘のブランコで遊ぶのを異常に気に入っていた。

都市化された海岸のほうからムーアに行くとまるで別世界だった。車で移動する最後の部分は、ヒースとミズゴケと羊以外何もない。雨がひどすぎて車のワイパーが役に立たないようなときや、開けた土地一面に風がボロをまとった幽霊のように霧を走らせるような最悪な天気のときでさえ、わたしはこの場所が大好きだった。だが今日は天気がよく暖かくて気持ちよかった。そこまで春がやってきている。わたしは車の窓を開けてかぐわしい匂いのするムーアの空気を入れ、驚いて飛び上がる鳥の声を聞いた。

ヒバリが一羽舞い上がり、独特のさえずりがあたりに響いた。車を小道に停め、わたしはヒバリが空高くまで舞い上がりながら複雑なバレエを演じるのを見た。離れたヒースの茂みから二羽目のヒバリが舞い上がり、これもさえずりはじめた。それから三羽目、四羽目と続き、みんなが上昇、下降を繰り返しながらヒースをつっきってさえずった。

わたしはすぐにジェシーのことを思った。実際には、ヒバリは見た目の地味な小さい鳥だ。スズメと同じく地味な色だし、スズメより少し大きい程度だ。ヒバリの美しさはその歌にあった。しかし、ジェシーが色鮮やかに描いたヒバリには、すばらしい歌をみごとな羽に置き換えてとらえたのか、どこか心を打つところがあった。開いた窓に肘をかけ、フロントグラスから降り注ぐ暖かな春の日ざしを浴びてすわり、ヒバリの声に耳を傾けていると、ここにジェシーを連れてきたらどんなにすてきだろう、とふと思った。

それからわたしの心は実際的なほうに動いた。最初に頭に浮かんだのは、ヒバリのいるこの場所に一緒に来られたらすばらしい経験になる、という心温まるぼんやりした思いだった。次の瞬間、わたしは現実のことを考えていた。彼らは子どもたちをわたしのようなサポート・スタッフと一緒に外に出すだろうか？　彼女を外に出すためにはどうすればいいのだろうか？　土曜に連れ出すことはできるのだろうか、それともわたしがジェシーと共に過ごすことになっている火曜の午後に限られるのだろうか？　それからわたしはもっと実際的になっていった。これを彼女と過ごすセッションに組み込めないだろうか？　ふさわしい行動をするよう励ますためにごほうびのシステムを創り上げるというのはどうだろう？　そんなことを考えているうちに、車の窓の向こうで上昇と下降を繰り返すヒバリのことはすっかり忘れてしまっていた。

次の火曜日、わたしはある行動計画を準備してやってきた。まだヒバリを見にいく案を組み入れるところまではいっていなかったが、ジェシーとの関係を築くのと同時に彼女に不適切な接触をさせないため、そして自分がその場をコントロールしたいと彼女に切望させないための境界を作ることも必要だということはわかっていた。セラピー・セッションを構築するために、わたしがそれまでに見つけだした最良の方法のひとつは、その子どもとボード・ゲームかカード・ゲームをすることだった。たいていの子どもがこういうゲームを楽しんだし、ゲームに備わっているルールは境界を設ける際の見本になった。たいていの子どもはゲームが持っている第三者的中立性を受け入れる。だから、こういうゲームを先にすることによって、もしわたし自身が境界を設けることから始めたら避けられないであろう権力闘争を避けることができるのだった。今回、わたしはこの戦略ゲームとしてアメリカでチェッカー、英国ではドラフツと呼ばれているもので遊ぶことに決めた。相手のプレーヤーの駒をすべて獲得しようとするプレーヤーが勝者となるゲームだ。

わたしがチェッカーを好きな理由はいくつかあった。まず、このゲームは基本的なボードと駒しか必要としないので、買うにも安いし作るのも簡単だった。二番目に、ルールがわかりやすくゲームそのものもやっていて楽しい。また、わたしが必要と思ったときには、かなり簡単に相手を優位に立たせることができるという事実も大事なところだった。しかし、わたしがいちばん気に入っていたのは、このゲームは集中力を要求しはするが、同時に会話もできないほどのものではないところだった。このためにチェッカーは理想的なセラピー活動となるのだった。

ジェシーが状況をコントロールしたがるのは、彼女の落ち着かない生活と、自分自身をうまくコントロールできないと感じていることからきているのだろう。自分の中に悪魔がいて、彼女にいろいろなことをさせるという心配も、この欲求を反映していた。このような子どもにとっては、ゲームはわたしたちのあいだに信頼関係を築くのにいい方法だった。ゲームは子どもが次に何が来るか知ることができる、安全で予見できる仕組みを提供してくれる。ゲームという形をとれば、焦点が子どもにだけ当たるのを回避できるので、もし会話があまりにも難しくなったり怖くなったりしたら、注意を移して再びゲームを続けることができる。

ジェシーを相手にチェッカーを選んだのにはもうひとつ理由があった。彼女がわたしと対面する形ですわらなければならないからだ。これまでのセッションのときに彼女がわたしの私的な領域にまで入り込んでくることに、わたしは不快感を持っていた。過度に性的というわけではなかったが、彼女の振る舞いは親密すぎた。その行動のことを直接口にする前に、わたしはどうなるのかもう少し時間をかけて観察してみたかった。が、いずれにしてもこれはやめさせなければならなかった。このゲームはジェシーに自分が何か悪いことをしていると感じさせずに、わたしたちがテーブルをはさんですわらなければならない理にかなった理由を提供してくれる。

とにかく、以上がわたしが準備した周到な計画だった。だが、ジェシーはそれをめちゃくちゃにしてくれた。部屋に入ってくるとすぐに、彼女はテーブルのわたしの側にやってきて隣にすわった。

「こんなものを持ってきたの」といって、わたしは黒と赤のチェッカー盤を開いた。「今日はこのゲームをするのよ。あっち側にすわってくれる？　やり方を説明するから」

「そんなのやりたくない」とジェシーはにべもなくいった。

「このゲームをやったことあるの？」とわたしはきいた。

「うん。何百万回も。だからやりたくないっていったんだよ。つまんないもの」

「一回だけでもやってみない？　いいでしょ？　わたしの顔を立てて」

「どういう意味？　顔を立てるって？」

「『わたしにやさしくして』という意味の表現よ。わたしにやさしくして一回だけゲームをしてっていう」

「だったらどうしてそういわなかったの？　あなたがアメリカ人でイギリス英語をしゃべれないから？」

わたしはにやっと笑った。「いいえ。これはわたし流のいい方なの」

「それに、今度は絵を描くっていったじゃない」

「一回ゲームをしたらね。そうしたら絵を描きましょう。お願い、あちら側にすわって」

ジェシーは顔をしかめた。

わたしは目を輝かせてにやっと笑った。「あなたを負かせてみせるわ」そういって、チェッカーの駒が入っている布製の袋を開けた。テーブルにそれを広げて、黒と赤により分けはじめた。

ジェシーはじっと動かないままだ。

「ゲームの仕方を教えるわね」

「教えてもらわなくてもいい。知ってるもの。そういったでしょ。前に何億回もやったって。あたしはこのゲームは嫌いなの。それに、馬の駒がないじゃん。この駒は全然ちゃんとしてない」

「あなたはチェスのことをいってるのね。これはちがうゲームなのよ。あっちの椅子にすわってちょうだい。そうすれば盤のあなたの側に近くなるから」とわたしはテーブルの向こう側の椅子を指さした。「どうやってやるか説明するわ」

まだしばらくジェシーはわたしのそばにとどまっていた。じっとわたしの目を見たまま、わたしにあきらめさせようとしている。わたしはかすかな笑みを浮かべてまばたきひとつしなかった。

彼女は重いため息をついた。「じゃあ一回だけだよ。どっちにしてもあたしにゲームさせるつもりみたいだから」ジェシーは立ち上がってテーブルの反対側に移動し、椅子にすわった。

「チェッカーというゲームなの」そういいながら、わたしは盤に駒を並べはじめた。「ここの人たちはドラフツって呼んでるみたいだけど、よかったらわたしはチェッカーって呼んでいくつもりよ。その呼び名に慣れているから」

「ほら、やっぱり英語をしゃべれないじゃない」

「いいえ、英語を話せるわ。チェッカーはアメリカ英語の言葉なの」

「ここはアメリカじゃないもん。だからアメリカの言葉なんか使っちゃいけないんだよ」

「じゃあ、ドラフツっていったほうがいい？」とわたしはきいた。

「ほんとをいえば、ドラーフティアっていうべきだよ。だってここはウェールズだもん」彼女は顔を上げた。その目がいたずらっぽく光っていた。「ほんとをいえば、ウェールズ語でしゃべらなきゃいけないんだよ。ドウィ・ディム・アン・ホフィ・クワライ・ドラーフティア」

彼女は〝チェッカーをやりたくない〟といったのだと、わたしが完全に理解していることを示すために、ウェールズ語でいいかえしたい誘惑にかられた。というのも、わたしがウェールズ語をわからなければいいのに、とジェシーが思っている、と感じたからだ。だが、これこそが誘惑だということにわたしは気づいた。ジェシーはわたしをより弱い立場に誘い込もうとしているのだ。ひとつのウェールズ語の文章は必然的に別の文章へと続いていくわけだから。彼女のほうがわたしよりもウェールズ語をうまく操れるのだから、最終的にはわたしは答えられなくなることはわかっていた。セッションは、だれが上手にウェールズ語を話せるかということではなくて、チェッカーをやることだったのだが、彼女は焦点をずらして自分がその場をコントロールしようとしていたのだ。

そこでわたしはきいた。「黒の駒にする、それとも赤にする？」

ジェシーは腰をおろした。

「わたしは黒を選ぶことにするわ」ジェシーが答えないのでわたしはそういうと、駒をそれぞれの桝目に並べはじめた。

「だめ。あたしが黒にする」とジェシー。

「いいわよ」わたしは盤をくるりと回して、黒の駒が彼女の側《がわ》に行くようにした。「では、ゲームのやり方ね」とわたしはルールを説明しはじめた。ジェシーがこのゲームを何億回もやったことがあるとは思えなかったからだ。いや、おそらく一度もやったことはないのだろう。彼女は両手をひざに置いて、身じろぎもせずにすわっていた。ジェシーはほんとうにかわいい女の子だった。特に目が魅力的だった。すごく澄んだほんとうの緑色だった。彼女が視線をいっときたりともわたしからそらさないので、わたしは彼女に話しかけているあいだ、ずっとこのことを考えていた。

「どっちが先にやるか決めましょうか？」

「やっぱり赤にする」

「いいわよ」わたしはそういって、再び盤を回した。バッグに手を伸ばして、十ペンス硬貨をひとつ取り出した。「チェッカーをするときには、伝統的にコインを投げて順番を決めるのよ。表《ヘッド》か裏《テイル》かどっちにする？」

「それってアメリカのやり方だよ」とジェシー。

「ええ、そうかもしれない」

「ここではそんなやり方はしないよ」

「でも、今日はこのやり方でするの。表《ヘッド》か裏《テイル》かどっち？」

「そのコインの上には尻尾《テイル》なんてないじゃない。ライオンなら描いてあるけど」

「ライオンには尻尾があるわ」とわたしは答えた。「じゃあ、わたしは表《ヘッド》を選ぶことにするわ。だからわたしがコインを投げて、もしエリザベス女王が上に来たら、わたしから先に始めるわよ」

「やっぱり赤はいやだ。赤すぎるもの。黒がいい」

ジェシーは毎回わたしの努力を無駄にしようとして、セッションの時間は過ぎていった。ゲームをやったのは十五分間だけで、時間がきてやめなければならなくなった。わたしはできるだけゲームを楽しいものにしようとして、ジェシーがわたしの駒を取ることができるチャンスをいっぱい作ったり、簡単に盤の上を進めるようにしたりした。それでもこのゲームはまったくおもしろくないものになってしまった。ジェシーはこのセッションを自分がコントロールしようとすることをやめなかった。彼女はゲームに勝つことなどには興味がなかった。彼女が勝つことさえもが、わたしに勝利をもたらすことになると思っているのでは、という気がした。

家へと車を走らせているあいだ、先ほど繰り広げられた執拗なまでの権力闘争のことしか考えられなかった。ジェシーが上手に描いたヒバリの絵のせいで、わたしは彼女のケースに引きつけられた。最初の日、彼女は新しいペンのセットに大喜びしていた。絵を描くという活動にとどまって、こんなにも早くチェッカー・ゲームに変えようとしないほうがよかったのだろうか？　ジョーゼフとの会話に影響されていたこと、そしてその結果、必要以上に問題が出てくることを予想していたことを認めざるをえなかった。信頼関係を築くためには、もっとゆっくりと進んで、もうしばらくのあいだジェシーがやりたがることをやらせたほうがよかった、と今では思っていた。

それはわたしの従来のやり方で、慣れ親しんでいたやり方だった。クライアント主導の遊戯療法、あるいは対話療法はわたしが一九七〇年代に習ったものだった。セラピストはただすわり、主に受け身になって観察する。そして子どものほうが主導権をとるのだった。どれだけ時間がかかろうと関係なかった。

しかし、ここ何十年かのあいだに多くのことが変わってしまった。その変化の中でも最も大きいもののひとつは、ものの考え方が関係性に基礎を置くものから、ある程度科学的で効率に基礎を置くアプローチへと変わったことだ。クライアント主導のセラピーは時間と高度な訓練を受けた専門家を必要とするが、どちらも高くつく。さらにいえば、セラピーのセッションの中で起こっていることは「あいまい」で数量化できないことが多く、進展しているのかどうかを見るのは短期間では不可能だった。一九七〇年代後半には、治療はもっと時間的に効率のいい療法、つまり薬物、認知セラピー、行動「経済」などに焦点が当たりはじめ、セラピストとの関係に頼ることのない契約書や報償や説明責任の査定などが出てきた。このような介入は特殊技術の訓練を受けたものならだれでもできるようになり、その結果、定期的に職員が変わる特別支援学級やグループホームなどで行動主義が人気のある選択となってきた。

わたしが仕事をしてきた四十年以上のあいだのもうひとつの大きな変化は、精神障害やそれに関連することへの理解が急速に深まったことだ。わたしが仕事を始めた当初、医療の専門家は子どもがうつ病になることなどありえないと信じていた。ある学会の発表の場で、わたしが受け持っていたクラスの九歳の女の子が書いたノートからわたしが作った一連のスライドを見せたときのことをよく覚えている。そのノートには、自殺したいという彼女の願望が詳しく書かれていた。その発表はショックを伴った驚愕で迎えられた。当時、子ども時代とはその子に回復力という贈り物を与える、幸せで無邪気な時期だとまだ考えられていたのだ。思春期以前にはうつ病は起こらないという信念が深く浸透していた。同様に、いまでは自閉症は出生時から現れる神経学的な差異であるとわかっている。だが、一九六〇年代、七〇年代には、自閉症は心理学的な障害で、十分に子どもを養育しなかった冷たい親のせいでそうなると広く信じられていた。だから、その時代の自閉症児の親たちは、障害のある子どもに対処しなければならない困難だけではなく、自分たちが親としてひどかったことがその原因であることへの恐れと罪の意識にも苦しまなければならなかった。

初期にわたしのクラスにいた子どもたちの何人かについていま振り返って見ると、当時わたしが見ていたものとはまったくちがういまの光の中で、彼らの問題の多くが見えてくる。もしいま彼らと一緒にいたら、当時とはちがう取り組みをするだろう。このことは特に性的虐待に関していえる。わたしが仕事を始めた初期のころ、わたしたち専門家はこの種の虐待をほとんど理解しておらず、そういうことが起こってもまず気がついていなかった。ここでもまた、子ども時代というものは無邪気で回復力に富む聖なる時代だという包括的な信念が、わたしたちに実際に起こっていることを見えなくさせていた。わたしたちがどれほど事実を知らなかったか、どれほど文化的な影響を受けていたか、したがってどれほど純粋にそういうことを認識していなかったかを、現在正確に思い出すのは難しい。当時はクライアント主導のセラピーが人気だったが、わたしが思うに、それはわたしたちがあまりにいろんなことを理解していなかったために、ただすわってクライアントのいうことに耳を傾ける以外なすすべがなかったからなのではないだろうか。

最近ではわたしたちのアプローチはすごく変わってきている。多くの障害を物理的構成要素とみなし、いまでは薬物療法が治療計画の大きな部分を占めている。文化が変わってきて、子どもたちは監視下の活動や、テレビやパソコンの画面の前にいるなど、室内で時間を過ごすことがずっと多くなってきた。保険を使っての個人的なものにせよ、国からの公的なものにせよ、資金不足からくる緊縮財政のせいで、ほとんどの人々はもう何か月も、何年にもわたってクライアント主導の介入をする余裕がなくなってきている。治療プログラムは六週間あるいは十二週間に限定される傾向にあり、その期間内に結果を文書にして提出することが期待されている。

わたしのごく初期の役割はセラピストではなく教師だったので、子どもたちと取り組むときにクライアント主導のみのやり方をとったことはなかった。当然のこととして、教室には学年の枠内におさまるようにとの目標があった。だからわたしはずっとスケジュールに従って働くことに慣れていた。長年わたしは、人気のある多くの学説の中から信じられる、持続できると思われるもの、そしてわたしのやり方に合うものをそれぞれ選び取り、動き回ってきた。わたしが一九七〇年代に仕事を始めたときに重要視されていた行動主義が、客観性と一貫性の価値と、問題行動そのものだけではなく、その行動を起こす前と後――つまり「連鎖」も見ることの大切さを教えてくれた。フロイト主義と人間性心理学両方の名残が、過去の影響や個々人のユニークな内なる世界に対して心を開いておくことを教えてくれた。しかし、行動主義も対話療法もわたしには正解とは感じられなかった。わたしはずっと過程を大切にする人間で、わたしの焦点の的は必然的にいま、ここで起こっていることだった。だから、わたしは多くを見、できるかぎり客観的に観察して、自分が観察したものをパズルのピースのように使ってその子どもやその子の問題という絵を描き上げていくようにしていた。それはジェンガ（積み木のタワーの下から積み木を抜き取りながら、倒れないように上に積み上げていくゲーム）をやっているようなもので、すべてを支えているものがみつかるまで行動から行動へと見ていくものだった。

だが、これが自分のやり方ではあるけれど、それが評議会やソーシャル・サービス、学校などのより大きな枠内におさまっていなければならないこともよくわかっていた。ジェシーの場合、ひじょうに明確なゴールが定められていた。ソーシャル・サービスは彼女に福祉の制度の外に行ってほしい、できることなら家庭にもどすか、もしそれが無理であれば長期間みてくれる適切な里親に預けたいと思っていた。わたしに与えられた任務はそれを手助けするためにできるだけのことをする、というものだった。

5

戸口に現れたジェシーは、いったん立ち止まって部屋を見渡し、それから入ってきた。彼女はテーブルのわたしの側にやってきた。「今日もあたしにあのゲームをやらせる気？」

「じつはね、わたしたちが一緒にやることについて、ある考えがあるの。この前、あなたはチェッカーをやりたがらなかったでしょ。で、そのことがわたしにこう考えさせたの。たぶんジェシーにはやりたがらない理由があるんだろう、って。だから、今日はあなたが自分で決めていいわ。どちらがいいか選んで。わたしたちでチェッカーをするか、絵を描くか。どっちのほうがいい？」

「あなたのしゃべり方ってへんね」とジェシーが答えた。

「そうね、訛りがあるから。わたしはアメリカ生まれだから」

「ちがう。あたしがいいたいのは、あなたのものの言い方がへんだってこと。『たぶんジェシーにはやりたがらない理由があるんだろう』だなんて、まるでジェシーがこの部屋にいないみたいに。あたしはここにいるのに。それに、いつもこういうでしょ。『これがわたしをこう考えさせる。あれがわたしをこう考えさせる』って。へんなの」

わたしは笑みを浮かべた。「それは、わたしがそういういい方を学んできたからよ」

「それって、もしだれかがトリイの漫画を描いたら、トリイの頭の上のふきだしの中にある言葉みたい。へんだよ」

「そうね、そうかもしれないわね」

ジェシーは手を伸ばしてわたしの髪を触った。「でも、それでもトリイのことが好き」といって、わたしが何かいうより早く、わたしの首に腕をまわしてひざに乗ってきた。

「ええ、わたしもあなたが好きよ。でもね、わたしに聞きもしないで触られるのはいい気がしないわ」

「どうして？」

「ひざの上にすわって顔を触るっていうのは、相手の人にとってとても馴れ馴れしいしぐさよ。だから、わたしたちは相手の人がそういうふうに触ってほしいとわかっているときにだけそうするものなのよ」

「ほらね？　またへんなしゃべり方をしてる。どうして『わたしたち』っていうの？　あなた、女王様なの？」

「いいえ、わたしが女王様なわけないじゃないの」

「女王様はそういうしゃべり方をするよ。『わたし』といわずに『わたしたち』っていうもの。

それはあの人が王室の人だから。トリイも王室の人なの？」

「あなたはどう思うの？」とわたしはにやにやしていった。

ジェシーは両方の腕をわたしの首に巻きつけて、顔をわたしの顔のすぐ近くに近づけてきた。

「あたし、トリイの赤ちゃんになりたい。それが、あたしの思っていること。トリイにお母さんになってほしい。あたしを養子にしてもいいよ。そうしたらいつでも『わたしたち』っていってもいいよ」

「それはすてきだわね。でもね、いまはあなたとわたしはお友達になるの。そして、一緒にいろんなことをするのよ。時機がきたら、あなたがお母さんとお父さんを持てるようになる準備をするためにね。あなたに家族ができる準備をするお手伝いをするの」

「あたしにはもう家族がいるよ」

「ええ、知ってるわ」

「だから、別の家族を持つための準備なんて必要ない」

「あなたの自分の家族のもとに帰るための準備よ」

「準備なんか必要ないよ。だって、生まれたときからそこの家族だもん」

わたしはにやっと笑った。「ということは、わたしはあなたを養子にはできない、ってことよね？　だってあなたにはもうお母さんがいるんだもの」

「そうだよ。だけど、今はトリイの子どもになりたいの」ジェシーはそういって、わたしにすり寄ってきた。「トリイの子どもみたいに抱っこしてほしい」

「ここに、わたしの横にすわってくれたほうがいいと思うんだけど」とわたしはいい、彼女の腕をはずした。「ここにすわって、あなたの家族について話してちょうだい。聞きたいわ。だってあなたの家族のことをあまり知らないから」

この提案を聞いて、ジェシーはにっこりと笑った。「いいよ。全部話してあげる。あたしにはふたりお姉ちゃんがいる。ひとりはネスタって名前で、もうひとりはケイトっていうんだ。ネスタは二十七歳で美容師。すごくきれいで、あたしが家に帰るとあたしもきれいにしてくれるんだ。そのうちお化粧の仕方を教えてくれるって。ケイトは二十九歳で、ケイトもすごくきれいなんだよ。赤くて長い髪がここまであるの」とジェシーは自分の上腕を指した。「ケイトの髪は巻き毛で、戦士プリンセスみたいなの。ブーディカ（ケルト人イケニ族の女王。ローマ帝国に対し、大規模な反乱を起こした）みたいな。ケイトはホテルで働けるように大学でケータリングの勉強をしてるんだよ。高級なホテルでね。夜にはベッドの上にチョコレートを置いておいてくれるようなホテルだよ。で、ケイトはそのチョコをあたしにも持ってきてくれるって」

「それはすてきね」わたしは声に疑念が出ないように気をつけながらいった。

「お父さんは自動車修理工場で働いてる。そしてお母さんはポンドランド（百円ショップのような店）で働いてるんだ。でね、夜家に帰ってくるときに、ジャファ・ケーキ（クッキーにオレンジゼリーをのせ、その上からチョコレートをかけた菓子）の箱を持ってきてくれるんだ。中のクッキーが壊れてしまった箱があったりしたときには、お母さんはいつもそれを持ってきてくれるの」

「それはすてきね。だけど、わたしがあなたの家族について聞いていることとはちょっとちがうわね」

「あたしの家族のことはよく知らないっていったんじゃなかった？　だからトリイが知らないことをいってあげてるんだよ」

「あなたは家族の人たちも知らないことを話しているように思えるんだけど」とわたしはいって、笑みを浮かべた。

　ジェシーはけたたましい声をあげて笑い崩れた。

「だから、あなたのほんとうの家族のことを話してくれない？」

「話してるよ」

「作り話をしているように思うんだけど」

　ジェシーがあまりにも大げさに笑いだしたので、椅子から転げ落ちるのでは思うほどだった。

「トーマス先生は、あなたのお父さんの名前はグウィルで自動車工場で働いているって話してくれたわよ」

「ううん、その人はあたしのお父さんじゃないの。あたしのお母さんの二番目の夫。あたしのほんとうのお父さんはセルウィンという名前で、自動車修理工場で働いてる。環状交差点のそばの大きな工場だよ。お父さんはそこでとっても大事な仕事をしていて、アイルランドへ行く大型トラックの車輪を修理したりしてるんだ。車輪が壊れてしまった大きなトラックをお父さんがそこまで運転してきて、直すんだよ。それを道路の上でしなきゃならないから、すごく危険なんだ。それからお母さんはポンドランドで働いていて、あたしが食べきれないほどたくさんのジャファ

・ケーキを持ってきてくれる。あたしが家にいるときにはね」
そしてジェシーはつけ足した。「で、来月家に帰ることになってるの」

ジェシーがわたしに語ったことはすべて嘘だとわたしは確信していたが、少し途方に暮れかけていた。彼女の話にはあまりにも多くの紆余曲折があったからだ。とにかくわたしが知っていることに彼女を引き戻すことしか、考えつかなかった。

「ジェンマはまだ家にいるの？」とわたしはきいた。

「ジェンマ？　ジェンマってだれ？」とジェシーは答えた。

「あなたのお姉さんよ。あなたには三人お姉さんがいると思ってたけど。ジェンマはまだ学校に行っているはずでしょ」

「いったいどこからそんなこと考えついたの？」ジェシーは信じられないというような口調できいた。

「あなたの記録にそう書いてあったのよ、ジェシー」

「だったらどうしてあたしにきくの？」

わたしはいらいらして肩を落とした。

「あー」突然、わかったというふうに彼女がいった。「何のことをいってるのか、いまわかった。あのジェンマのことね。彼女はあたしのお姉さんじゃない。義理のお姉さん。グウィルの娘なんだよ」

「でも、あなたのお母さんが彼女のお母さんなんでしょ？」

「ちがう。ジェンマはあたしの義理のお姉さんなの。みっともない義理のお姉さん。ここんところにほくろがあるんだよ」ジェシーはそういって、自分の顎を指さした。「シンデレラの義理のお姉さんみたいに。トリイにもほくろがある。そこの首のところに」ジェシーはわたしの首を指さした。「そんなものは取らなきゃいけないのに」

「ありがとう。でも、このままでいいのよ」

「だめだよ。ほくろのせいでみっともない義理のお姉さんみたいに見えるもの。あたしがそのほくろを取ってあげる。鉛筆でほくろをえぐり取ってあげる」そういうと、ジェシーはわたしが反応する前に、テーブルの上にあった鉛筆を手にすると、その先をわたしの首のほくろに押し当てた。そっとだったので、たいして痛くはなかったが、わたしの頸静脈のすぐ上に先のとがったものがあるという事実から気をそらせることができなかった。

「それをどけてくれないかしら？」とわたしは静かにいった。「わたしたちは鉛筆で人を突いたりしないものよ」

「あ、また女王様のしゃべり方だ。わたしたちはそんなことをしないのよ、だって。それに、あたしは突いてないもん。鉛筆はただほくろの上にあるだけだよ」

「お願い。鉛筆をどけなさい」

鉛筆をどけながら、ジェシーはわたしににっこりと笑いかけた。彼女は異常なほどアイコンタクトに長けていて、まっすぐ相手の目を見ることに何の躊躇も感じていないようだった。親しげな様子で首を傾け、彼女はいった。「大好きだよ」

この前のときと同じく、今回のセッションもジェシーは主導権を取るのに成功したわけだ。わたしが練りに練った計画は、チェッカーをするか絵を描くかという限られた選択肢を彼女に与え、彼女をわたしと対面するようにすわらせることだった。それなのに今のわたしたちときたら、わたしのそばにすわっているジェシーに向かって、わたしの首の手術をやめさせようと話しかけているのだ。ジェシーには不気味なほどのカリスマ性があることに、わたしは感心していた。彼女のアイコンタクト、明るい笑顔、相手に触ったり、物理的にすぐそばまでくることさえもが、魅力的であると同時に相手を落ち着かなくさせる化学反応を引き起こしていて、彼女の行動をさえぎってセッションをたて直すのを難しくしていた。

ジェシーが鉛筆をわたしの首から離したので、わたしはゆっくりと鉛筆を彼女の指から引きはがし、再びテーブルの上に置いた。「で、今日は何をやりたいの？　チェッカーをする？　それとも絵を描く？」

ジェシーは手を伸ばしてきて、わたしの顔の側面を撫でた。わたしはそっとその手を下に降ろさせた。

「あなたのことがほんとうに大好き」とジェシー。

「どっちがやりたい？」

「トリイがあたしとセッションするために来てくれてうれしい。あたしから悪魔を追い出してくれる人だもの」

できるかぎりやさしく、わたしは彼女をひざから降ろして立ち上がった。「どっちをやりたいの？」そういって、仕事かばんを開けた。

「絵を描く」ジェシーは退屈そうな声でそういって、手を伸ばしてフェルトペンを取り出した。わたしはテーブルの反対側まで歩いていって、椅子を引いてすわった。ジェシーはペンを何本か取ると、わたしと同じ側にやってきた。

「だめよ。わたしはテーブルをはさんですわるほうがいいの」とわたしはいった。

「でも、あたしはここにすわるほうがいいんだもん」そういうと、ジェシーはわたしの隣の椅子にすわった。

こんなふうに事態は進んでいった。わたしがやることにいちいち疑問を投げかけられ、反撃を受けた。その間ずっとジェシーは愛想がよく、怒ったり気まずくなったりすることはなかったが、それでも一ミリも譲ろうとはしなかった。わたしもそうだった。わたしが興味を引かれたのは、このことを認識できているというジェシーの能力だった。次の動きでわたしが自分の意志を押しつける、というぎりぎりのところまで彼女はわたしを追い詰め、そのぎりぎりのところで何か別のものへと切り替えるのだ。彼女は毎回わたしの行動を正確に読んでいた。ということは、いやいや従っているようなときでさえ、基本的には彼女は自制心を保っているということだった。

わたしたちはなんとか落ち着き、彼女は絵を描きはじめた。今回はなぐり描きも「悪魔」の絵もなかった。その代わりにジェシーは紙の右下の隅に複雑なヒバリの絵を描きはじめた。

まったく会話がないまま数分が過ぎた。わたしはこのひとやすみの時間がうれしかった。それまでのうんざりするようなセッションの後、自分の考えを整理することができたからだ。同時にジェシーを観察する時間も持てた。

小さなヒバリを描いているあいだ、ジェシーはテーブルに左肘をついて前腕に頭を預けていた。ヒバリの羽にピンクと緑の色を選び、それらのペンを短く繊細なタッチで走らせていた。

「その絵について何か話してくれる？」作業中の彼女にわたしはきいた。

「わかんない」

「どうしてヒバリなの？」

ジェシーは答えなかった。が、絵を描くのをやめた。それまで翼のひとつを明るいフューシャピンクのペンで塗っていたのだが、そのペンを紙から離した。

彼女が答えるつもりなのかどうか、わからなかった。それまで、わたしたちの会話は他の活動と同じように、どちらが主導権を握るかをめぐる地雷原のようなものだった。わたしが彼女から答えを引き出そうとどんなに努力をしても、たいていの場合、彼女は「わかんない」とか、「たぶん」「そうかも」などという何の変哲もない答えしかしなかった。

ところが、今回彼女は「幸せだから」といった。

わたしは彼女の言葉を繰り返すつもりで、「ヒバリがあなたを幸せな気持ちにしてくれるの？」といった。

「ちがう。そうはいってないでしょ。それが幸せなの。ヒバリが幸せなんだよ」

彼女は左の前腕に頭を預けた同じ姿勢のままだった。左手の指を髪にからめている。初めて、彼女はわたしと目を合わせなかった。目は絵を見たままだった。

「あなたがこの絵を描くのは、ヒバリが幸せな鳥だから？」

「ちがうよ。あたしのいうことを聞いてないのね。それが幸せだからだよ」

わたしはわけがわからなくなった。彼女がいおうとしていることをもっと理解しようとして、わたしはいった。「このヒバリが幸せなの？」

「ちがう」彼女はまっすぐすわりなおしたが、そのとき彼女の目に涙が見えた。「ちがう。ちっともわかってない！」

「ジェシー……ジェシー、たいしたことじゃないわ。だいじょうぶよ」

「だいじょうぶじゃないよ。トリイにはわからないことなんだから。だれにもわからないことなんだから」ジェシーは絵を描いた紙をつかむとくしゃくしゃに丸めてしまった。そしてひどい剣幕で丸めた紙をテーブル越しにわたしに投げた。「ここにはいたくない。今までだってずっとここにいたくなかった。あんたなんか大嫌い！」

そういうと、ジェシーは飛び上がって部屋から走り出ていった。

絵はわたしの肩に当たって床に落ちた。それで、わたしはかがんでそれを拾い上げた。広げてしわを伸ばし、テーブルに乗せてそれを見た。

ヒバリはとても繊細に描いてあった。絵そのものは三センチほどの高さしかなかったが、それでも細部はすべて描きこまれていた。小さなくちばし、ビーズのような目、翼には一本一本羽が描かれている。ジェシーは色を塗っている途中だったので、片方の翼が明るいピンクなのに、もう片方はまだ白いままでちょっとバランスがとれていないように見えた。

何が起こったのか、次に何をすればいいのかよくわからないまま、わたしはすわっていた。わたしたちが一緒に過ごすはずの時間がまだ三十分ほど残っていた。わたしたちはジェシーが暮らしてもいるグループホームでセッションを行なっていたので、監督を受けないままにセッションから出ていっても、危険ではなかった。だから、彼女を追いかけていく必要はなかった。それでも追いかけていくべきか、そうでないか、わたしは考えていた。彼女が自分で時間と空間をコントロールできる場所にいるほうが、より頭を冷やして自分を取り戻せるかもしれない。でも、そうしたら、また悪さをするためにそれを利用するかもしれなかった。同時に、わたしが彼女をさがしにいかなかったら、彼女の身に起きたことをわたしが気にかけていないととられるかもしれない、とも考えていた。同時に、わたしが彼女を追いかけていくと、またもや自分が勝ったとみなすかもしれない、とも思うのだった。

わたしが決めかねているうちにドアが開いて、ジョーゼフが立っていた。彼の前には目に涙をいっぱいいためたジェシーがいた。「このお嬢さんは、いまはここにいるべきだと思ってね」と彼がいった。

ジェシーは今にも泣きだしそうだった。

「いま、ここにいたい?」とわたしはきいた。「いやだっていってもいいのよ。そっちのほうがよかったら、テレビ室に行ってもいいのよ。だったらわたしは帰るから。でも、ここに戻ってきたいのなら、それでもいいのよ」

ジェシーは唇をぎゅっと噛みしめて、長いあいだわたしを見ていた。

ジョーゼフが彼女を促した。「だけど、どちらとも決めないままに、ずっと戸口に立ったままでいるのはだめだぞ。いますぐ決めなさい、じゃなかったらぼくが決めるよ」

「中にもどる」とジェシーがいった。そして、せかされることもなく、中に入ってきてテーブルのわたしとは反対側にすわった。

ジョーゼフはドアを閉めて去って行った。

ジェシーはすっかり意気消沈しているようだった。ため息をつくと、彼女は顔がテーブルにくっつきそうなほど前かがみになった。

わたしたちはしばらく黙ってすわっていた。

「いま気持ちが高ぶっているみたいね。何が起こったのか知りたいの。どんな気持ちか教えてくれる？」

「死にたい気分だよ」

「それはずいぶん激しい気持ちね。それについてもっと話せる？」

彼女は首を横に振った。「わかんない」

「あなたの気分がよくなるように、わたしに手伝ってほしい？」

「うん」と彼女はうなずいた。

「まず、こういうふうにすわりましょう」とわたしは背筋を伸ばした。「それからわたしがいうようにやってね。深呼吸をするの。吸って。こんなふうに……」長くゆっくりと息を吸い込んで、わたしは見本を示した。「そのまま息を止めて五つ数えるの……それから大きくひと息で息を吐き出す。『ハァ』っていうときのようにね」わたしはまた見本を示した。

ジェシーは背筋を伸ばしてすわった。わたしが深呼吸を三回やったときに、彼女もやりだした。

「もう一度。吸って、溜めて、それから、ハァ！」

吐き出す音に、彼女は笑みを浮かべそうになった。

「気分いいでしょ？　もう一度。でも今度は、大きく息を吸うときにきれいな澄んだ空気を吸い込んでいるって想像して。そして、ハァっていうときには、悪い空気をすべて身体から吐き出しているって想像するの」

ジェシーは深呼吸を繰り返した。

「今度は頭をリラックスさせて。頭を少し前に傾けるの。そうすると首の筋肉がリラックスするから」

ジェシーはわたしの言葉を文字通りにとって、再び頭がテーブルにつくほど前に傾けた。わたしはそのことについては何もいわず、ただ言葉をつづけた。「あなたの頭のてっぺんに意識を集中できるかどうか見てみましょう。あなたの心を頭のてっぺん、髪のところに持っていってみましょう。頭のてっぺんに髪の毛があるのを感じられる？」

「感じられる」とジェシー。

「いいわよ。じゃあ、今度はわたしがいくつか質問をするわね。自分で答えを考えるだけでいいから。いい?」

ジェシーはうなずいた。

「あなたは頭のてっぺんにいるの。そこにいる気分はどんな感じ? 頭のてっぺんの皮膚を感じられる? 口に出していわなくていいの。気づくことができるかどうか見てみて。その皮膚は熱いか冷たいかわかる?」

「わかる。熱くて火の上みたいにひりひりする」とジェシー。

わたしは彼女が声に出していっていることには黙っていた。たいして重要ではなかったからだ。

「今度は額を感じることができるかどうかよ。額の皮膚に集中できる? ただそこにあると気づくだけでいいの。言葉を使わないで。額の皮膚を意識できるかどうかに注目して」

額から目、こめかみ、顎、そこからさらに下というふうに、わたしは彼女の身体の部分を次々と下がっていき、そのたびに彼女がそこで感じている感覚をたずねていった。そうやって足まで来たとき、こういった。「今度は身体全体を感じることができるか見てみましょう。頭のてっぺんからつま先まで全部よ」

「皮膚がもぞもぞするみたいに感じる。あたしが内側にいて、皮膚の下を這っていて、外には出られないみたいな感じ。皮膚をはぎ取ってしまわないと、この感じをどうしても止められないみたい」

「それは気持ちわるいでしょうね」とわたし。

「うん。あまりにもぞもぞするときは、ナイフで皮膚をひっかくの。血が出るまで何度も何度も。それから切るの。血が出るまで切り続ける」

わたしはすぐには答えなかった。そのせいで、わたしがこのリラックス・エクササイズを始めてから初めて、ジェシーが頭を上げた。彼女はテーブル越しにわたしを見た。その表情は読み取れなかった。

「どこを切っているのか見せてくれる？」とわたしはきいた。

わたしはただ指さしてもらおうと思ったのだが、ジェシーはただちに椅子から立ち上がり、テーブルをまわってわたしがすわっているところまでやってきた。「ズボンを下ろさなきゃ」ジェシーはそういって、ズボンのボタンをはずしはじめた。「あたしがそんなことをやっているのは誰も知らないの。だって、あそこにやっているんだもん」

「自分のあそこを切っているっていうの？」

彼女はうなずいた。

わたしは彼女の手を押さえてズボンを脱ぐのをやめさせた。「そのことを話してくれてうれしいわ。だって、大人がそのことを知るのは大切なことだから。でも、もしあなたのあそこをわたしに見せる必要があるのなら、まず他のスタッフにも来てもらわないと。それでいい？」

ジェシーは動きを止めた。「だめ」

「エニールは？　エニールに来てもらってもいい？」

「だめ。エニールには知られたくない」

「これは秘密にしておくようなことじゃないわ、ジェシー。もしあなたが自分を傷つけているのなら、信頼している大人にも知らせることが大切よ。そうすれば、あなたが気持ちを押さえられなくなったときに助けてあげることができる」

「エニールにあたしのあそこを見てほしくない」

「わかったわ。でも、わたししかいないところで、あなたがズボンを下ろすのはだめなの。だから、しばらくのあいだ、あなたが自分を切りつけたくなる気持ちについて、話だけしてくれる？そこを見るのはまた別のときにしましょう」

ウェストのベルトにかけていた手をだらりと落として、ジェシーはわたしを見た。その表情から悪魔っぽいきらめきは消えていて、目は悲しそうだった。「おひざに乗ってもいい？」と弱々しくきいた。

「わたしの隣の椅子にすわれば？　あなたの肩を抱いてあげるわ。それでどう？」

彼女は肩をすくめた。「いいけど。どうでも」


家に帰るとすぐに、わたしはメレリに電話をしてその日のセッションのことを話した。ジェシーの記録簿に自傷行為があったことにはまったく気づいていなかったが、急に性的虐待のことが気になってきていた。彼女の年齢を上回る知識があることを思わせる、相手に馴れ馴れしく触るジェシーの行動には、こちらの気をもむようなことを暗示する何かがあった。深読みしすぎだと思われたくなかったので、このことについてはメレリには何も話していなかった。ジェシーが撫でたり触ったりするのは、入念に仕組まれた相手を操作する行動の一部で、性的な意図はまったくないということも考えられた。だから何かいう前に、もっと時間をかけて様子を見てみようと思っていたのだった。だが、その午後のセッションでそんなことをいっていられなくなった。

ジェシーに触れられると、まるで性的な意味合いがあるように感じる、とメレリに話すと、彼女はそれを認めて、ジェシーのこの行動を不愉快に感じているスタッフが他にもいるといった。ジェシーがジョーゼフの性器のあたりを触ったという出来事が三回あったという。最初のときは、偶然だったかもしれないとジョーゼフはいった。子どもたちが数人でゲーム室を走り回ってふざけていて、ジェシーがジョーゼフにぶつかってきた。だから、彼女は手を彼のその部分に持っていくつもりはなかったのかもしれない、と。しかし、他の二回は彼女がテレビ室のソファで彼の隣にすわっているときに起こった。そして二回とも彼女は意味ありげに手を彼のズボンの上に置いたというのだ。

ジェシーの他の子どもたちへの行動はどうなのか、とわたしはきいた。これまでに性的な出来事はなかったのか、と。このグループホームでジェシーは最年少なので、他の年上の子どもたちから性的な犠牲者にされる可能性がずっと高いことが気になった。もし彼女のほうから気のあるそぶりを見せたりしたら、その危険性はますます高くなる。

メレリの知るかぎり、子どもたちのあいだで性的に不適切な行動はなかった。ジェシーは最も年齢の近い少女との関係がうまくいっていなかった。メラニーという十一歳の子だ。だが、それも、だれとだれが友達だとか、だれがだれを無視しているなどという、メレリがいうところの

「思春期前期の女の子によくある」たぐいのものにすぎなかった。メレリが気づいていた唯一の他の問題は、しつこい悪口だった。ホームに来たばかりのころ、ジェシーは獰猛で人を寄せつけなかった。年長の子どもたちの中に、彼女に「Gathpuss《ガトプス》」というあだ名をつけた者がいた。ウェールズ語と英語を合成した言葉で、「子猫」という意味だ。ジェシーがすぐに「ひっかく」からだった。子どもたちの公式な説明はそうだったが、おそらくそれ以上の意味もあっただろう、とメレリはいった。「puss」はすぐに「pussy」（子猫ちゃんという意味の他に、女性器の意味もある）になるし、ウェールズの発音では「piss」（おしっこという意味）のようにも聞こえるからだ。いうまでもなく、スタッフたちはこのあだ名をやめさせようとしたが、その努力の甲斐もなくあだ名はしつこく生き残っている、とメレリはいった。

自傷行為のことも、メレリにきいてみた。ジェシーが自分の身体を切ったことには気づいていなかったが、グループホームの子どもたちの何人かは自傷行為をやっていた。これはホーム側が常に取り組まなくてはならない深刻な問題だったが、これまでのところ、ジェシーがそれを行なったという報告はなかった。

そのときメレリがつけ加えるようにいった。「そう聞いても驚かないわ。ジェシーは他の子どもたちがそういうことをやっているのに気がついているだろうから。そういうことをすると注目を浴びることも見てきているでしょうし。子どもたちがスタッフにいっているのを聞いているし。彼女の鬱積した怒りのことを思えば、いずれそういうことが起こると思っていたわ」

それはわたしが望んでいた答えではなかった。もっとも、わたし自身も自傷行為が他に伝染する行動であることも、自分でもはっきりと説明のつかない高度の感情的プレッシャーを感じている若い子どもたちにとって自分を解放するごく典型的な行動だということも、わかってはいた。それでも、切りつける場所としてジェシーが自分の性器を選ぶのは異常に思えた。この行動にまつわるわたしの経験からいうと、子どもたちは腕や脚など手近な場所を選ぶ。フロイトでなくても、自分の性器に切りつけ、破壊的な性的感情を持つことと虐待の関連を疑うのがふつうだろう。

ジェシーの医療記録に性器の傷に関する記述はないのか、と聞いてみた。医師や看護師が何か異常を記録していないのか、と。メレリの答えはノーだったが、入所以来彼女は検診を受けていないことがわかった。

これを聞いて、わたしにはひとつ疑問が残った。彼女はこの話をでっちあげたのか？　ということだ。あんな年少の子どもがこれほどまでに人を操ることができるとは考えにくかったが、ありえないとも言い切れなかった。自分の性器を傷つけていると人にいうことは、ジェシーにしてみれば相手にショックを与えるたいへんな武器となるだろう。しかも、わたしたちはその場でそれをチェックすることもしにくい。その一方で、わたしとしては彼女の言葉を無視してしまうこともできなかった。特に彼女は、ほんとうに深刻そうな口調でそう話したのだから。わたしはいいようにもてあそばれたのか、そうではないのか、とわたしは逡巡していた。今回は悪魔が勝ったのか？　それとも傷つきやすい小さな女の子が大事な秘密をわたしに打ち明けてくれたのか？

6

翌週、娘が肺炎にかかって入院したので、わたしはジェシーに会いにいけなかった。だが、検討会議には出席することができた。会議が病院のある町で行なわれたからだ。会議に出ていた他のメンバーには、メレリ、ジョーゼフ、エニール、それからホームで夜勤のスタッフをしているひとり、医師、そしてソーシャル・サービスの児童心理学者、ベン・ストーンもいた。

最初の議題のひとつは、ジェシーの自傷行為だった。わたしが彼女に会ってから、彼女は検診を受けたが、医師は彼女が性器のあたりを切ったという証拠を見つけることはできなかった。そこを自分で傷つけたとジェシーがわたしに嘘をついた、というところでおおむね意見が一致した。しかし、両脚のひざの上にある昔の傷あとが、どこかの段階で彼女が自傷行為をしたかもしれないことを示していた。医師がジェシーにそのことについてきいたときも、もっと後でベン・ストーンが同じことをきいたときも、ジェシーは自傷行為を否定し、古い傷は昔、家にいたときのものだと答えた。自分が好きだった遊び場所に行くために、よく鉄条網の柵を登っていたからだ、と。専門家はふたりともこの説明がほんとうではないと思ったが、彼女が否定したことに驚きもしなかった。検診を受け、いろいろ質問されたことで、ジェシーは傷つきやすくなってしまい、そのため彼女が状況をコントロールする必要性が高まり、嘘をついたり人を操作しようとすることが増えた。そんなわけで何の結論も出なかった。しかし、傷あとは古いものだったので、これが現在の彼女の安定に特に脅威になることはないだろう、と専門家たちは感じていた。

わたしは性的虐待についてたずねてみた。そして、怒りを感じたときや、気持ちが動転したときに自分の性器を傷つけたくなるとジェシーがわたしに話したことは、わたしには暗号化されたメッセージのように感じられたし、彼女が実際には性器を傷つけていなかったとわかった今となってはよけいにそう思える、といった。

他のソーシャル・ワーカーのひとりは、これはジェシーのメンタル・ヘルスの問題の特質だといって、わたしの懸念には同意しなかった。人を操作する達人であるジェシーは、相手にとって最もショッキングだと彼女が思うことに狙いをさだめ、その結果最大の効果を得るのだ、と。彼女はこれまでこのパターンを何度も何度も見せてきたし、わたしが新参者なので、わたし相手にこのようなことを選んだのはいかにも彼女がやりそうなことだ、と彼はいった。「あの子の年齢にだまされてはいけません。あの子はこの上もなく世知に長けているんですよ。ジェシーがほんとうのことを話しているなんて、金輪際思わないことです」と彼はいった。

わたしは彼の分析にむっとした。ジェシーにとっては新参者かもしれないが、わたしはジェシーのような行動上の問題を持つ子どもたちを扱うのには慣れていた。おそらくこのソーシャル・

ワーカーと同じくらい多くこの種の問題児を直接扱ってきたと思う。もっとはっきりいえば、彼のコメントは、ジェシーについてというよりは自分の縄張りを守りたいためだったのではないか。慈善団体から派遣されたボランティアというわたしの立場からいえば、わたしはこれまでの経験とは関係なく、そこにいた人々のヒエラルキーのずっと下に位置していた。彼のコメントはわたしにその会議での立場をわきまえさせるためのものだったのだ。

ジェシーの名誉のためにも、わたしはいらいらした。彼女がわたしを操作しようとしたとしても、そうでないとしても、あんなことをいうなんて九歳の子にとってはぞっとするようなことだ。仮にまったくの嘘だったとしても、そんなショッキングなことを彼女にいわせるほど心が苦しみ混乱していたとしたら、当然真剣に向き合うべきではないか。

議題は移っていき、もう性的虐待の話題にはもどらなかった。代わりに彼らはまずジェシーの両親のことを話し、それからジェシーを家庭にもどす可能性について話した。さまざまな理由からこれにはまだまだ道は遠い、とみんなが同意した。それで、話題は里親のもとに措置することへと向かっていった。これはわたしたち全員が望むところだったが、残念ながらジェシーの厄介な行動のために、彼女にはセラピー的な効果のある里親が必要だった。つまり、彼女のような問題を持つ子どもを扱う特別な訓練を受けている里親のところ、ということだが、そのような場所はなかった。どういう立場から参加しているのかわたしにはわからないある人が、彼女をふつうの里親のところに措置して、週ごとにセラピーを受けさせる可能性について提案した。これまでにもふつうの里親ではうまくいかなかった、とメレリがその女性に思い出させた。すると、その女性はだからセラピーを受けさせるのだ、と強調した。このことから、予算の不足、地元の行政機関にジェシーにカウンセリングを受けさせる余裕があるのかどうか、近くに国民健康保険《NHS》のサービスが受けられる施設があるのかどうか、あったとしてどれくらい順番を待たなければならないのか、という議論に発展していった。そして、わたしたちはおそらく現状の中で最大限できることをやっているのだろうが、すべてのケースでそういえるように、それでも十分ではないということを認識して、会議は終わった。

次にわたしがグループホームを訪ねたとき、ジェシーはわたしに会いたがらなかった。ジョーゼフが、わたしと会わないのならその日の後みんなで行くことになっているアイス・スケートのリンクへジェシーは連れていかない、といって、無理やり彼女を連れてきた。彼がわたしにそのことを説明しているあいだに、ジェシーは足を踏み鳴らして彼のそばをすり抜け、部屋に入ってきた。

「怒っているみたいね」ジョーゼフが行ってしまってから、わたしはいった。

「ジョーゼフはトリイにあんなこといわなくてもよかったんだよ。あたしは来るつもりだったのに。あたしが来ないつもりだったなんて、いわなくてもよかったんだよ」

「いいえ、あなたは来るつもりはなかったんでしょ。だから彼は説明したのよ。行くことになっている場所に行くつもりがないなんてときには、ふつう人にいうわよ。それをジョーゼフはしてくれたのよ」

「あたしにいってくれなかったじゃない」

「あなたに何をいわなかったって？」

「先週来ないってことを。あたしにいわなかったじゃない。それなのに、来なかったじゃない。全然」と彼女は不機嫌そうにいった。

「娘が病気になったのよ。スタッフから聞かなかった？　いってくれることになっていたんだけど。もし、聞いてなかったのなら、悪かったわ」

「うん、あの人たちは話してくれなかった」

わたしはジェシーを見つめた。彼らはちゃんといってくれたはずだ、とわたしは思った。このメッセージが伝わらなかったと考える理由がなかったからだ。ジェシーが嘘をついているのか、彼女が忘れてしまっただけなのかはわからなかった。いずれにしても、彼女は傷ついた様子だった。そして、特徴的な、ひるむことのないあの輝きを帯びた緑色の瞳でわたしをじっと見返した。

「そうなの、それは悪かったわね。当てにしていたときに、そうならなかったらがっかりするわよね」とわたしはいった。

「がっかりなんかしなかったよ」と彼女はぼそぼそいった。「それに、別に当てになんかしてなかったし。なんでそういうことをいうの？　どっちにしてもあたしはここになんかいたくないよ。ここに来たかったことなんか一度もないのに。娯楽室にいるほうがいいもん。先週はここに来なくてよくてうれしかったくらい」

わたしは笑みを浮かべた。「そうね、それでも悪かったわ」

彼女は肩をすくめた。「どうでもいいよ」

ジェシーが席についたので、わたしは彼女とは反対側にすわった。そして仕事かばんをわたしたちのあいだに置くと、かばんを開いた。

「これは何をするもの?」そうきくと、ジェシーはかばんの中に手を伸ばした。そして、マジックでゼロから10までの数字を書いた細長い帯状のプラスチックを取り出した。「これで何をするの?」

「それはわたしの定規よ」

「定規じゃないじゃない。プラスチックの切れ端だよ。それにこれでは何も測れないよ。手作りだもの。トリイが作ったのね。数字と数字のあいだが均等にもなってない。それにセンチメートルでもないし。ただ数があるだけ。だからこれじゃあ何も測れないよ」

「これはね、幸せを測るものなの」

「ばかみたい」そういうと、彼女はまるでそれが汚染されてでもいるかのように、プラスチック片をぽとりと落とした。

「やり方を教えてあげるわ」わたしはチェッカーの駒が入っている小さな缶を開けて、黒い駒ひとつと赤い駒ひとつを出した。そして赤い駒を彼女のほうに押し出した。

「やり方なんて知りたくない。ばかみたいだもん。何か他のことをしよう」

プラスチックの定規をテーブルの上に置いて、わたしはいった。「いい? ゼロって書いてあるのが見える？　これはね『全然だめ』『ゼロ』『ひどい、ひどい、ひどい』て意味なの。ゼロは悪い端っこ。10はいい端っこ。10は『すごくいい』『すばらしい、すばらしい、すばらしい』って意味なのよ。いまからやり方を教えるわね。これからチョコレートにはどれくらいの幸せがあるかを測るわよ。あなた、チョコレートは好き？」

「これでは遊ばないから。そういったでしょ。どうしてあたしのいうことをちっとも聞いてくれないの？」

「それでもいいわよ。このゲームのいいところは、ひとりでもできるところなの。『わたしはチョコレートがどれくらい好きかしら？』」黒いチェッカーの駒を取り上げて、わたしは8の上に置いた。「チョコレートは好きだけど、大好物っていうほどでもないの。だから8にするわ」

「ばかみたい」とジェシーがいった。「チョコレートは10でなきゃ。そんなことだれでも知ってるよ」

「じゃあ、あなたなら駒を10の上に置くってことね」とわたしは答え、赤い駒を引き寄せて10の上に置いた。「芽キャベツはどうかしら？　わたしは6にする。芽キャベツはかなり好きだけど、他の野菜ほど好きでもないから」わたしは自分の駒を6に移動した。

「6？」ジェシーが大声で叫んだ。「芽キャベツが6だなんてどうしていえるの？　芽キャベツはゼロだよ。ぜったいにゼロ。あってはいけないくらいの野菜なんだから」

わたしは赤の駒をゼロに移した。それから黒の駒もそこに下げた。「わたしがあってはいけないと思っているものって、何だか知ってる？　交通渋滞。渋滞に巻き込まれるのが大嫌いなの。

わたしにとってはそれが幸せ度ゼロだわ」

このゲームにはまって、ジェシーはいろいろな種類の食べ物を評価しはじめた。ポテトチップス、アイスクリーム、ステーキパイ（イギリスで伝統的に食べられるミートパイ）、マッシーピー（エンドウ豆を煮崩れるまでくたくたに煮た豆料理）、ラザニアなど。そしてわたしがそれらをどこにランクするかを当てようとして、わたしの駒も動かすと言い張った。わたしは好みの幅が広く、たいていの食べ物が好きだった。そのことがジェシーをいらだたせたようだ。

「マッシーピーが7だなんてありえない。マッシーピーは、世界最悪の食べ物だよ。煮崩れたエンドウ豆。これがすべてを語ってるよ」彼女はゲーッという音を出した。

「あなたはひどいと思っているみたいだけど、わたしはそう思わないわ。食べ物の好みは人それぞれなのよ。だから、わたしの口には、マッシーピーはおいしいの」

「だけど、それに7をあげたじゃない。チョコレートより一つ下なだけだよ。ありえない」

「わたしの立場になって考えてみたらどうかしら。マッシーピーをフィッシュアンドチップスと一緒に食べたらおいしいかも、って想像してみたらどうかしら？」

「そんなことできない。うんちみたいなものを好きな人なんかいないよ。うんちみたいな味だ」

「少しのあいだ、自分の外に出てみない？　さあ、すわって」とわたしはいった。彼女は熱中のあまり立ち上がってテーブルに身を乗り出していたからだ。「いまからおもしろいことをやるから。目を閉じてちょうだい。これからちょっとした冒険に出かけるのよ」

初めて、ジェシーはわたしのいったとおりにした。わたしはテーブル越しに手を伸ばして、手相見のように彼女の両手を取った。「まず、あなたは心をリラックスさせなければ。これから特別のことをするんだから」

わたしの手の下でジェシーの両手が震えているのがわかった。

「自分自身が手まで下がってくるのを感じてほしいの。できる？　あなたの両手に注意を払って。あなた自身が頭から抜け出て指のほうまで下りていくのを想像して」

ジェシーは固く目を閉じたままだった。

「今度は、あなた自身がわたしの指にまで走りこんでくるのを想像して。あなたの注意はあなたの指先に降りてきて、今度はわたしの指先を通り過ぎて、わたしたちが触れ合っているわたしの手まで来るの。あなたの注意をわたしの腕を通り抜けてわたしの頭の中にまで走らせて。あなたはわたしだって想像するのよ。いい？　それができる？　自分をわたしの頭の中にまで走らせて、わたしの目から外を見るようにするの。あなたはテーブルをはさんでジェシーと向かい合ってすわっているわ。彼女が見える？」

彼女はかすかにうなずいた。

「あなたはトリイで、ジェシーと向かい合ってすわっている。そこに突然、お店からフィッシュアンドチップスのおいしそうなトレイがやってくるの。熱々で湯気が立っていて、おいしそうな匂いが立ち上ってる。あなたはすごくお腹が空いてる。フィッシュアンドチップスはふたり分あるの。ジェシーには彼女の分がある。それが見える？　おいしそうなお魚のフライが一切れと、ポテトチップスがいっぱい、ジョーンズ・ザ・フィッシュ・チッピーのすてきな厚紙のトレイに載ってるの。それを頭の中で想像できる？　あなたはまだジェシーと向かい合ってすわっているのよ。ジェシーが自分のフィッシュアンドチップスを見ているのが見える？　このおいしい食べ物をこれから食べるんだと考えている彼女の幸せそうな顔が見える？」

まだ目をつぶったまま、ジェシーはうなずいた。

「あなたはトリイなのよ。ものごとをトリイの立場から見ているの。さあ、今度はあなたのフィッシュアンドチップスが来たわ。すてきな厚紙のトレイの上に、おいしそうなお魚のフライが一切れとたくさんのチップス。それからトレイの隅にはチップスにつけるようにマッシーピーが入った小さな白い容器もあるわ。ウーン！　あなたはこれが好きなの！　すごくおいしそうに見えるのよ。あなたも幸せそうな顔をしている。おいしいお魚と、チップスとマッシーピーを食べるのが待ちきれなくて。ジェシーのにはマッシーピーはついていないの。彼女は自分の好きなふうにフィッシュアンドチップスを食べるから。でも、あなたのにはマッシーピーが少しついてる。あなたはフィッシュアンドチップスを、あなたの好きな食べ方で食べるから。あなたたちふたりともが幸せだと感じているの。あなたたちふたりともが、自分のランチのおかげで幸せ度10を感じているのよ」

ジェシーはぱっちり目を開いた。「おかげでお腹が空いちゃった！」

「そうね、わたしもお腹が空いちゃったわ」

「一緒にフィッシュアンドチップスを買いにいける？」とジェシーがきいた。

「そうだったらすてきよね？」

「できる？　たぶん、いつか？　あたしを外に連れ出して、ほんとうにジョーンズ・ザ・フィッシュのお店で買える？」

「そうだったらすてきね。いつかできるかもしれないわよ」

ジェシーはにっこり笑ってわたしを見た。

「わたしが話したように感じることができた？」とわたしはきいた。「わたしの立場になってみて、マッシーピーが少しはおいしそうに見えるようになった？」

ジェシーは考え込むようにじっとしていた。しばらくのあいだ考えていたが、やがてかすかにうなずいた。「まあね。でも、それはあたしがそれを食べなくてもいいってわかっていたからかもしれない。あたしがトリイになっていて、だれもあたしにそれを食べさせることはできないときだから、あの豆がおいしいのかもしれないって思えたんだと思う。少なくとも、トリイにとってはね」

「よろしい。まさにそうなれるようにやったのよ。だれか他の人の立場になるっていうのがどういうことかを知るためにね」

ジェシーは黙りこんだ。しばらくテーブルを見ていたが、やがて少し視線を上げて数字が書いてあるプラスチック片を見た。彼女は自分の駒を10のところまで持っていった。それからわたしの駒もそこまで移動させた。彼女は黙ったまま、じっと駒を見ていた。

「あたしがヒバリでやっているのもこういうことなんだ」と彼女は静かにいった。「前のとき聞かれたけど、あたし、説明できなかった。でも、こういうことだったんだ。ヒバリは10のところにいて、あたしは幸せってどういうことなのかを見ようとしている、みたいな。だってヒバリは幸せだから。だから、ヒバリの絵を描くと、幸せってどういうものなのかわかるような気がするんだ」

「なるほど」とわたしはいった。

沈黙がつづいた。それからジェシーはわたしを見上げた。彼女は片手をしばらく胸に当てると、いった。「心臓がすごくドキドキしている。走っていたみたいに」

わたしはうなずいた。「あることを考えると、いろんな気持ちがわいてきて、それがわたしたちの身体を突き動かして、そのせいで心臓がどきどきすることがあるのよ」

ジェシーはうなずいた。それから、しばらくじっとしていたが、再びプラスチック片に目をやった。「お母さんはこのゲームをできないと思う」

「どうしてかしら?」

「だって、お母さんにとっては何も10まで行かないもん。何も5までも行かない」

「トーマス先生から聞いたけど、お母さんはうつ病なのよね」

ジェシーはうなずいた。「自分の寝室に閉じこもっちゃうこともある。そんなふうになると、あたしは小さかったから、お姉ちゃんが学校に行っているあいだはあたしも自分の部屋にずっといなきゃいけなかった。お母さんがドアに鍵をかけちゃうの。あたしはトイレにも行けなかったんだよ。お母さんからおまるを渡されて、それを使わなくちゃいけなかった。お母さんはあたしにうろうろされたくなかったから。お母さんは自分の部屋にいって、横になり、ずっと壁を見てるの」

「あなたも辛かったわね」

「だから絵を描くことを覚えたんだ。他にすることがなかったから。小さすぎて本も読めなかったし。二冊だけ本があったんだけど、絵を見なくても何が書いてあるかわかってた。だから、自分で絵を描いたんだ。ゴミ箱から拾ってきた紙に。自分がヒバリになれるように絵を描いたの」

7

メレリとわたしは同僚と友達の中間に位置する関係になってきていた。彼女の私生活についてはそれほど知らなかった。彼女の夫に会ったことはなかったし、彼女もわたしの夫に会ったことはない。お互い相手の家に行ったことはなかったからだ。だが、難しい状況や難しい人相手の仕事に取り組むと必然的に生まれてくる激しさが、わたしたちに親近感や同志のような感情をもたらしていた。

メレリは「マーマイト」（英国製のイーストエキスのペースト。調味料に使ったり、パンに塗ったりするが、くせがある）のような性格だった。つまり、彼女のことを大好きになるか嫌いになるか、どちらかだった。中間はない。彼女の言葉はすべて、大きくて明るい、強調するような声で発せられる。まるで耳がよく聞こえない三歳児にいうように。しゃべるときには両手を派手に振り回し、何かおもしろいことがあるといつもワライカワセミのような派手な声で笑う。そして、着ている服は……大胆で、身体にぴったり沿う、ありえないほど華やかなものだった。いまこの瞬間にもテレビのカメラが写しに来るかもしれないと期待しているかのように。子どもたちは彼女のこの突拍子のなさが大好きだった。メレリがそばにいると人生が多少生き生きしてくるからだ。だが、大人はそれほどでもなかった。多くの人にとって、彼女はエネルギッシュすぎた。どんなときにでも弾んでいる感じだった。

だが、わたしは彼女の持前の性格のせいだけではなく、彼女の仕事への情熱のせいもあって、彼女が大好きだった。社会福祉の仕事はきつい職業だ。慢性的に資金不足、人材不足で、低賃金なのに、ソーシャル・ワーカーたちは毎日人生を変えてしまうような決断や状況と取り組まなければならない。メレリはそんな困難すべてを含めた自分の仕事が大好きで、献身的に取り組んでいた。わたしはその姿勢を敬愛していた。

そうではあるが、わたしは彼女が疲れていると感じることが多くなっていた。熱心な人の問題点は、他の人が簡単に彼らにどんどん仕事を任せ続けることだった。彼らは明らかに自分のやっていることを楽しんでいたし、ノーとはいわないのだから。メレリの場合がまさにそうだった。話の端々から、わたしは彼女が週末を費やして、そうでないとできないクライアントを追跡したり、わたしたちの住んでいる片田舎からはるか遠くで開かれる症例会議を開こうとしているのを知っていた。そして、夜は記録をつけることで過ぎていった。

そんなわけで、わたしはメレリをランチに誘った。症例を話すミーティングではなく、ただの息抜きのために。わたしは海に面した小さなカフェを選んだ。外にテーブルが出してあって、海からの風を楽しむことができるからだ。

メレリはこちらにもうつりそうなくらいエネルギーいっぱいの様子でやってきた。カフェに来る途中にあったギフトショップのウィンドウで見たボウルが、甥の結婚のお祝いにぴったりだと思い、それを買ってきたといった。それを紙袋から取り出して、わたしに見せてくれた。そのボウルはすごく大きかった。少なくとも直径六〇センチはあり、派手な緑と黄色の南米風のデザインのものだった。陶器ではなく、おそらく紙粘土か何かのごく軽い素材で作られているので、装飾用に作られたものだろう。まったくわたしの趣味ではなかったが、いかにもメレリらしかった。彼女はこのボウルがすごく気に入ったようで、それがあまりにすてきなので後で店にもどって自分用にもひとつ買おうかと思っているほどだった。

わたしたちはランチを注文した。このカフェはなんてすてきなの、お天気も最高だし、仕事から一時間抜け出せるなんてすばらしい、とメレリはいった。彼女はボウルがすごく気に入ったことに再び触れ、言葉を切ると紙袋から再びそれを取り出してうっとりと眺めた。そうしながら、彼女と夫とのあいだには子どもがいなかったから、その甥が彼女にとってどれほど特別の存在かを話した。前に彼女が不妊のことを話していたことを思い出したが、わたしたちはその後一度もそのことを口にしたことはなかった。メレリは、もう一度このカフェがすてきだといった。そして、ようやく一息ついた。

わたしは海に目をやった。ごくまれにマン島が見えることがある。いや、ほんとうに見ることはできないのだが。マン島はこちら側の海岸線からはかなり離れているし、地形のひずみから水平線の下に隠れてしまっていたからだ。だが、複雑な大気の条件によって、ときどきその島の蜃気楼がこちら側から見えることがあった。この種の蜃気楼はアーサー王伝説に出てくる魔術師モルガナにちなんで、「ファタ・モルガナ」と呼ばれていて、特にこの水平線にはよく現れた。

わたしたちの会話がとぎれた静かな合間に、どうしてこのことが頭に浮かんだのかはよくわからなかったが、マン島の蜃気楼のことを考えていると、霧の中から現れてはまた消えてしまうという、どんな船乗りたちも見つけだすことはできない不思議な島々の、古いおとぎ話のことを思い出した。船乗りたちが、遠くの海岸線を探検するために帆を上げて出航するところが想像できた。近づいていくと消えてしまうだけなのに。ただ、ここの場合は、彼らがあると思っている場所にないだけで、実際に島は存在しているわけだけれど。

そんなとりとめもないことを考えていると、ジェシーのことが頭に浮かんできた。彼女の嘘はこれに似ていたからだ。ほんとうのことの蜃気楼、ほんとうだけれど、ほんとうではない。ほんとうではないけれど、ほんとうだ、という意味で。このランチで仕事の話をするつもりはなかったのだが、突然そういうふうになってしまった。

わたしはメレリにいった。「ジェシーからお母さんはうつ病で、一日中ベッドで寝ていた、って聞いたの。それから、ジェシーをかなりの時間、彼女の部屋に閉じ込めたことも多かったって。ほんとうなの？　それとも、これもジェシーの作り話なのかしら？」

「どうかしらね」とメレリが答えた。「あの子の両親は、あの子を閉じ込めたのは放火を予防するためだけだった、といっているけど。ジェシーは生後十八か月で危険な状態にある子どもの登録を解除されたの。だから、わたしたちは家族のほうは追跡していなかったのよ。あの子が登録されたのは、赤ちゃんのときに入院したからという理由だけだったから」

「ええ、そのことだけど……そもそもどうしてジェシーはそのリストに登録されたの？　正直いって、ちょっと大げさすぎるように思えるんだけど。どうしてそんなことになったの？」

「プロザックよ」

わけがわからなくて、わたしは問うように眉を上げた。

「ダイアンはジェシーがあまりにうるさくて、いちいち反応するので、気持ちを鎮めなければならないと感じたというのよ。それであの子にプロザックを与えたというわけ。この薬はダイアン自身のために処方されていたんだけど、彼女はそれを砕いてジェシーのミルクに混ぜたの」

わたしは目を丸くした。「プロザックを？」

「ダイアンは心底自分は正しいことをしていると思っていたのよ」とメレリはいった。「もしジェシーを医者に連れていったら、医者もきっとそういうと思ってやっていたのよ」

「ちょっと、やめてよ。赤ちゃんに抗うつ剤を与えるのが適切だなんて思う人がいるわけないじゃないの。まったく、あの子を殺すことにならなかっただけでも驚きだわ。抗うつ剤よ？」

メレリはうんざりしたようにかすかに肩をすくめた。「よく泣く赤ん坊だったのよ。それでママは平安と静けさがほしかったの。わからないわよ。つまり、泣いてばかりいる赤ん坊が、いつまでも泣き止まないとしたら……母親がそれに対処できなかったのだとしたら……赤ん坊に暴力をふるうよりはましだと思うけど」

「同意できないわ。これだって別の種類の虐待じゃないの」とわたしは答えた。

「わたしだって、大目に見ているわけじゃないわ。ただいってるだけよ。それに、単なる無知からきていたのかもしれないし。ダイアンは自分がそういうことをやっているという事実を隠そうともしなかったのよ。ジェシーを連れていったときに、彼女は病院で看護師に自分から話したのよ。

もちろん、それがわかったとたんに、医師はこの処方は彼女のためだけにされたものであって、赤ん坊にこの薬を与えるのは危険だとはっきりと説明したわ。それ以後ジェシーはすみやかに回復したの」

わたしは黙ってサンドウィッチを食べた。

「話がそれちゃったけど、ジェシーがあなたに話したことは、作り話ではなかったかもしれないわ」とメレリがいった。「あの子の母親は一日中ベッドにこもっていたのかもしれない。ダイアンはメンタルヘルスに関して幅広い問題を抱えているみたいなの。彼らがジェシーを預かってもらいたがっている理由のひとつにはそれがあるのよ。ダイアンにはジェシーに必要とされる治療的プログラムをやっていくだけのエネルギーがない、とグウィルはいってる。そして、自分はダイアンの世話をするだけで手いっぱいだって。たしかに、ダイアンはあまり外出しないみたいね。グウィルが買い物やらいろいろな家事をやっているわ」

「お姉さんはまだ家にいるんじゃなかったの？　彼女はお母さんを手伝わないの？」

「ジェンマのことをいってるの？」とメレリはきいた。「彼女は恋人の家で暮らしてるわ。大学でケータリングのコースをとっていたけど、最近、放校になったの。ちっとも出席しないから。ジェンマにはジェンマの問題があるのよ」

わたしはランチの残りを見下ろした。サンドウィッチにはサラダと表現されていたものが添えられていた。実際にはレタス一切れ、スライストマト一切れ、スライスしたキュウリ二切れだけだったが。わたしはレタスを選んで、食べた。

わたしたちの上に沈黙が流れた。以上でこの話題は終わり、ということを示すために会話の最後にくる種類の沈黙だった。昼休みも終わりに近づいていた。メレリはハンドバッグをひっかきまわして、財布と車のキーを取り出した。

わたしは再び海を見た。前にマン島を見た方角を。そして、島ではなく幸せな家族を見たのかも、と思い、幸せな家族というものもファタ・モルガナのようにめったにないものなのだ、と思った。

8

ランチのときの話から、ジェシーの両親がほぼまったくホームを訪れていないこと、したがって両親が彼女をホームから連れ出すこともめったにないことがわかった。だったら、わたしが連れ出してみよう、と思った。わたしは外出をわたしたちが一緒にやっていることと結びつけたかった。前回のセッションで、ジェシーにとっては他の視点からものごとを見るのは難しいのに、彼女にはこの重要なスキルを実行する能力があり、自分からやってみようとしたことがわかった。だから、このレッスンを補強するためにも、彼女を外のフィッシュアンドチップスの店に連れていくのがいい、と思った。それで、土曜日のランチタイムに出かけることに決め、海岸線を走っている幹線道路沿いの小さな店に行こうと計画した。そこはグラン・モルファから数キロしか離れていないし、近くには大きな海岸があった。その海岸は砂浜ではなく砂利浜だったので、いつも空いていた。近くのピクニックテーブルでフィッシュアンドチップスを食べて、その後浜辺で遊ぶこともできる。

その土曜日にグラン・モルファに着くと、受付のところにジョーゼフがいて、ジェシーは行けなくなったといった。マッチを持っているのを見つけられたジェシーは、どこでマッチを手に入れたかをきかれ、年長の子どものひとりが地元の店から盗んだものを、彼女を困らせてやろうと彼女の部屋に置いた、と嘘をついたというのだ。この話がほんとうではないと証明するのは簡単だ、ジェシーが名指しした子は店に行っていい許可をもらっていないのだから、とジョーゼフはいった。まだ全貌はつかめていないが、前日の夕方に子どもたちを連れてボウリング場に行ったときに、おそらくジェシーがマッチを盗んだのだろう、とのことだった。

この展開にわたしはがっかりし、ジェシーはものすごく落ち込んでいるにちがいないと思った。外出のことで彼女がどれほど興奮していたかを知っているので、これは自己破壊《セルフサボタージュ》ではないか、と思った。自己破壊《セルフサボタージュ》とは、不安が高じて、楽しみにしていたものをわざと面倒を起こしてだめにしてしまうというものだ。だから、彼女に会わずにそのまま帰ることはしたくなかった。こんなことになってしまって残念だけれど、これで何かが壊れてしまったわけではない、と彼女に知らせたかった。わたしはだいじょうぶだし、わたしたちの関係もだいじょうぶ、だからいつかまた行ける、と。

遊戯室のいちばん奥の隅っこに、ジェシーはひとりで大きなグレーの椅子にうずくまるようにすわっていた。わたしが近づいてくるのを見ても、すわりなおそうともしなかった。目だけがわたしのほうに向けられた。

わたしは隣の椅子の肘掛けに腰をおろした。「まずいことになって、今日出かけられなくなったって、きいたわ」

「こんなのずるいよ」ジェシーはふくれていった。「あたしはやってないのに、あたしのせいにされて。あたしはそんなことやってないんだよ。ほんとに。心に誓って。なのに、だれもあたしのことを信じてくれない。中でもジョーゼフはいちばんひどい。あいつなんか嫌い。ジョーゼフなんか大っ嫌いだよ。いつか殺してやる」

「すごく怒ってるみたいね」

「冗談じゃない。冗談でいってるんじゃないよ。ほんとうにナイフを持ってきて、あいつの顔に切りつけてやる。ほんとに」彼女は片手で空中に切りつける手振りをした。

「ジョーゼフのこと、ほんとにすごく怒っているのね」

「あたしがマッチを持ってきた、ってジョーゼフはいったけど、あたしはやってない。やってないんだよ。ほんとうに。トリイ、正直にいって、あたしはやってない。あいつがあたしの持ち物を持ち上げるまで、マッチがそこにあったことも知らなかったんだから。あいつなんか大っ嫌いだよ。あたしのいうことなんか全然きいてくれないし。ほんの少しも。どんなことでもいつも真っ先にあたしを責めるんだよ」

「どんなときでも、マッチは持ってちゃいけないって、わかってるわよね？」とわたしは静かにいった。

「マッチなんか持ってなかったんだよ。マッチを取ってなんかいない。あそこに置いたりしていない」ジェシーの目に怒りの涙が盛り上がった。「トリイもあたしのこと信じてないんだね！

だれも信じてくれない。あんたたちなんかみんな殺してやりたい。ほんとにそうするから。銃があればいいのに。弾がいっぱい入ってるマシンガンが。ダダダダダ、ってやってやるのに」彼女は人差し指を銃に見立てて部屋中を狙い、最後にわたしに向けた。

「ここにいらっしゃい」とわたしはいって、手を伸ばした。

「あんたなんか大っ嫌い」

「そうね、わかってるわ。でも、とにかくいらっしゃい」

しぶしぶジェシーは椅子から立ち上がり、わたしが腰をおろしているところにやってきた。わたしが片腕で彼女を抱き寄せると、ジェシーはわたしにもたれかかってきた。

「だれもあたしのことを信じてくれない」と涙ながらにいった。「だけど、あたしじゃないんだもん。他の子が、あたしを困らせようとしてやったんだよ。だから、トリイと一緒に外にも行けなくなった。すごく行きたかったのに」

「それは悲しいことね。今日出かけられなくなって、わたしも残念だわ。あなたと同じように、わたしも楽しみにしてたのよ。すごくがっかりだわよね？」

ジェシーはうなずくと、泣きはじめた。

「でも、また別の機会があるわ。フィッシュアンドチップスを食べに一緒に行きましょう」

突然、わたしは思わずのけぞった。「ジェシー……？」

わたしがびっくりしたのは、何の前触れもなく、彼女が手をわたしの両脚のあいだに入れてきたからだ。わたしは両脚をそろえて椅子の肘掛けにすわり、彼女をわたしの右側にもたれかけさせて支えていた。わたしが彼女を慰めていると、最初彼女は手をわたしの右脚に置いた。わたしは気にしていなかったのだが、次に思いがけず彼女は手を下にすべらせてきたのだ。わたしの性器のあたりに触れたわけではなかったが、彼女の手はぎりぎりのところまできていた。

「そういうところは触ってはいけないのよ」といいながら、そっと彼女の手をどけた。

これでジェシーはまた泣きだした。「ほらね？　トリイもあたしのことが嫌いなんだ」

あまりに不適切な触られ方をしたせいで、わたしは会話に集中できなくなっていた。いましがた起こったことをどう考えればいいのかも、どうするのが最善の対処法なのかもわからなかった。それに、いま彼女が泣いているのは、マッチを盗んだといわれたことでなのか、それとも彼女の手へのわたしの反応のせいなのかもわからなかった。自分の手がわたしの両脚のあいだにすべりこんだことに、彼女はどの程度気づいていたのだろうか？　たまたま偶然そうなったということはありえるだろうか？　わたしとしてはそうであってほしかったが、そうだとはまったく思えなかった。そのせいで今彼女をもっとしっかりと抱き寄せる気にはなれなかった。そんなことをしたら、だめだといったくせにほんとうは気にしていないというような、混乱したメッセージを送るることになってしまうからだ。だが、彼女をはねつけているというふうにも思われたくなかった。

その瞬間どうしていいのかわからなかったというのが、正直なところだった。

「自分のいうことをちっとも聞いてくれないと感じているのだったら、悪かったわ。わたしはあなたの気持ちをとっても気にかけているのよ」とついにわたしはいった。

「だったら、どうしてあたしがマッチは取ってないといってるのに、あたしのことを信じてくれないの？　だって、ほんとにとってないんだもん。あたしはいい子になろうとがんばっているのに。こんなひどい場所から出ていきたい」

帰り際に、わたしはオフィスに立ち寄ってもう一度ジョーゼフと話した。ジェシーの手がまちがった場所にいった出来事については触れなかった。その件をどう考えたものか、まだよくわからなかったからだ。わたしの一部はあいかわらずあれは偶然だったと思いたがっていた。彼女がわたしのすぐそばに立っていたので、自然に動いたときに、たまたま手がわたしの両脚のあいだに来てしまったこともありえる、と。だが、別のわたしは、いや、そんなことはありえないと思っていたし、ジェシーに触られてぞっとしたのもこれが初めてではなかった。このことをスタッフに話す前にもう少し考える時間が必要だった。もし、これがほんとうだったら、深刻な申し立てになるからだ。それよりも、ジェシーはほんとうに打ちひしがれているように思えたので、わたしはマッチの出来事についてジョーゼフから話を聞くほうに興味があった。

ジョーゼフはジェシーの立場にまったく同情を示さなかった。「これがあの子のやり方なんだよ。あの子は相手をヴァイオリンのようにもてあそぶんだよ。そして、相手があの子に同情し、理解しようと努力すればするほど、あの子はもっとひどく相手をもてあそぶ。ひと言ひと言がすべて嘘だ。あの子がマッチを取ったんだよ」

「それは確かなの？」とわたしはきいた。

「うん、確かだ。昨夜ボウリング場でぼくたちの隣のレーンでタバコを吸っている人たちがいて、彼らが何度もスコアテーブルの上にタバコとマッチを置いたんだよ。ぼくはそういうことはしないでくれ、って二度もいった」

「でも、ジェシーがマッチを取ったのを見たわけじゃないんでしょ？」

「ああ、見てはない。だけど、あの子が取ったんだよ。外出したときに近くにいる人からマッチをかすめ取るのは、ジェシーの得意技だからね」

わたしは口をつぐんだ。わたしがためらっているのは疑っているからだとジョーゼフは正確にわたしの心を読んだ。「きみがお人好しだと責めているわけじゃないよ、トリイ。だけどぼくは大げさにいっているんじゃないんだ。これがジェシーのやり方なんだよ。嘘をつくことになると、あの子には良心のかけらもない。だから、きみが想像もできないくらい説得力を持つんだよ。あの子はあんなに小さくて、あんなにかわいくて、愛らしい。しかも、相手の目をまっすぐに見つめながら、相手が聞きたがってるとあの子が思うものならどんなことでも話すんだよ。それこそがあの子のほんとうのスキルなんだ。相手の弱みや、相手が最もひっかかりやすい点に狙いを定めることに関しては、あの子は天才だからね。それに合わせて話をでっちあげるんだよ。ジェシーはどうやったら人を手玉に取れるかを完全にわかっていて、絶えずそれをやるんだよ。あの子はきみをぼくと争うようにしむけるだろう。メレリとも争うようにしむけるだろう。単にきみを手玉に取ろうとするはずだ。自分はしっかりしているからそんなことにはならないなどという考えに陥らないことが、すごく大切だよ」

「だけど、もしあの子がほんとにマッチを取っていなかったとしたら、ジョーゼフ？　あなたも認めているように、あの子がマッチを取ったところは見ていないんでしょ？　だったら、ぜったいあの子がやったんだ、なんていえないじゃない。もしあの子のいうとおりだったらどうするの？　もし、今回だけはだれか他の子がマッチをあの子の部屋にわざと置いたんだとしたら？　その子たちもそこにいたんでしょ。その子たちのだれでもが、あの子と同じようにマッチを取ることができるんじゃないの。おそらくタバコも一緒に。ここでもタバコを吸う子はいるでしょ。その子たちのひとりがマッチを取ったんじゃない、ってどうしてわかるの？　ジェシーのところに置いたのかもしれないじゃない。証拠を隠すために。そうだったとしたら、ジェシーにはどんな弁明ができるっていうの？」

「何もできないだろうね」とジョーゼフは認めた。「だけど、あれはジェシーなんだよ。たしかにぼくはその場を見ていないけれど、そうだって確信できる」

わたしはいらだちと落ち着かなさを感じたままその場を去った。長年わたしは、真実がいつもころころ変わっていくジェシーのような子どもたちを相手にしてきた。厄介ごとから抜け出すために嘘をつく子、人を操るために嘘をつく子、目的もないように思われる状況でもただ嘘をつくために嘘をつく子。わたしはいろんなことでジェシーがわたしに嘘をついているという可能性を進んで受け入れていた。それが彼女の問題の特徴だったからだ。その一方で、オオカミ少年の場合のように、嘘つきの子がほんとうのことをいったときに、わたしたちはどうしたらそうとわかるのだろうか？　グループホームでの子どもたちのヒエラルキーをめぐっての戦いのことを考えれば、ジェシーの背景を知っているだれか他の子が、これを彼女をいじめたり、前にされたことの仕返しをしたりする絶好のチャンスだと考えなかったとどうしていえるだろうか？　本来自分を守ってくれる人であるはずのスタッフが、自動的に彼女がいったことはすべて嘘だと思うとしたら、彼女はどうやって自分の事情を彼らに伝えることができるだろうか？

家へ帰る途中ずっと、わたしはこのどうしようもない問題にどう対処したらいいだろうかと考え込んでいた。

9

「今日、何をやりたいかわかる?」部屋に入ってくると、ジェシーはいった。「トリイのゲームがやりたい」

「どのゲーム?」とわたしはきいた。

彼女はすでにわたしの仕事かばんを引き寄せ、バックルをはずしていた。「これ」そういって、上に数字を書いたプラスチックの定規を取り出した。それからチェッカーの駒を入れた布袋が入った缶をつかんだ。

プラスチックの定規をテーブルの上に置くと、彼女はその上にかがみこんだ。「あたしがみんなのことをどう思っているか、駒を置いていく」彼女は小さな丸いチェッカーの駒が入っている袋を開けた。そして一握り駒を取ると、それらをプラスチックの定規に沿ってすばやく置きはじめた。「エニール。あの人は3。トーマス先生。あの人も3。お料理を作ってくれるコールドウェルさんは6。やさしいから。あたしの向かいの部屋にいるメラニーは、7。あたしのいちばんの友達だから。ジョーゼフ。あの人は1。ジョーゼフは嫌い。もしゼロがあるのなら、あの人はゼロだよ。新しく入ってきた女の子のフィオンは2。だって、ばかみたいな猫の話しかしないから。あの猫の話を聞くのはもううんざりだもん」

「今日はみんなについてはっきりした気持ちを持ってるのね」

「うん。それからトリイ。トリイは5かな。だって、たいていここにいないんだもん。トリイはそれほど悪くないけど、ときどきむかつく」

「あなたの家族についてはどうなの？」とわたしはきいた。「家族の人はこの定規のどこに置くかしら？　お母さんはどのへんかな？」

ジェシーはこの質問に不意を突かれたようだった。ぽかんとしてわたしを見、それからプラスチックの定規に目をやった。定規はいまではチェッカーの駒でほとんどおおわれていた。

彼女は袋からまた一握り駒を取り出すと、警戒するような声でいった。「あたしの家族はこのへん」彼女は定規の高い数値のあたりを指で示した。「たぶん、8くらいかな。お母さんは9かもしれない」

「はっきりとはわからないみたいね」

彼女はすぐには反応しなかった。ほんの一拍くらいの間《ま》だったが、はっきりとそうとわかるものだった。ジェシーは顔を上げた。「トリイのせいで、ゲームが台無しになった」

「どうして？」

「あたしは自分のやり方で遊びたかったのに。あたしが考えている人の上に駒を置けるように。

お母さんやお父さんのことはわからないもの。長いあいだ会ってないんだから。ふたりのことをどう思っているかなんて考えていなかったのに」

「それでもいいのよ。だれかのことをどう思っているかわからなくても、いいのよ。それに、だれかのことをある日には9だけど、別の日には1だと感じてもいいのよ。だって、わたしたちの気持ちは変わるもの。その人のことを好きじゃなくなるようなことが起こるかもしれないし、わたしたちの気持ちを傷つけるようなことをその人がいったり、したりすることがあるかもしれない。そんなときには、頭の中でその人たちには低い数しかあげられないわ。でも、別の日には、その人と一緒に何かすてきなことをするかもしれない。そんなときには、その人たちの数値も上がるわ。チェッカーの駒をたったひとつの数の上に置くのは難しいわよね。だって気持ちは変わるもの。わたしたちの気持ちはそのときによって変わるわ」

ジェシーの手はまだ定規の数値の高いあたりをうろうろしていたが、持っていた赤い駒をぎゅっと握りしめていた。「お母さんとお父さんはいつも9でなくっちゃ。それとも10か。ふたりは親なんだから、親はいつも子どもを愛さなくちゃ。それに子どももいつも親を愛さなくちゃいけないんだよ」

「あなたは親と子どもは、何があってもいつもお互い愛し合うべきだと思うのね」

彼女はうなずいた。

長い間《ま》があった。

ジェシーは首をかしげ、それからゆっくりとその駒をテーブルの上に置いた。そうしながら、自分の手を見つめていた。「あたしのお母さんとお父さんはあたしに戻ってきてほしくないんだ。トーマス先生にそういった。トーマス先生はあたしのために里親を探さなくちゃいけないの」手を伸ばして、彼女はすべての駒をプラスチックの定規からすべらせて、もとの袋にもどした。

「トリイのせいでこのゲームが台無しになった」

「ごめんなさい。せっかく楽しんでいたのにね。でも、このことについて少し話しましょう」

ジェシーは首を横に振った。「いやだ」

わたしと向かい合う椅子にすわると、彼女はケースから紙を一枚取り、それからフェルトペンを取った。ピンクのペンを選ぶと、いまではおなじみになった小さな鳥の輪郭を描きはじめた。

「お家で暮らしていたころのことで何を覚えている?」とわたしはきいた。

ジェシーは絵を描くことに集中していて、わたしの言葉の後には長い沈黙が流れた。あまりに長かったので、彼女は答えないつもりなんだとわたしは思った。

「お姉ちゃんは学校から帰ってくると、あたしにシナモン・トーストをよく作ってくれた。トーストを焼いてバターを塗って、その上にシナモンとお砂糖をかけるんだよ。それから、泡だつまでもう一度グリルに入れるんだ。それから小さな四角に切ってお皿に載せて、あたしにくれるの。すごく熱いから口を火傷しちゃうんだ」

「いい思い出ね」

ジェシーはうなずいた。「お母さんが金切り声をあげたときに、そうしてくれた。あたしたち、すごく静かにしていなくちゃいけない、ってジェンマはいった。シナモン・トーストを作ってくれて、あたしも一緒にお姉ちゃんの部屋に行ってもよかったんだ。あたしが怖がったら、あたしを抱っこしてくれた」

「そうしてもらったら、どんな気持ちがした?」

ジェシーは肩をすくめた。ヒバリが形を成してきた。ジェシーは青緑色のペンを取ると、ヒバリに翼を与えた。くちばしは黄色で、口を開いていた。

「お母さんが『金切り声』で叫ぶときって、何が起こったの?」

「うーんと、お母さんはよく悲鳴をあげるんだよ。自分の中に悪魔がいるから不幸せなの」

「どういうこと?」

「えーと、あたしみたいに。あたしの中にも悪魔がいるみたいに」

「どうしてそうなの?」

ヒバリの口から、小さな黒い音符の形をして歌が出てきた。音符は紙の上、いちばんてっぺんの端まで上がっていった。ジェシーはわたしの質問には答えてくれなかった。


次にわたしが訪ねたとき、わたしは教職時代の名残ともいえるいくつものパペットを持ってきた。パペットは雑多な寄せ集めだった。茶色のクマがふたつ。本物そっくりのかわいい牧羊犬の子犬。白黒の羊。荒々しい目をした野ウサギ。鮮やかな色合いのオオハシ。革のような素材の翼と金色の爪を持つ緑色のドラゴン。疲れた表情をした怪物。プリンセスの冠をつけたユニコーン。それから、ふわふわした紫のダチョウとしかいいようのないもの。これらはモンタナに住んでいたときに仲良くしていて、わたしが支援したいと思っていた地元の若いアーティストが細部まで丹念に仕上げた手作りの品だった。たいていの子どもはこのパペットに夢中になった。まるで生きているみたいだったからだ。パペットたちはかなり大きくて、手をつっこんで指で口を動かしたり、ものによっては耳や他の場所を動かせるようになっていた。すべてのパペットには四肢がそろっていて、ふわふわした紫のダチョウにはパタパタ動く翼と、立つと一メートルほどにもなる長い脚もついていた。

仕事に、人間のパペットではなく、どうしてこの何の関連もない寄せ集めの動物のパペットを使うことを選ぶのか、と何人もの人から聞かれたことがある。とりわけいまではセラピー用に特別に作られた人形のセットが市場で手に入るというのに、と。だが、わたしにはこの動物たちのパペットがうまくいったのだ。子どもたちはこれらの珍しいパペットの美しさと細やかさ、それから肘まで腕を差し込んで、本物のように動かせるところに夢中になった。わたしの経験からいうと、これらが人間ではないことも役に立っていた。子どもたちはあまり身につまされないところでのほうが、自分から進んで問題を話してくれるようだった。この動物たちの唯一現実的な問題は、全員を連れていこうとすると、大きすぎてわたしの仕事かばんには入らないので、不格好だが黒いゴミ袋に入れて持ち運ばなければならないことだった。

だが黒いゴミ袋は子どもたちの好奇心を刺激するので、必ずしも悪いことではなかった。ジェシーはセラピー室に入ってくるとすぐにこれに気づいた。眉をひそめ、意外にも大人っぽい皮肉な表情でいった。「ゴミを持ってきたの？」

わたしはにやっと笑った。「いいえ。ふたりで楽しめると思うものを持ってきたのよ」

「ゴミが？」その冗談はすでに陳腐なものになってきていたが、そのしつこさが袋の中身を知らないという状況でも、自分がこの場をコントロールしたいというジェシーの気持ちを示している、とわたしは取った。もし中身がいいものだったら、彼女は自分のいったことを冗談だと笑い飛ばすことができた。もし中身がひどいものだったら、自分はだまされなかったとわたしに示して、自分がばかにしていたことを確認できるわけだ。

わたしは袋を開けて牧羊犬の子犬を取り出した。これは中でもいちばん魅力的なパペットで、あまりに本物そっくりなため、腕に抱きかかえると、ちらりと見ただけでは本物の子犬かと思うほどだった。

「うわぁ！」ジェシーは喜びをむき出しにして叫んだ。「すっごくかわいい！」

わたしは手を子犬の中に入れるとその口を動かした。「ワン！　ワン！」

「うわぁ」と彼女はもう一度いうと、子犬の顔を撫でた。「あたしが持ってもいい？」

わたしが子犬を彼女に手渡すと、彼女は自分の手を入れ、もう片方の手で子犬を撫で、吠えさせた。わたしは身をかがめて他のパペットも引っ張りだしはじめた。ジェシーはすぐに寄ってきて、袋の中にあるすべてを見ようとした。

「この子たち、すごくいい」そういいながら、オオハシに手を入れて、嘴をカチカチと鳴らした。オオハシに自分の鼻を噛ませ、彼女は声を出して笑った。

ユニコーンははずれだった。「見て、このばかみたいなの。キラキラ光るうんちをするんだよね（ユニコーンは子どもたちに人気のキャラクター。で、虹色に光るウンチをするともいわれている）」とばかにしたようにいい、その尻尾を持ち上げた。「他の子たちみたいに本物っぽくもないし。これは五歳児用っていうところね」

その一方で例のダチョウには夢中になった。「これを見て！」彼女は手をダチョウの頭に入れたが、その足を床につかせるためには腕を上げていなければならなかった。慎重に彼女はその翼を持ち上げて自分の両肩にのせた。そんなふうにしばらく立っていて、ダチョウと相対してじっと見つめていた。それから突然、ダチョウを胸に押しつけたままテーブルのまわりの狭いスペースをぐるぐる回りはじめた。「シャル・ウィ・ダンス、ラララ、オン・ア・ブライト・クラウド・オブ・ミュージック、シャル・ウィ・ダンス？」と動きながら歌いだした。

魔法のようなひとときだった。狭苦しく、気のめいる窮屈な部屋にいたのに、突然すべてが止まった。ふだんの世界は消え去り、小さな赤毛の女の子が『王様と私』の中の歌を歌いながら、ふわふわのダチョウの腕に抱かれて床をすべるように踊っていた。

わたしは黙って彼女を見つめていた。こんなことをするつもりではまったくなかった。でも、もしジェシーがセッションを完全に支配する例が必要なんだとしたら、まさにこれがそうだった。このようなときには、あいだに割って入ってはいけない。全体は部分の集積よりも偉大なのだから。するべきことは、ただすわってこの瞬間を味わうことだった。

ジェシーはこの歌の歌詞をすべて知っていた。なかなかいい声で自由に歌いながら、ダチョウと一緒にテーブルのまわりを三回か四回すべるように回った。とうとう、少し息を切らしてわたしの隣の椅子に崩れ落ちるようにすわった。そして笑顔でいった。「これってすごくすてき。トリイが持ってきたものの中で最高だよ」

ゴミ袋のところにもどって、ジェシーは中を覗き、クマのパペットのひとつを取り出した。それを右手にはめて自分の正面に持ってきた。「この子は他の子たちほどいいとは思わない」と考え込むようにいった。「他のは全部ほとんど本物と同じくらいの大きさだけど、これはふつうのパペットの大きさだもの」それからしばらく間をおいてからつけ加えた。「だけど、本物の大きさのクマのパペットなんていらないよね」そういって自分で笑った。「動かすためにお尻の穴から中に這っていかなきゃいけないもの」

彼女はゴミ袋の中をもう一度見た。「でも見て！　もうひとつまったく同じのがある」彼女はそれを左手にはめて、クマたちを対面させた。

「この子たち子熊だと思う？　だから小さいのかも。この子たちは子熊で、お母さんグマがどこかにいっちゃって、自分たちだけなんだ……」

彼女はしばらく考え込んでいた。「ううん、ちがう。これは大人のクマなんだ。お母さんグマとお父さんグマ。でも、どっちがどっちなのかわからない」

ジェシーはひとつのパペットをもう一方に向かってうなずかせた。「今日はどんな仕事をしたの、あなた？」

「何もしてないよ」ともう一方のクマがいった。「代わりにパブに行ったよ。パブで金を全部使っちゃったから、うちにはもう金が全然ないよ」

「ひどいクマね。もうあなたとは別れるから。テレビに出てる人と逃げて、その人と一日に六回セックスしてやるわ」

「子熊《カブ》たちはどこにいるんだ？」ともう一方のクマがきいた。

「戸　棚《カップボード》に閉じ込めてあるわ。カブ・ボードにね。あそこがあの子たちの居場所だから。子熊たちに煩わされるなんてたくさん。どうして？　あなた、子熊たちがほしいの？」

「いや」ともう一方のクマがいった「いや、子熊なんて全然ほしくなかったさ。おれはただ庭で働いてパブに行きたいだけだ」

「わたしは一日中眠っていたいわ」とお母さんグマがいった。「冬眠よ。冬眠して何もしたくない。だって、わたしはすごく、すごく怠け者だから」

「それはやめろ」とお父さんグマがいった。「そうやったから子熊ができたんだろ。あいつらはおまえのヴァギナから出てくるんだ。そんなことも知らなかったのか？　クマが眠ると、冬眠していると、赤ん坊がヴァギナから出てくるんだ。だから母グマが春に目をさますと、そこに子熊がいるんだ。子熊ばかり産みやがって」

ジェシーは言葉を切るとわたしのほうを見た。「これはほんとうだよ。前にテレビで見たもの」

わたしは笑みを浮かべた。「ある意味ではね。クマはまだ冬眠の穴にいる、冬の終わりに子どもを産むからね」

「眠っているあいだにそうなるんだよ」とジェシーはお母さんグマにいった。「あそこに赤ん坊を入れるんだよ」

「それはちょっとちがうわね。クマは夏のあいだに交尾するの。だから冬眠するときにはお母さんグマのお腹にはすでに赤ちゃんがいるのよ。眠っているあいだにそうなるわけじゃないわ」

「それもありえるんだよ」とジェシーは言い張った。

「いいえ。雄グマと雌グマは別々の穴で冬眠するの。だから、雌グマは眠っているときは安全なのよ」

ジェシーはわたしをじっと見ていた。それからごくかすかに首を振った。「みんなが安全というわけじゃない。眠っているあいだにそういうことになることもあるんだよ。あそこにつっこまれることもあるんだよ」

「それってあなたに起こったことなの？　眠っているあいだにだれかがあなたのヴァギナに何かをつっこんだの？」

ジェシーは肩をすくめて目をそらした。「ううん。ただいってみただけ」

10

ジェシーはパペットに取りつかれてきた。セラピー室に入ってきたとたんに、パペットをひとつずつゴミ袋から取り出し、ずらりとテーブルに並べた。

彼女は子犬が特に好きだった。あまりにも本物そっくりだったので、パペットとしてというよりも子犬として。自分がどれほど犬が好きか、この子犬が本物だったらどんなにいいか、とジェシーは何度かわたしにいった。わたしはこの発言に興味を持った。というのも、彼女の資料には、家で暮らしていたころ、飼っていた犬をいじめたことが主要な問題になっていたと記録されていたからだ。このパペットの子犬のことが彼女はほんとうに大好きなようで、子犬のために特別なものをよく持ってきた。首輪にする赤いリボン、小さなスカーフ、紙で作った骨などだ。彼女はこのパペットに特別のポーズをとらせ、それをかわいがったり、あやしたり、作り物の骨を与えたりした。それからとりわけ本物のように見えるようにして、子犬がセッションの残りの時間ずっとわたしたちを見ていられるようにした。

彼女はオオハシにもっと興味を持つのではないか、とわたしは思っていた。少なくともわたしの頭の中では、これがジェシーのヒバリにすごく似ていたからだ。だが、そうではなかった。彼女はゴミ袋から全部のパペットを取り出したときに、オオハシも他のパペットと一緒にきちんと並べたが、それ以外にはまったく注意を払わなかった。

彼女のお気に入りは二匹のクマだった。このクマたちは小さいし、かわいくないし、二匹の区別がつかないから他のパペットに比べると劣る、と何度もいったくせに、彼女がいつも戻っていくのはこのクマたちだった。子犬にするように、このクマたちにはあれこれ世話をやいたりはしなかった。撫でたり毛をとかしたり、首にリボンを巻くこともなかったが、いつも最後に手にするのはこのパペットだった。

クマたちには名前がつけられた。マグナスとエレノアだ。そしてほとんどの時間、この二匹は言い争いをしていた。マグナスは不機嫌で浪費家でパブに行くのが好きだった。エレノアは愚痴っぽくて怠惰だった。彼らがある程度ジェシーの両親を表わしているのはまちがいなかった。だが、わたしは解釈しすぎないように努めた。クマたちの会話の中には明らかにグループホームで起こっていることが反映されていたこともあったからだ。

ジェシーはクマたちにばかげた、つまらないことから始まって、やがて予想外に深刻なことになっていく長い会話をさせることがよくあった。

「ちょっと落ち着いてくれない？」とエレノアがいった。「あなたはしゃべって、しゃべって、しゃべってばかりじゃない、いつも。ほんのちょっとしたことに気をそがれて。ちょっとでも物音がすると、もうわたしの話を聞くのをやめてしまうじゃない。出ていって何が起こっているかを見なければ気がすまないのよ。あなたには関係のないことにまで、その大きな鼻をつっこんで。少しは落ち着いたらどうなの？」

「黙れ！」とマグナスが答えた。

「きちんと行動できるようになるまで、タイムアウトの部屋に行ってなさい。じっとおとなしくすわっていられるようになるまで、すわっていなさいよ」

「おれは逃げてやる」とマグナスが答えると、ジェシーはすばやくそのパペットを自分の背中の後ろに隠した。

「ここにもどってらっしゃい」エレノアはいらだった口調で命じた。「あなたは『逃げて』なんかいないでしょ。ただ隠れているだけよ。わかってるんだから。ほんとうのことをいってよ。あなたはぜったいにほんとうのことをいわないいんだから」

マグナスはジェシーの後ろに隠れたままだった。

「そこで何をやっているの？」とエレノア。「マッチを持ってるの？　マッチを見つけたの？　そこにいちゃだめなのよ。出てきなさい。わたしからちゃんと見えるここに出てきなさいよ」

マグナスはジェシーの後ろに隠れつづけていた。

突然、ジェシーが右手で持っていたエレノアが、ジェシーの左腕を攻撃しはじめた。ジェシーはまだマグナスを自分の背中のほうに隠していたので、ジェシーの右手にいるエレノアはマグナスには届かなかった。だが彼女はエレノアに自分の左腕を腹立たしげに何度も噛みつかせた。

見ていて不思議な光景だった。ジェシーは二匹のクマの対話に完全に没頭しているように見えた。が、実際には自分の手で自分の腕を攻撃しているのだった。

パペットはどんどん邪悪になってきて、このままでは自分を傷つけることになってしまう、とわたしは感じた。そこで、わたしはクマを鎮めようと手を出した。「エレノアはずいぶん気持ちが高ぶっているわね。だけど、彼女にあなたの腕を傷つけてほしくないわ。だからどうしたら彼女が行動じゃなくて言葉で気持ちを表わすことができるかを考えてみましょう」とわたしはいった。

ジェシーはクマのパペットを、初めて見るもののように見下ろした。それがそこにあったことに気づいていなかったかのように。手をエレノアにのせたまま、わたしはそっとパペットをジェシーの手からはずした。そして、自分の手にはめた。「うわぁ。腹が立ってきたわ」とわたしはクマになり代わっていった。

わたしはジェシーを見た。「マグナスが消えちゃったとき、エレノアは怒ったわよね。どうしてそうなったんだと思う?」

ジェシーは答えなかった。彼女は眉をひそめたが、まるでいま目覚めたばかりというようにぼんやりした表情だった。

「マグナスはどこにいるの?」とわたしはきいた。

彼はジェシーの背中の後ろで、まだ彼女の手にはめられたままだった。わたしがきいたときも、マグナスは隠れたままだった。

「マグナスは出てきたくないのかな?」とわたしはきいた。

ジェシーはうなずいた。

わたしはエレノア役のクマを手からはずし、顔がわたしたちのほうを向かないようにしてテーブルに置いた。それまでわたしの手が入っていた穴がこちらを向くようにして、それがただのパペットだということをはっきりさせた。

ジェシーはそれを見つめていた。彼女の行動はあいかわらず不思議でぼうっとしていた。エレノアが彼女の腕を攻撃していたあいだ、彼女は解離していたのではないか、マグナスが隠れていたり、エレノアが怒っていたことはジェシーにとっては恐ろしすぎる何かを示しているのではないか、とわたしは思った。解離はものごとに対処するためによく起こるメカニズムだ。特にトラウマを抱えた子どもの場合、ストレスが生じる場所や場合に出会うと、そのとき起こっていることを分離してしまうことで脳が対処する。こうして子どもは多すぎる苦痛を感じなくてすむようになるのだ。

「マグナスはいまどんな気持ちかしら?」とわたしは静かにきいた。

ジェシーはわたしの目を見た。わたしと目を合わせたとたんに瞳孔が大きく広がった。事態をわかっているという輝きはなかった。

「マグナスは隠れたままでもいいのよ」

沈黙が流れた。

ジェシーは目をそらすと、テーブルを見た。

前に行こう。もう一度質問し、この時点から前に進みたいという衝動にかられたが、わたしはすわったままでいた。そのときわたしの頭によぎったのは、ずっと昔に場面緘黙《かんもく》症の子どもたち、つまり心理的な理由からしゃべらない子どもたちを研究したときの記憶だった。その研究から得た重要な見識のひとつは、沈黙に独自の力があると気づいたことだった。沈黙の状態でも居心地よくいられることを学び、沈黙の中で辛抱強く待ち、慌てて沈黙を破ろうとしないこと、あるいは沈黙から逃げないことを学ぶのは、わたしにとって難しいことだったし、実のところいまもそれを学んでいる最中だった。いまもここにすわりながら、何か行動を起こしたいという衝動はひじょうに強かった。

それでもわたしたちはただすわっていた。どれくらいの時間だったかわからない。わたしには十分くらいに感じられたが、ほんとうは五分くらいだったのかもしれない。

ジェシーが我に返ってきたのがわかった。姿勢が変わった。頭の動き方が先ほどのようにぎこちなくはなかった。再び顔を上げ、わたしと目を合わせたが、今回はわたしたちの視線はしっかりと結びついた。彼女はゆっくりと左手を背中から動かし、まだパペットを手にはめたまま自分のひざに置いた。

「ちょっと怖かったわね?」とわたしはそっといった。

ジェシーはクマのパペットを見下ろしていた。「ううん。彼は彼女を嫌いだったの」

「それはエレノアが彼にすわってわたしに注意を向けなさい、っていったから?」

ジェシーはかすかに首を振った。「彼女がマッチを取り上げたいと思っていたから」

「エレノアが彼のマッチを取り上げようとしているから、マグナスは彼女のことがいやだったの？」わたしは自分がジェシーのいったことを理解しているか確認するために、繰り返した。

ジェシーはうなずいた。

「どうしてそのことが彼をそんなに怒らせたの？」

ジェシーは答えなかった。

部屋はとても静かになっていた。ふつうならわたしたちがやっていることをやめても、グループホーム内の生活音がドアの向こうから聞こえてきていた。だが、いまは沈黙以外何もなかった。わたしは耳を澄まし、遊戯室のテレビのかすかな音を聞きとろうとした。が、何も聞こえなかった。

「彼は彼女を殺すつもりだったんだよ」とジェシーが小声でいった。

「マグナスが？」

彼女はうなずいた。「殺したいんだ。殺す、殺す、殺す。みんなが死ぬまで」

「マグナスはすごく激しい感情を持っているのね」

「彼は彼らが大嫌いなの」彼女はわたしのほうを見た。頭を動かさず、目だけを動かしてわたしと目を合わせた。「だから、ここに来なければならなかったんだよ。彼の中に悪魔がいるから」とジェシーは静かにいった。

ジェシーが人を殺したいという気持ちを表わしたのはこれが初めてではなかった。わたしたちがパペットを使ってここで遊んでいるような、特に何ということもないときに、突然会話が暴力的なものに変わっていくことがあった。そういうことをいうときに、彼女は怒っているようには見えなかった。声は静かで、振る舞いも自制がきいていた。そのせいで、彼女がいっていることがよけいに不安に感じられた。怒りにかられた子どもたちが、親や、他の子どもたち、あるいはわたしを殺したいと叫ぶのをわたしは何度も見てきた。だが、いったん嵐が過ぎ去り、いったんわたしたちがなんとかその欲求不満や動揺のはけ口を別にうまく見つけだすことができると、殺すという脅しが、本物の脅しというよりは自暴自棄から出た言葉だったということがわかった。これに対して、ジェシーは殺したいという言葉をじつに淡々と口にするので、どう反応するのがいちばんいいのか、わたしにはわからなかった。カッとなった瞬間にそういうことをいう子どもたちと同じように、ジェシーもこの言葉以外ではうまく表現できない何かを表現する手段としてこの話題を使っているのだ、とわたしは思った。だが、彼女があまりにも超然としているので、それが何であるのか、彼女がその気持ちをもっと好ましいやり方でわたしたちに伝える方法を見つけるのをどうやったら助けられるのか、推し量るのは難しかった。それで、ほとんどの場合、わたしは彼女のいっていることは聞いているが、わたしは怖がってもぞっとしてもいないことをはっきりさせ、コメントをただ「保留する」ことを選んだ。そして、彼女に反論したい衝動を抑えこんだ。なぜならその先には権力闘争が待っているかもしれないと感じたからだ。わたしが自分自身をコントロールしていること、そして彼女をコントロールし続けるのに必要な境界線を設けるための静かな強さを醸し出すことが、わたしにとっての課題だった。ほんとうのことをいえば、そのときわたしはおろおろしていたからだ。

その週の終わりにジェシーのソーシャル・サービスのチームが、わたしが彼女と過ごした時間を正式に査定する集まりがあった。このときまでに、わたしがジェシーと会うようになってほぼ三か月が過ぎていた。そして、このチームの目的は彼女をセラピー的効果のある里親に措置することだということも、わたしがそこにいるのはジェシーのニーズを評価するのを助け、彼女がいまよりも規制の少ない環境でやっていけるようになるのを助ける戦略を考えるためだということも忘れてはいなかった。

ジェシーと時間を過ごすうちに、突出してわかったことが三つある、とわたしは彼らにいった。一番目は、どんなことでもあらゆる状況を自分がコントロールしたいという彼女の欲求だった。だれかにやりなさいと命じられたことはどんなことも拒絶するところに、このことははっきりと示されていた。たとえそれが彼女自身がやりたかったことであっても、だ。どのように事態をコントロールするかに関して、ジェシーはじつに用心深かった。もしものごとが自分が思っているようにはいかなくなっても、彼女は一気に激怒するような子どもではなかった。操作というのが、より彼女らしいやり方だった。聡明で洞察力もあるジェシーは、微笑み方やお世辞の言い方もこころえていたし、「おとり商法」とでもいうべきものも得意だった。つまり、何かちょっとした無邪気なことで相手の注意を引いて、相手が彼女に脱線させられたことに気づかないようにさせ、ついに相手が気づいたときには、最初行くつもりだった場所とはまったくちがうところに立たされているのだった。しかし、彼女がとりわけ天才的なのは、嘘をつくときだった。おとぎ話に出てくる妖精のルンペルシュティルツキンが金の糸を紡ぐように、ジェシーはいとも簡単に相手を操作しながら延々作り話をする。彼女の嘘には必ず話の背景と詳細がついていて、相手の目をしっかりと見て笑みを浮かべながら語られるのだった。彼女はこのスキルを絶えず練習していた。ジェシーは他の者を面倒に巻き込むために嘘をついた。自分が面倒に巻き込まれないために嘘をついた。自分がほしいものを得るために嘘をついた。自分が好まないものを避けるために嘘をついた。人にすまないと思わせるために嘘をついた。自分が実際よりも頭がよくて、大きくて経験があると見せかけたくて嘘をついた。だが、ほとんどは、ただ嘘をついた。あまりにもたくさん嘘をつくので、どうしてそんなことをしているのか彼女自身わかっているのかどうか判別が難しかった。彼女が履いているのは新しい靴だろうか？　彼女はバナナが好きなのだろうか？　外には雨が降っているのだろうか？　どうしてそんなことで嘘をつくのだろうか？　だが、ジェシーはそんなことで嘘をついた。

ジェシーと過ごしていて二番目に目についたのは、彼女の行動の多くが性的な意味を持つように思えることだった。ジェシーは最初から、わたしの気を引こうとしているとこちらが感じるようなやり方で、わたしのひざにすわりたがり、わたしに触れたがり、わたしを撫でたがった。他の子どもたちもわたしの上によじ登り、ハグやキスをしたし、わたしのひざにすわりたがったが、わたしの中でこんな警鐘が鳴ったことはなかった。だが、ジェシーといると、彼女の行動にはぞっとするような気味悪さがあった。

このことはわたしに性的虐待を思わせた。わたしはこの疑惑をグループホームのスタッフにはすでに持ちかけていた。彼女がジョーゼフに不適切な触り方をしたという出来事があったからだ。ジョーゼフはテレビ室でジェシーが不適切な振る舞いをしたことがときどきあったことにも気づいていた、といった。服の上から他の子どもの局部に触ったとして、彼女は二、三度罰も受けていた。人前でマスターベーションをしたとして、自分の部屋に戻されたこともときどきあった。こういうことで注意を受けると、ジェシーは他の子どもたちが始めたのだと彼らを責めた。

彼女の行動は性的虐待を受けていたことを示唆しているのではという点では、このチームはわたしに賛成してくれた。だが、ジェシーの資料にはこれの証拠となるものもなければ、心理学的記録も医療上の記録もなかった。虐待をした人間として最も怪しいのはだれか——父親、近所の人、家族の友人など——をめぐって、わたしたちはあれこれ議論したが、具体的なことは出てこなかった。

ジェシーと過ごしているあいだにわたしの注意を引いた三番目のことは、放火や人を殺したいと話すことなど、広範囲にわたる「反社会的行動」としかいえないようなことだった。わたしと一緒にいるときのジェシーはかわいらしいことが多いのだが、彼女が深いところで怒りを溜めこんでいる女の子で、自分の内面で起こっていることを表現する建設的な手段をまだ持っていないのは明らかだった。ジェシーが解離しているように見えることが二度、別々のときにあったことに、わたしは触れた。もし解離が起こっているのだとしたら、感情が激したときにジェシーは自分がやっていることに完全には気づいていないのかもしれないということを意味する。そうだとすると、彼女自身にとっても他の者にとっても、さらに危険なことになりえたし、彼女の行動を変えるよう助けることがさらに難しくなるだろう。さらに、解離は彼女がひどいトラウマを経験していることを示していることにもなるだろう。そのトラウマとは、どこでだれによってなされたものだとしても、性的虐待であるかもしれなかった。あるいは、わたしたちがまだ気づいていない何か別のものなのかもしれなかった。それが何であるにせよ、ジェシーが前に進んでいくのをうまく助けるつもりなのであれば、わたしたちが彼女の行動をもっと理解する必要があった。

彼女について、今までより全体像をつかみかけているという控えめな楽観と、今後もわたしが彼女と取り組んでいくべきだということに合意を見て、会議は終わった。

11

　次のセッションのとき、わたしはパペットを持ってきたが、それらを黒いゴミ袋に入れたままわたしの椅子の下にしまいこんだ。ジェシーは入ってくるなり、パペットを探しはじめ、ついにそれを見つけたとき、片方の眉を上げてわけがわからないという表情をした。「どうしてそんなとこにあるの？」

「トーマス先生からまずあなたとちょっとしたゲームをしてと頼まれたのよ」

　ジェシーはうなるような声をあげた。

「それが何かもわからないのに、不愉快そうな声を出すのね」

「パピーが元気かどうか見たい。トリイは全然パピーの世話をしてくれないんだもん。ただ黒い袋に押し込むから、あの子は息もできないんだよ。ちゃんと世話をしてあげないと」

「すぐにそうするわ。だけど、まずはトーマス先生から頼まれたことをしましょ」

「パピーはそこでは息ができないよ。まず、あの子を出させて」

「あなたがそうしたいのはわかるわ、ジェシー、すぐにそうできるから。でも、まずはこれをやるの」

「トリイだって息ができなかったらいやでしょ。お願い。あの子を外に出させて。パピーだけ。お願い。すぐにできることじゃない」

「まず、これをしなきゃいけないの」

「パピーの世話をしてあげなきゃ……」彼女は不満そうに語尾を伸ばすいい方でぶつぶついった。

このような駆け引きはジェシーと話すときの典型的なパターンだったが、今回はいつもよりいっそう難しくなってきていた。というのも、彼女のケア・プランの一部として、ものごとを相手の立場から見ること、他人に共感することを積極的に勧めていくというのがあったのだが、いま彼女はまさにそれをしていたからだ。また、彼女自身ネグレクトされてきた子どもだったので、パピーを気遣うことは彼女自身の欲求を表現しているのかもしれず、パピーを安心させるということは同時に彼女自身が安心できることでもある、ということにもわたしは気づいていた。だが……人を操る達人であるジェシーは、わたしたちが彼女に他人を気遣うよう励ましたがっていることや、彼女に安全だと感じてほしいと思っていることなど百も承知の上で、「育てる」とか「ネグレクトされた子ども」というボタンを押すことで、わたしたちに彼女がやりたいことをさせることができるとわかっているのだった。

このように絶えず体系的にジェシーと取り組んでいかなくてはならないのは、なかなか難しいことだった。わたしは元来柔軟な人間で、もし当面の環境がわたしが計画していたものよりもより生産的な方向に導いてくれると思えたときには、ただちに考え方を変えて、そのとき最善だと思うものに方向転換するようにしていた。多くの場合、これは結果として子どもを教える上ですばらしい経験となってきたのだが、ジェシー相手の場合はそうはいかなかった。彼女はわたしの融通が利くところにつけこんで、必ずわたしたちを操作して自分がやりたいことをするように持っていくのだった。ただ、これは必ずしも悪いこととは限らなかった。自分がコントロールしたいという彼女の病的なまでの欲求は、彼女の初期の人生に安全な場所がほとんどなかったことを示しており、彼女がなんとか健全な場所にたどりつこうとするなら、自主的に動く時間が許されなくてはならなかったのだ。さらに、ジェシーがわたしを連れていくところについていくうちに、彼女についてずいぶんいろんなことがわかってきたし、それらの経験を役に立つ建設的な活動に転化することも可能だった。だが、キーワードは「適切な」と「役に立つ」だった。ジェシーに絶えずわたしの計画を乗っ取られることは、「適切」でも「役に立つ」でもなかった。もっとはっきりいえば、これは効率的な作業とはいえなかったし、わたしたちには時間が無限にあるわけでもなかった。週が過ぎるごとに、ジェシーは成長し、施設での生活に慣れていき、健全で幸せな子ども時代を経験しているとはいいがたくなってきていた。

この貴重な時間が過ぎていくというプレッシャーを、メレリはずっと感じていて、会うごとにそのことを持ちだした。そんなわけで、先週の金曜に会ったときにメレリからわたしにジェシーと集中して行なってほしいもののリストを手渡された。それらのひとつは、その子どもと担当の保護者とのつながりがどれくらい健全なものであるかを決定するのに使われる、標準化された評価をせよというものだった。ジェシーはすでに愛着障害、つまり子どもが適切で信頼のおける人間関係を築けない状態であると診断されていた。残念なことに、彼女は評価するのが難しい相手だとわかっていた。ソーシャル・サービスの児童心理学者であるベンとの正式な面談では、彼女をなんとも評価することができなかった。ベンが愛着障害だと診断するために使われるテストを行なおうとしても、ジェシーは彼の質問に対して「わかんない」と答えるか、完全に的外れなことを口にするかして、ひどくお粗末な反応しかしなかったからだ。つまり、彼女の全体としての得点はひじょうに低く、それがジェシーが気難しくて反抗的だからなのか、彼女の性格がほんとうにそこまででたらめだからなのか、ベンにもわからなかった。そこでメレリはその面談でされたいくつかの質問を、もっと気楽な雰囲気の中で、わたしたちの部屋というよりなじみのある場所で、わたしに再度試みてほしいと頼んだのだ。このセッションはビデオ録画されているので、チームはジェシーの行動を見ることができたし、テープ起こしした答えを読むこともできた。

こういうわけだったので、その日わたしは行なわなければならない課題を持ってやってきたのだった。したがってパピーは待たなければならなかった。そのせいで、わたしがようやく面談を始められるようにジェシーをテーブルの向かいの席にすわらせたときには、彼女の機嫌はかなり悪くなっていた。

「お母さんと一緒にいるときはどんな感じかを表現する言葉を三つ教えてもらえるかしら」最初の質問としてわたしはこうきいた。

ジェシーは身体を前に傾けた。そして左手を立てると、指を使ってテーブルの上を歩くように動かした。これがおもしろかったようで、さらにテーブルの反対側まで身を乗り出して指でわたしに近づいてきた。「見て、指が歩いてる」

「そうね。お母さんと一緒にいるときにどんな感じかを表現する言葉を三つ選べる？」

「アイ……ドント……ノウ《わかんない》。これで三つだよ」

「でも、それは表現する言葉じゃないわ」

「表現する言葉だなんていわなかったじゃない。『三つの言葉をいいなさい』っていっただけだよ。だからいったんだよ。これでその質問は終わり」

もとの質問ではたしかに「表現する」という言葉を使っていたのだが、そのことは指摘しないでおいた。そうはいわずに、ただ「お母さんと一緒のときはどんな感じかを表現する言葉を三つ選んでくれる？」といった。

「パペットで遊びたい」

「ええ、いいわよ。これを終わらせたらすぐにね。だからさっさと片づけちゃいましょう。集中してやれば、二〇分くらいしかかからないから。その後はパペットで遊ぶ時間がたっぷりあるわ」

「パペットはあたしには一週間でただひとつのすてきなことなんだよ。そのこと、わかってるの？　一週間ずっと、ここに来てパペットと遊ぶことを楽しみに待ってるんだよ。それなのに、それをさせてくれないなんて」

　わたしは黙っていた。

「美しい。楽しい。すばらしい」と彼女がいった。

「ありがとう」とわたしは答えた。「その言葉を書くわね。あなたが最初に選んだ言葉は『美しい』ね。お母さんは美しいとあなたが感じたときのことを話してくれる?」

「ハハハ!」ジェシーはうれしそうに笑った。「パペットだよ。さっきいったのはパペットを表現する三つの言葉なの! それをお母さんのことだと思ったんだ。ハハハ! ひっかかった!」

「あなたがこのゲームをあまりやりたがってないのはわかってるわ。でもね、これはトーマス先生がわたしたちに課した課題なの。だから、これをやり終えるまでは他のことは何もできないのよ」

「ううん、できるよ」とジェシーは即座に答えた。「トーマス先生の命令をきかなくてもいいじゃない。あの人はトリイのボスじゃないんだから。トリイは自分の好きなことができるのに。ばか。ばか」

「大人でも好きじゃなくてもやらなくてはならないことがあるのよ。どんな人でも自分の好きなことだけやるなんてむりなの」

自分の椅子にすわりなおして、ジェシーはうんざりしたというようにため息をついた。

「だから、もう一度始めましょう。お母さんと一緒にいるときどんな感じか、言葉を三つ選んでくれる?」

沈黙。

わたしは自分の椅子の背もたれにもたれかかり、沈黙を長引かせた。

「お母さんと一緒のときがどんな感じかよく覚えてないよ」

「もっと時間をかけてゆっくり考えれば、思い出すわよ」

「わかった。この三つだよ。心配性。眠い。幸せ」

「ありがとう」とわたしはいった。「あなたが最初に選んだ言葉は『心配性』ね。どんなときにお母さんは心配性になるのか話してくれない？」

「ただそうなんだよ。いっつも。心配ばかりしてる」

「特にこういうときにお母さんは何かについて心配している、とあなたが感じるのはどんなとき？」

ジェシーは肩をすくめた。「わかんない。うるさくいわれるのをやめさせようと思って、答えをいっただけなんだから。それだけだよ。これでこの質問は終わり」

「わかったわ。じゃあ、あなたが選んだ二番目の言葉について考えましょう。『眠い』だったわね。お母さんはどういうときに眠くなるの？」

「いつもだよ」

「そのことについてもう少し話してくれない？」

ジェシーはまた肩をすくめた。「いやだ。これでおしまい。三つの言葉っていったでしょ。で、三つ答えたじゃない。パペットで遊びたいよ」

「もうちょっとしたらね。もう少しで終わるから。あなたが選んだ三番目の言葉は『幸せ』だったわね。どういうときにお母さんは幸せなのか、話してくれる？」

たときのことを、ひとつずつ話してくれたわ。『あの子が行ってくれて幸せだわ』って」


「あたしが出ていったとき」

「もう少しいってくれる？」

「あの日ソーシャル・ワーカーがあたしを連れていったとき、お母さんがいったの。『あの子が行ってくれて幸せだわ』って」


ひとつの質問をこなすのさえたいへんだったが、わたしはなんとかジェシーに課題を続けさせていた。そこで、彼女がほんとうに癇癪を起こしてしまうまで強硬に続けるよりは、ここでいったん中断して、ご褒美として少しパペット遊びをさせるほうが賢明だと思われた。

ジェシーは飢えたオオカミが羊の死体にとびかかるように、パペットの入った袋にとびついた。開けるために文字通り袋を引きちぎり、彼女はパペットをつかんでは片手で強く抱きしめ、もう片方の手で次々と引っ張りだした。ついに全部を取り出したとき、彼女はしばらくすわったままで、ただパペット全員を強く抱きしめていた。

「何だか必死っていう感じね。パペットたちのことが心配だったの？」とわたしはきいた。

「うん、トリイがこの子たちを捨ててしまったのかもと思った」

「そんなことはしないわ。わたしはこの子たちを毎回持ってくるわ。どうしてそんなことが起こるかもしれないなんて思ったの？」

「だって」

「あなたが特別気に入っているものをだれかが処分してしまうかもしれないなんて、考えただけで怖いわ」

「この子たちのことは気に入ってるどころじゃないもん。大好きなの。この子たちはあたしの友達。あたしにとっては家族なんだ。あたしのパペットの家族」彼女はわたしの足元の床にすわり、パペットたちをひとつひとつ並べていった。あるものは彼女のひざの上に、あるものは彼女の横の床の上に。「そういうことが前に起こったから」と彼女はいった。

「何が？」

「あたしが大好きだったおもちゃが捨てられたの」

「いつの話？」

「お母さんがやった。お母さんはあたしのおもちゃを全部庭に持っていって、火をつけたんだ」

彼女はドラゴンのパペットを持ち上げた。このときまでジェシーはこのパペットにほとんど興味を示したことはなかった。いま、彼女はこのパペットを手にはめて、ドラゴンが自分と向き合うようにした。このドラゴンは二種類の緑色のフェルトで作られた本体に、革のような素材の翼、先のとがった金色の爪、そして口にはひじょうに獰猛で鋭い歯が生えているという、特別凝ったパペットだった。

「前にあたしはドラゴンのおもちゃを持ってたんだ。これみたいな。あたしのいちばんのお気に入りだった。いつもベッドに連れていって一緒に寝てたの。でも、お母さんがあたしにすごく怒って、それを取り上げたんだ」

「お母さんはどうしてそんなに怒ったの？」

「覚えてない」

ジェシーはドラゴンの口を開けたり閉めたりした。「ガォーッ」彼女はドラゴンになってそういい、手を伸ばしてわたしの腕に嚙みつかせた。「もしあたしがこのドラゴンを持ってたら、あたしのおもちゃを持っていったお母さんの腕を嚙んでやれるのに。お母さんはおもちゃを芝生の上に積み上げて、それからガソリンをかけて火をつけたんだよ」

「それは危ないわね」

「そうだよ。ガソリンに火をつけちゃいけないんだよ。だって火事になることもあるから。だけどお母さんはそうしたの。頭がおかしいから。お母さんは頭がおかしいんだよ。お医者さんがそういった。だから、お母さんはあたしが赤ちゃんだったときにもあたしの面倒をみなかったんだよ。ガォーッ！」ドラゴンがまたわたしを嚙んだ。痛いというほどではなかったが、本気でやっているとわたしがわかる程度には強く。

ジェシーはドラゴンのパペットを持ったまま立ち上がった。かなり大きなパペットだったので、彼女は手を肩の高さまで掲げなければならなかった。

「世界を食べてやる！」ドラゴンになった彼女はそういって、部屋をぐるぐる動きはじめた。家具がいっぱい置いてあるので、あまりスペースがなかった。それで彼女はソファによじ登り、ドラゴンを頭の上で思いきり揺らしはじめた。「おまえを食べてやる！」

ジェシーはこのときテーブルのわたしとは反対側にいたので、彼女がドラゴンでわたしを攻撃する危険はなかったが、彼女は脅すようにドラゴンをわたしのほうに急降下させた。

「お母さんとお父さんを食べてやる！　お姉ちゃんたちも食べてやる！　トーマス先生もジョーゼフもエニールも子どもたちもみんな食べてやる。トリイも食べてやる！　みんなを食べて、それからフィッシュアンドチップスも食べてやる！」

「ずいぶんお腹をすかせたドラゴンなのね」とわたし。

「マグナスとエレノアも食べてやる。それからユニコーンも。それから他のパペットも全部！　それから椅子もテーブルも食べてやる。この部屋全部を食べてやる！　何も残らないように。それからそこらじゅうに火を吹くんだ。ガォーッ！」

わたしが何が起こったか気づくより早く、ジェシーはテーブルの上に乗っていた。そしてドラゴンのパペットを自分の頭の上でぐらぐら揺らした。「お母さんもお父さんも嫌い！」と彼女は叫んだ。「あの人たちなんか大っ嫌い！　火をつけてばらばらにしてやるんだ。お母さんがあたしのおもちゃにしたみたいに。お母さんがあたしにしたみたいに。お母さんを殺してやる！　お父さんも殺してやる！　世界中ぜーんぶに火をつけてやる！　それがあたしのしたいこと！　そうだよ！　それがあたしのしたいことだよ！」

ジェシーはドラゴンのパペットを揺らしながらテーブルの上で踊りだした。彼女が異常に興奮してきていたので、わたしは心配だったし、彼女が平常心を失ってきているとも感じていた。このままだとテーブルから落ちてしまうこともじゅうぶんありえた。

立ち上がってわたしはいった。「ジェシー？　そろそろそこから降りなさい」

彼女は踊り続けた。ドラゴンを頭の上にかかげて、くるくる回りながら。パペットが大きいために、それを持ち上げるには両手が必要で、そのため、くるくる回るのに、もし両腕を広げることができたらやっていただろう動きよりは多少控え目なものになっていた。

彼女が動いているせいで、うまく捕まえるのは難しそうだ。彼女が怪我をするのでは、とだんだん心配になってきた。「ジェス?」

「世界を燃やしてやる! ガォーッ! おれは世界一強いドラゴンだ。すべてのものを燃やして灰にしてやる!」

わたしは自分もテーブルの上に上り、彼女の両肩をつかんだ。「ジェス、もうやめなさい」彼女はわたしの両手のあいだでくるくる回りつづけた。

わたしは彼女をつかんでわたしのほうを向かせた。わたしたちはふらふらしながらしばらく立っていた。彼女の動きがまだ完全には止まっていなかったからだ。わたしたちふたりの重さにテーブルが耐えられるかどうか少し心配になって、わたしは手を離してすばやく床に戻った。それから彼女の胴のあたりをつかんで下に降ろした。ジェシーは抵抗しなかった。それどころか、床に足がついたときには、彼女は目を閉じ、うれしそうな表情をして自分からわたしにもたれかかってきた。ドラゴンのパペットをしっかりと自分の胸に抱いている。彼女の気持ちが鎮まるのを確認するように、わたしはしばらく彼女を抱きしめていた。

ジェシーは大きなため息をついた。それから目を開けてわたしを見上げた。顔中に笑みが広がっていた。「あー、楽しかった」とほとんど囁くような声でいった。「うわぁ、これまでいちばん楽しかった」

12

ジェシーがドラゴンのパペットと遊んでいるあいだじゅう、ビデオレコーダーが回っていた。そのことをわたしはほんとうによかったと思った。というのも、わたしがジェシーと一緒にいるときに何が起こったかについて、他のスタッフがどんな意見をいうか心配だったからだ。わたしに査定の面談をもう一度やってくれと頼んだベンは、その日出席できなかったが、メレリ、ジョーゼフ、それと他のスタッフふたりがその日の夕方にわたしと一緒にすわって、そのビデオを見た。

この仕事について以来ほぼずっと、わたしは録画装置を使っていた。アメリカでは一九七〇年代は教育の隆盛期で、多くの学校が最新式のテクノロジーを導入していた。当時の最新式テクノロジーとは、オープンリール式のビデオレコーダーと、あまりに大きくて重いので支えるために専用の三脚が必要なカメラのことだった。学区はわたしたち全員にこのすばらしい設備を購入してくれたのだが、残念なことに、使いこなす訓練はほとんどしてくれなかった。その結果、大半の職員がこれらの機材をどう扱ったらいいのかわからないという単純な理由から、多くの学校でこれらの機材は視聴覚教室の戸棚の中で埃をかぶったまま放置されていた。わたしのオタクっぽいまでのテクノロジー好きがついに功を奏した。少しいじっているうちに、やり方がわかってきたのだ。それで、ビデオレコーダーを自分の教室で使ってみることにした。すばらしかった！そのときまで、わたしは自分が子どもたちにだけ集中しているときに、教室の中でどれほど多くのことを見逃していたかに気づいていなかった。それで、特定の状況を後にもう一度見るために、この機材がじつに役に立つことを発見したのだった。

この新しい財産を独り占めするのは後ろめたく感じたが、かといってせっかくのものを使わないままにしておくのも残念だった。わたしが使わなければ誰も使わないのだ。だから、だれか他の人が使いたいというまで、ビデオ機材をわたしの特別支援学級に「保管」しておく、と申し出たのだ。これに校長は大喜びした。学校の視聴覚室の戸棚は小さく、当時のビデオ機材はとてもかさばったからだ。かくして、教室内で録画するというわたしの長いキャリアが始まったわけだが、これはとてつもなく役立つものだった。ジェシーのビデオを見ながら、今回わたしはこれを再体験することになった。あのとき状況に追いついているあいだに、わたしがどれだけのことを見逃していたかを再び痛感させられたからだ。

ビデオでまぎれもなくわかったことは、どれほどあからさまにジェシーが人を操作しているか、ということだった。彼女のいったことすべて、やったことすべては、わたしの立場を弱くしておくことを目的とされていて、ほとんどの場合それは成功していた。他のスタッフが彼女の行動を指摘しはじめたので、わたしは恥ずかしくなってきた。彼らのコメントは、わたしがだまされやすく、いくら善意から努力をしていたとはいえ、わたしは反応性愛着障害の子どもと取り組むときの現実というものを把握していない、と暗にいっていたからだった。意地悪でそんなことをいう人は誰もいなかったが、その言葉はわたしの胸にささった。自分ではそうではないと思っていたからだ。セッションの最初、パペットで遊びたいという彼女の要望にわたしは抵抗し、うまくいっていた。彼女に面談の質問に適切に答えさせるということはうまくいかなかったけれど、これは別の場所でやったときに他の誰もできなかったことだった。彼女の人格があまりにめちゃくちゃなので、これがいまのところ彼女から得られる最善の答えだと考えられたし、いま以上の答えが得られないのは、わたしのせいでもないし他の誰のせいでもなかった。わたしは自分のアプローチがまちがっていたとは納得できなかった。

　ジョーゼフは、わたしが課題を続ける代わりにジェシーがドラゴンのパペットで遊ぶのを許したことを、「甘やかしてあいまいにした」と表現した。が、わたしとしては、それは状況が次の段階に入ったので、重点の置きどころを変える適切な処置だったと感じていた。ジェシーの過去に何があったのかわたしたちは知らなかったが、彼女の言動から深刻な虐待やネグレクトがあったことが多く示唆されていた。前に進むためには、彼女に何が起こっているのかをもっと見極めなければならなかった。彼女がわたしたちとこういうことについて話せるよう、セッション中に彼女にある程度のスペースと自由を与えずに、どうやってこれが達成できるのかわたしにはわからなかった。たしかに、彼女は人を操作しようとするし、その場をコントロールしようとする。

そしてたしかに、必然的に彼女がセッションを完全に台無しにしてしまうときもあるだろう。だが、だからといって、その時間が無駄になったというわけではないのだ。わたしたちにはまだ学び取る機会があった。そして、それこそがわたしたちに最も必要なものだったのだ。いかにして、そしてなぜこのような機能不全に対処する行動が培われてきたのかについて、もっと学ぶ機会が。

わたしがそういうと、ジョーゼフが答えた。「それはかつての考え方だよね。昔の。我々は専門家として、子どもたちを変えるためにものごとの起源を理解しなければならない、という。フロイトとかそういう。だけど、ぼくたちはもはやそういう時代にはいないんだよ。ぼくもそのころの人間だったらいいのに、と思うよ。あの頃はもっとやさしい時代だった。だけどこのごろでは、変化が起きているんだよ。ぼくたちが変えようとしてきたから。ぼくたちは変わらなきゃいけないんだよ。それ以上のことをする資金がないんだから。それがあったらどんなにいいかとぼくも思うけど」

わたしはすっかり年を取った気持ちになって、すわっていた。

やがて事態はもっと悪くなった。ジェシーがドラゴンのパペットで遊んでいるビデオテープの後半を見ていたときのこと、ジョーゼフがいった。「そこでちょっと止めて」母親がジェシーのおもちゃを玄関前の芝生のところに持っていって、上からガソリンをかけて火をつけた、とジェシーが話している場面だった。

テープはジェシーがドラゴンを高くかかげ、頭をのけぞらして彼女の赤毛がたなびいているところで静止した。彼女は口を開け、夢中になっているような表情をしている。

「これはほんとじゃない。あの子は嘘をいっている」とジョーゼフがいった。

「あの子のおもちゃが燃やされたこと?」とわたしはきいた。

「いや。そのことについてはそのとおりなんだ。だけど、母親がそうやったというところが嘘なんだよ。おもちゃはたしかに庭に積み上げられて、上からガソリンをかけて火をつけられた。だけどそれをやったのはジェシー自身なんだよ。これが最初の放火事件だったんだ」

わたしは黙っていた。

ジョーゼフはわたしが黙っていることを非難だと受け取ったようだった。そういうつもりではなかったのだが。わたしはただ単純にこの情報を呑みこもうとしていたのだ。だが、ジョーゼフは支持を求めてメレリのほうを向いた。「そうだったよね?」

メレリもうなずいた。「ええ。ジェシーが六歳のときよ。それに、おもちゃはあの子のおもちゃじゃなかったの。お姉さんのジェンマのおもちゃだったのよ。ティーンエイジャーが自分のベッドに置いておくようなぬいぐるみよ。ジェシーはお姉さんとけんかをして、お姉さんのぬいぐるみをいくつも庭に持っていって、ガレージに置いてあった芝刈り機用のガソリンの缶を持ちだしたの。それをぬいぐるみの上にかけて火をつけたのよ」

「ああ、そうなの」他にどういっていいかもわからず、わたしはいった。

「母親がやったとあの子がいったのは興味深いわね」とメレリがつけ足した。「わたしたちが母親について知っていることからすると、母親はジェシーに関して自分から行動を起こすというようなことはまずなかったのよ。彼女はうつ病でたいへん苦労していて、ずいぶん長いあいだベッドからまったく出られない状態だったみたいなの。そんなときはジェシーをほったらかしにしていたみたい。だから、ジェシーが母親との関係をそこまで否定的に解釈しているなんて興味深いわ」

わたし自身がすっかり落ち込んで家に帰った。わたしたちはそれぞれ相違点はあっても、ひじょうに少ない予算の中で全員が最大限の努力をしていた。地理的には広大で大半が田舎であるわたしたちの地域は、この国の中でも最も恵まれない地域のひとつだった。ケアを必要としている子どもは多すぎるのに、里親となる家庭は少なすぎ、それぞれが遠くに離れすぎていて、支援するサービスは少なすぎた。メレリはどのソーシャル・ワーカーもがそうであるように、過労で疲れていた。ベンは地元当局に雇われている唯一の児童心理学者で、二〇〇〇人近い子どもを担当していた。地元の住民の中で、治療が必要な人のうち、個人で私的なセラピーを受けたり、特別の技術を持つ医師に診てもらったりできる余裕のある人はごくわずかだった。大小とりまぜ数ある慈善団体は、その不足を補うためにできるだけのことをしていたが、十分ではなかった。ジョーゼフのいうとおりだった。変化に焦点を当てなければならないのだった。理解するなどぜいたくだったのだ。

こういうことを考えているといつも、自分が最後に行きついた文化と、自分が置いてきた文化を比較してしまうのだった。親族はみんなまだ故郷のモンタナにいたので、わたしは毎夏アメリカに帰省していた。この恒例の旅のおかげで、わたしは大勢の昔の教師仲間と連絡を取り合っていた。わたしたちはいつも一緒に出かけて仕事の話をし、タイミングがうまく合えば、わたしは彼らの教室を訪ねたりもしていた。

アメリカで働いていたころのわたし自身の思い出はバラ色だった。清潔で新しい建物、ちょっと電話をかけてとりつければかなう専門家との面会の約束、すぐに会ってくれて、好きなように一連のテストをしてくれる医師、その結果何が問題なのかがわかる正確な診断、そしてたいていは症状をよくする薬の処方。しかし、そんなことを考えているときでさえ、それらが偽りの記憶だということはわかっていた。わたしの頭が悪い部分を単に削除していたのだ。ほんとうは、わたしが新しいピカピカの学校で働いたのは一度だけだった。後はすべて二〇世紀前半に建てられた古びたレンガ造りの巨大な建物で、当時は威風堂々としていたのだろうが、わたしの時代には崩壊寸前で、特別支援教育プログラムをどこかに押し込まなければならないので使っていたが、それ以外は完全に閉鎖されているということもあった。わたしが働いていた学校では、わたしたちはミル・レヴィと呼ばれている毎年の固定資産税査定を待ちながら、ぎりぎりの生活をしていた。固定資産税がプログラムの資金になるので、その査定次第でわたしたちがまだそこに残れるのか否かがわかるのだった。高度な教育を受けていながらごく少人数の子どもたち相手にしか働いていないという最悪の立場の人間として、資金が確保されなかったり、ワシントンで政権交代があったりすれば、わたしのプログラムはまず最初にカットされるものに入っていることが多かった。そして、わたしは次の職探しに走らなければならなかった。同じように、わたしの元同僚たちは大勢の専門家とすぐに会う約束をとりつけることはできるけれど、彼らは収入の五分の一を保険料として支払っていた。わたしがアメリカで仕事上担当してきた家族の多くはそんな余裕がなく、だからまったく保険に入っていなくて、その結果そういうサービスを受けることはできなかった。わたしの元生徒のひとりは、治療代が払えないからといって、妊娠している妻が病院の入口で追い返されたと話していた。また、そのような検査や診断名は、慰めとなる一方で、薬漬けの子どもたちを山ほど作り出すことにもなってしまった。過去はバラ色に思えるとはいっても、ひとつの文化が他の文化よりいいというようなことではなく、悪い環境のうちどちらのセットのほうがまだ対処していけると感じるかを選ぶ問題だということに、わたしは気づいた。

ビデオテープを見て、わたしは自分で認めたくないほど動揺した。九歳の子にだまされたことに腹が立ったし、そのことを仲間の専門家たちの前で指摘されて屈辱を感じた。チームの他の人たちがわたしの仕事を低く見ているという気がした。わたしがボランティアだから、お金が支払われているスタッフほどしっかりしていなくて当然だと思われたのだ。そして、わたしが自分では実際的で証拠に基づいていると信じているのに、わたしのセッションのやり方を「やわでふわふわしている」と見ていると感じた。したがって、次のジェシーとのセッションではわたしが主導権をとる、そう決意して臨んだ。

ジェシーは上機嫌でやってきた。ちょうど髪の毛を短く切ったばかりだった。これまでとそれほど変わったスタイルではなかったが、頭を振ると髪の毛が動く様子が気に入っているらしく、部屋に入ってくるなりテーブルのわたしがいる側に回ってきて、わたしに褒めてもらおうとした。

それから「マグナスとエレノアにも見せたいの」といって、手を伸ばしてわたしの椅子の横に置いてあった黒いゴミ袋を開けようとした。

わたしは何もいわなかった。彼女がしたがることから始めさせようと思っていた。そのあとに、自分が事態をコントロールするよう取り組んでいくつもりだった。

ジェシーはひとつひとつパペットを取り出して、テーブルの上に並べた。彼女はわたしの横に立っていたので、クマのマグナスとエレノアはちょうどわたしの真ん前に並べられた。それからパピーが出てきた。彼女はパピーを抱き寄せると、その頭にキスをして、全体を見渡すことができるようにテーブルの真ん中に置いた。それからユニコーン、モンスター、彼女が前のセッションのときに一緒に遊んだドラゴン、オオハシ、羊、野ウサギ、紫色のダチョウが出てきた。

「うん。これで全員そろった」彼女はパペットたちを長いあいだ眺めていたが、やがてテーブルの上に身を乗り出して頭を振った。「見て、みんな。あたし、髪の毛を切ったんだよ。わかる?」

彼女が気づくまでどれくらいかかるか興味を持ちながら、わたしは相変わらず黙っていた。

ジェシーは背筋を伸ばした。「この子たちはただのパペット。だからほんとうには何も見えないんだよ。あたしが髪の毛を切ったこともわからないんだよ」

彼女はクマのパペットのひとつを取り上げた。役を演じるまで、どちらがマグナスでどちらがエレノアか見分けるのは不可能だった。二匹ともほぼ同じだったからだ。ジェシーはそれに手を入れて、自分と向き合わせた。口をパクパク開け閉めしたが、何もいわなかった。それからクマの頭越しにわたしと目を合わせた。

「今日はどうしたの？」と彼女はきいた。

「あなたと話さなければならないことがあるの」

「そうだと思った。機嫌が悪いのはわかってたよ。だって、あたしの髪の毛のことちっとも褒めてくれなかったもの」

「怒ってるわけじゃないわ。ただ、ほんとにまじめな話をしなければならないの」

「最初にパペットたちと遊びたい」彼女はクマの口を二、三度パクパク動かしてから、それをわたしのほうに向けた。「マグナスがいってる。『不機嫌な顔をしてるね。そんな顔だとかわいくないよ。かわいい顔は笑顔じゃなくっちゃ』って。そうだよね、マグナス？　かわいい顔をしてたら、おしゃべりしたいって気持ちになるものね」

「話をしなくちゃならないのよ。あなたは三つの中から選べるわ。話しているあいだも、マグナスを手に持っていていい。マグナスは片づけて、話しているあいだ紙とペンを使ってもいい。三つ目はただ話をするだけ。三つの中から選んでちょうだい」

ジェシーはわたしをじっと見ていたが、動かなかった。テーブルに身を乗り出して、わたしは他のパペットを黒いゴミ袋の中に片づけはじめた。

ジェシーはこれに驚いた。まだ手にクマのパペットを持ったまま、彼女はパピーに手を伸ばした。「だめ！」

「今日はパペットでは遊ばないのよ。そうしたかったらマグナスは持っていていいわ。でも残りは片づけるの」

「いやだ！　パピーは片づけないで！　その子は出しておいて」

「今日はパペットでは遊ばないの」

「いやだ！」

「聞こえてるわよ。あなたはパペットたちを出しておきたいのね。でも今日はパペットでは遊ばないの」

「パピーだけ。パピーだけ出しておいて。お願い」

「今日はパペットでは遊ばないの。そうしたかったらマグナスは持っていていいわ。だけど、残りは片づけるの」

「マグナスとパピーを交換する。いい？　マグナスはあげる。この子は片づけるから、代わりにパピーを持たせて」

「今日はパペットでは遊ばないの」

「お願い。この子だけだから。お願い。マグナスの代わりにパピーを持たせて。そうしたら、何でもいうことをやるから。ね、お願い。お願い」

　わたしは答えなかった。

「だって、パピーはすごくさびしくなっちゃうもの。とってもさびしく。それに怖がるし。あの子は黒い袋の中だと怖がるんだよ。小さいときに閉じ込められたから。戸棚に閉じ込められて、そこがすごく暗かったから、いまでも怖いんだよ。すごく怖いの。だから抱っこしてあげないと」

これはいかにもジェシーらしいやりとりだった。自分がほしいものを取り戻すためのいつもの取引だった。彼女はどうすればわたしの同情心をかきたてるかを知りつくしているので、無視するのは難しかった。彼女がふつうの子どもだったら、この何ということもない要求は、理に適っているし、やさしいといってもいいくらいだった。だが、ジェシー相手となると、悲しいかなすべてがゲームの一部なのだった。

冷静に、わたしはだめだともう一度いった。「パピーとは他のときに遊んでいいわ。今日はパピーには他のパペットたちと一緒にいてもらう。マグナスを手元に持っているか、マグナスも袋に入れるかを選んでいいわ。でも、他のパペットは片づけなければならないの」わたしは袋の口を開けた。

「いや。トリイにパピーはわたさない。あなたにパピーはわたさない」ジェシーはテーブルの下に飛び込むと、袋から子犬のパペットを引っ張りだした。

わたしは椅子にすわったままじっとしていて、彼女が隠れているテーブルの下は見なかった。

「パピーはずっと持ってるから。ずっとテーブルの下のここにいるから。そうしたらパピーは安全だもの」

わたしは答えなかった。

「いやだ!」ジェシーは叫んだ。

時間が流れた。わたしはテーブルの下を覗きもせず、しゃべりもしないで静かにすわっていた。

「いやだ！　いやだ、いやだ、いやだ！　そんなことしないから！　いやだ！」

ジェシーは怒って椅子をがたがたと揺らした。わたしの椅子のそばにあった椅子を蹴飛ばした。部屋が狭かったので、蹴っても椅子は倒れずソファに寄りかかっただけだった。反対側にあった椅子二脚も蹴飛ばした。それから悲鳴をあげた。

わたしは答えなかった。

ジェシーがテーブルの下から激しく叫び声をあげ、椅子を蹴飛ばし、テーブルをどんどん叩いたりしているうちに、十分近くがたった。彼女は物音を立て続けていたが、泣いてはいないことがわたしにはわかった。これは怒りといらだちからくるものだったのだ。

わたしが何もいわないので、彼女はさらにひどいことをすることにした。「この子をぼろぼろにしてやる。パピーをめちゃくちゃにしてやる。そうしたらトリイはもうこの子を持てなくなる。見てみたい？」彼女はテーブルの下から怒鳴った。

「そろそろおしまいの時間になるわよ」とわたしはいった。

彼女はテーブルの下から這い出てくると、部屋の向こうの端に立った。肌は激怒したためにまだらに赤らんでいる。「この子をめちゃくちゃにしてやる」彼女はパピーの前脚をそれぞれの手で持って、ぐいと引っ張った。「あんたのパペットを引きちぎってやる」

「わたしにすごく怒っているから、あなたが大好きで、ここで一緒に遊ぼうと思っていたものを傷つけようとしているのね」

「ほんとうにそうするから」

「ええ、あなたならやるでしょうね。でも、来週この部屋にやってきて、パピーがここにいなかったら、どんな気持ちがするか考えてみて。袋を開けて、パピーが傷つけられて捨てられてしまったとわかったときのことを考えてみて」

ジェシーは泣きだした。「いやだ!! この子を捨てないで」

「そのときどんな気持ちがするか考えてみて」

「いやだー! 残酷だね」彼女はパピーを胸に抱きしめた。「パピーをゴミみたいに捨てたりしないで」

「どうしたらそんなことになるのを止められると思う?」

ジェシーの口がいまにも泣きそうにへの字に曲がり、彼女は首を振った。「わかんない」

「いいえ、わかっているはずよ、ジェシー。そんなことにならないようにするために、あなたにいますぐ何ができるか、あなたはわかっているはずよ」わたしはゴミ袋の口を大きく広げた。

ごくゆっくりと、彼女は抱きしめていた子犬のパペットを胸から離した。そして、めそめそ泣きながら、長いあいだじっと掲げていたが、ついに袋の中に落とした。「トリイなんか嫌い」と彼女はつぶやいた。

「ええ、わかってるわ。それでもいいのよ」

「大っ嫌いだよ」

13

次のセッションにやってきたとたんに、ジェシーはきいた。「パピーはどうしてる？」

「パピーは元気よ」

「どこにいるの？」

「パペットたちはみんなわたしの家にいるわ。今日は持ってこなかったの。あなたとお話ししたいから。前回、パペットに気をとられて話す機会がなかったでしょ。だから今日はあの子たちを家においてきたの」

「いやだー！」

「パピーは無事よ」わたしは仕事かばんを開けた。「しゃべっているあいだに、何か手でしたいことがあるのなら、紙とペンを持っていてもいいわよ」

「いやだー。パピーを連れてくるって約束したじゃない。この前いったじゃない、今度はパペットをやるって。あたしに嘘をついたのね」

気がそれるような会話に引きずり込まれたくなかったので、わたしは答えなかった。その代わりにケースに入ったペンと紙を取り出して、テーブルの上に置いた。それから仕事かばんを閉じて、床に置いた。

ジェシーはまだ戸口に立ったまま、眉をひそめてわたしの行動を見ていた。「なんでそんなにあたしに意地悪なの？　あたしは何もしてないのに」

「すわってちょうだい」

「あたしはパピーがほしいだけなのに」ジェシーは悲しげな声でいった。

「ええ、わかってるわ。お願い、すわってちょうだい」

のろのろと彼女はテーブルに近づいてきて、椅子を引くとその中に倒れこむようにすわった。

「トリイはもうあたしにやさしくしてくれないんだね。前はやさしかったのに。最初に来たときなんか。でもこのごろは急にいつも意地悪になった。どうしたの？」

わたしは答えなかった。

しばらく顔をしかめていたが、それからジェシーは紙をひっつかむと自分の前まで引っ張ってきた。それからペンのケースを開けた。

「前回、あなたとわたしが一緒にいたとき、あなたはおうちで暮らしていたときに起こったことを話してくれたでしょ。お母さんがあなたのおもちゃを全部芝生のところに持っていって、それに火をつけたって」とわたしはいった。

ジェシーは紙の右下の隅に絵を描きだしていた。描いているところを左手をコップのように丸くしておおっていたので、それが盾になってわたしからは見えなかった。「何を描いているか、見せてあげない」と彼女はいった。

「あなたがいったことについて話したいの。あなたはお母さんがあなたのおもちゃを全部庭で燃やしたってわたしにいったわよね」

「この絵は見せてあげない」

「ジェシー？」といって、わたしは片手を伸ばして紙の上に置いた。

「絵を描いていいっていったじゃない」彼女はかんかんに怒った声で叫んだ。

わたしは彼女から紙を取り上げるつもりはなかったし、ペンを止めるつもりもなかった。ただ手を紙の上に置いただけだった。

「いや！　手をどけて」彼女はわたしの手をぐいと押した。

わたしは手をひっこめた。「あなたはお母さんがあなたのおもちゃに火をつけたっていったけど、それはほんとうじゃないわね？　ほんとうに起こったことではないわね。おもちゃに火をつけたのは、あなただった」

彼女は紙の上に身を乗り出し、丹念に描きはじめた。手でおおっているので、わたしからは絵が見えなかったが、ていねいに細い線を重ねていく様子から、またヒバリの絵を描いているのだとわかった。

しばらくのあいだジェシーは絵を描くことに熱心に集中しているようだった。わたしはじっと見ていた。彼女にしゃべってほしかった。嘘をついたことと、その嘘がばれたことすべてについて探りたかった。だが、もしここで彼女を追い詰めたら、その探索ができなくなる可能性が高いこともわかっていた。問題は、ジェシーが話題をそらそうとすることと、彼女が自分ではコントロールできない何かにおびえていることとの、デリケートなバランスを取り続けることだった。

そんなわけで、わたしはすわって様子を見、ジェシーは絵を描いていた。一分が過ぎ、それが二分、五分、十分となっていった。わたしは何もいわなかった。時間が過ぎるにつれて、緊張がゆるんでいった。彼女は自分がしていることが見えないようにおおっていた左手をだらりと垂らした。フューシャピンクのペンを取ると、ヒバリの繊細な翼を塗った。

ついにわたしは口を開いた。「どういうふうに嘘をつくことになったのかをそのヒバリに説明するとしたら、何ていう?」

「どういう意味?」とききながらも、彼女は目を上げてこちらを見なかった。

「あなたのおもちゃに火をつけたのはお母さんだった、ってあなたはいったけど、ほんとうはあなただったのよね。そのせいで嘘になったの。ふつう嘘には理由があるはずよ。ただそうなるなんてことはない。でもヒバリは嘘のことを知らないわ。だって、鳥だから。だから、そのことをヒバリに説明しなくちゃいけないとしたら、何ていう?」

彼女は手を伸ばしてケースから緑のペンを取り、ヒバリの胴体を塗りだした。沈黙があまりに長く続いたので、彼女は答える気がないのだろうとわたしは思った。

そのとき、彼女が静かにいった。「あたしは嘘はついてない。ただときどきものごとを違ったふうに覚えていることがある……人は、頭の中にあるものはテレビの番組みたいなもの、というふうに思っているっていうか。頭のスイッチを入れさえしたら、そこには思い出があって、いつも同じものが見える、みたいな。ここに、ある『シンプソンズ』のアニメがあって、あたしがテレビをつけるたびに、その『シンプソンズ』のアニメが出てくるみたいな。毎回まったく同じなんだよ。ホーマーが原子力発電所の席にすわっていて、ドーナッツを食べてる。そしてバートは学校にいて、厄介ごとに巻き込まれてる。あたしがそれを見るたびに、彼らはまったく同じことをやってるの。あたしはそれを百万回も見た。人は、記憶っていうのはそれみたいなものだって思ってるんだよ。同じことが何度も何度も出てくるって。その人たちはいうの。『これについて話して』って。で、そのためには頭の中のテレビのスイッチを入れさえすればいいんだ、ってその人たちは考えてる。そうすればいつもまったく同じアニメをやってるんだ、って。でも、そうじゃないんだよね。そのチャンネルをつければ、そこにホーマーがいてバートもいるかもしれないけど、でもそれはちがうアニメなんだ。で、それがあたしの見たアニメだからそのアニメについて話すんだよ。そうしたらみんながいうの。『きみは嘘をついてる』。それはわたしが見たアニメとはちがう』って。でも、あたしはそのアニメは見てないんだもん。その人たちが見たのとはちがうものを見たんだもん」

「それはなかなか興味深い考え方ね」とわたしはいった。「それに、あなたがいまいったことから、あなたがこの話題についてずいぶん大人びた考え方をしているんだってわかったわ。わたしがちゃんと理解しているか確認させてね。あなたはみんながあなたにまったく同じことを何度も何度も思い出させようとしているみたいだ、と思うのね。いつもテレビでやってるあるアニメみたいに。でも、あなたが覚えているものを彼らに話すと、それは前のとはちがっていて、だから彼らはあなたが嘘をついてると思う、と」

ジェシーはうなずいた。

「ということは、あなたがいっているのは、あなたのおもちゃを取り上げて庭に持っていき、火をつけたのはお母さんだって、あなたは覚えているっていうことなの？　でも、他の人たちはそれはあなただって覚えているって？」

彼女は再びうなずいた。彼女はヒバリにおおいかぶさるように身体を曲げ、小さな絵に黒のインクで縁取りをしていた。

「あたしじゃなかった」とぶつぶついった。

「おもちゃに火をつけたのはあなたじゃなかった、ということ？」

「お母さんが持っていったの。お母さんがあたしのおもちゃを、トリイが持ってるのみたいな黒いゴミ袋に入れた。ちょうどトリイがパピーを入れたみたいに。お母さんはそれを裏庭に運んでいったんだよ。そこには季節外れに花を咲かせる小さな木があった。冬に花が咲くんだよ。そんな時期に花が咲いちゃいけないのに。お母さんはゴミ袋をその小さな木の下に置いて、ガソリンをかけたんだ。あたしは泣いた。泣いて、泣いて、泣いて、泣いたんだよ。お母さんにあたしのおもちゃ全部をめちゃくちゃにされたくなかったから。ガソリンをかけただけでもおもちゃは台なしになった。だけど、お母さんはマッチを擦ったんだ。そしたら、ゴオーッて火がついて。全部燃えちゃった」

この話をしているジェシーの目に涙が盛り上がってきた。まだうつむいたままで、その声は小さくてうわずっていた。

さまざまな思いがわたしの頭の中を駆け巡っていた。これは嘘だろうか？　ジェシーの人を操るスキルはこんなにも高度なのだろうか？　アニメのたとえ話は、彼女にその年齢では考えられないほど抽象的に考える能力があることを示していたが、それでもあれはこじつけで、わたしをまちがった方向に導こうとするためだけに意識的に代わりの話をしたのだという気もした。彼女が火をつけたときに、解離が起こったという可能性はないだろうか？　精神的に切り離されてしまって、自分がそういうことをしているときにその場にいるとは感じられなかったのではないだろうか？　それとも、ひょっとしたら彼女はまったく嘘なんかついていなくて、どこかの時点で母親がほんとうに彼女のおもちゃに火をつけたのでは？　ジェシーが火をつけはじめた後、母親は目には目を式に仕返しをしたのではないだろうか？　それともジェシーの放火は、それより前に自分のおもちゃを燃やされた経験の再現なのだろうか？

わたしはもっと知りたくてたまらなかったが、直接質問しても鏡の迷宮に迷い込むだけだとわかっていた。そこでは、何が現実で、何が想像で、何がそのあいだにあるものか判断するのが不可能になるのだ。そこで、わたしは出方を少し変えることにした。「どうしてそんなことが起こったと思う？　どうしておもちゃに火をつけられてしまったのかしら？」

「わかんない」とジェシーは答えた。

「ヒバリも仲間に入れてあげましょう。鳥はこういうことは何にもわからないの。彼らにとっては人間の行動はまったくの謎よ。人間がどうしておもちゃを庭に持っていって、お花が咲いている木の下に置くのかどころか、そもそもどうして人間はおもちゃを持っているのかさえ、ヒバリには理解できないのよ。何が起こったかをヒバリにはどうやって説明する？」

指を一本立てて、ジェシーは紙に描いてあるヒバリを撫でた。それからゆっくりと肩をすくめた。「わかんない」

「その人がおもちゃを集めて、それを黒いゴミ袋に入れたとき、その人はどんな気持ちだったかしら？」それがジェシーだったのか、彼女の母親だったのかについての言い争いを避けるために、わたしはわざと「その人」がだれなのか特定しなかった。「フィッシュアンドチップスについて話した日のことを覚えてる？　誰かの頭の中に入り込んで、その人の立場から見ればどう見えるかを想像してみようってしたときのことを？　その人の気持ちを想像するために」

ジェシーはすごく長いあいだ黙っていたので、答える気がないのだろうとわたしは思った。彼女は前かがみになってすわり、テーブルの端をじっと見ていた。

「あの人には気持ちなんてなかったんだよ」彼女がついに小さな声でいった。

「まったく気持ちがないの？」

ジェシーはうなずいた。「うん。だからあんなことをやったんだよ。火が気持ちいいんだよ。火はあの人に気持ちを取り戻させるから」

ジェシーは泣きだした。

泣き止むかどうか様子を見ようと、わたしはしばらく黙ってすわっていた。だが、そうはならなかった。彼女はますます激しく泣きだした。

「ジェシー、抱っこしてほしい?」とわたしはきいた。

うなずきながら、彼女は椅子から立ち上がるとテーブルのわたしがいる側にやってきた。わたしは片腕を彼女の肩にまわした。

わたしが働いてきた長年のあいだに最も変わってしまったことのひとつは、子どもたちへの接触の仕方だった。六〇年代後半や七〇年代には、特別支援教育に携わっていたわたしたちはだれでも、その子を慰めるためにぎゅっと抱きしめることや、子どもを着替えさせること、また、粗相などをした場合には身体を洗うことさえ、ためらったりする者はいなかった。だが、私的《パーソナル》な領域《スペース》に対する認識の高まり、虐待の新たな定義、そして訴訟が増えてきた社会などがすべてを変えてしまった。わたしはいま自分が担当している子どもたちにいかに触れるかについてひじょうに慎重になっていた。だから、単に片腕をジェシーの肩にまわし、わたしはすわったまま彼女をそばに引き寄せただけだった。彼女はその姿勢でしばらくじっとしていたが、やがてわたしが気づく前に、くるりと身体の位置を変えると、わたしのひざの上に乗り、頭を胸によりかからせてきた。

しばらくそのままにさせておいた。両腕を彼女にまわし、ジェシーを抱きしめた。そうするのが正しい反応だと思ったのだ。彼女はまだ泣いていたし、涙と鼻水を垂らしながらあえいでいた。

わたしはテーブルの向こうに手を伸ばして、ティッシュの箱をつかんだ。そしてティッシュを二枚引っ張りだして、彼女にわたした。ジェシーはそれを受け取り、鼻をかんで顔を拭いた。

わたしたちはまだしばらくそのまますわっていた。やがて、わたしは何かを感じて下を見た。ジェシーは左手を彼女の脚のあいだに入れていた。局部を触っているようには見えず、ただ手をそこに置いているだけだった。わたしが感じたのは、彼女のもう一方の手の指が彼女の外腿とわたしの下腹部のあいだを押していることだった。彼女はわたしの局部を触ってはいなかったが、彼女の手はそこからそう遠くなかった。

「ジェシー、手をそんなところに置かないのよ」わたしはそういって、彼女の右手を持ち上げて彼女のひざの上に置いた。

「何もやってなかったのに」

「立ってちょうだい」

「あたしは何もやってなかったのに」

「ええ、たぶんそうでしょう。でもね、他の人の個人的な場所を触ってはいけないの」

「触ってなかったもん」

「手をああいうところに置かれると気分が悪いのよ」

「やってない。何もやってないのに。トリイが想像しただけだよ」すぐに怒りが涙にとってかわった。

「別のときにもあなたが手をそこに置いたのに気づいていたわ」

「やってないってば」

「子どもがそういうことをするのは、その子自身がそういうふうに触られたから、っていうことがあるのよ。あなたにもそういうことがあったの？」とわたしはきいた。

「ない」

「人がわたしたちの個人的な場所を触るときに、これは秘密だよっていうことがあるの。こんなことが起こったのは、おまえのせいだという人もいる。それとか、他の人にいったら困ったことになるぞ、とかね。そういうことはほんとうじゃないのよ。そういう人たちは、自分がやりたいことを続けられるように、そういうことをいうの。もしだれかがあなたの個人的な場所に触ったら、信頼できる大人にいうのが正しいのよ」

怒りは消えていた。泣いたために顔がまだらに赤くなり、鼻はてかてか光っていた。わたしに押しつけてすわっていたために髪は乱れていて、ジェシーはしょんぼりして見えた。

寂しそうな表情の彼女を見て、わたしは暖かい気持ちがこみ上げてくるのを感じた。「辛《つら》いときもあるわね」

彼女はうなずいた。

「でも、いまいったことはほんとうよ。もし、だれかがあなたが嫌がるようなやり方で触ってきたら、他の人にいっていいのよ」

彼女は首を横に振った。

「ものごとは決してよくならないという気になるときがあることはわかってるわ。でもね、たったひとつでもほんとうのことから始めれば、そこから取り組んでいけるのよ」

彼女はもう一度首を振った。「ちがう」

14

翌週はジェシーに会わなかった。というのもわたしは近著のプロモーション・ツアーのためにイタリアに行っていたからだ。ジェシーはこのことをよくわかっていた。この旅行について話し合っていたからだ。わたしが行くところの地図を見せ、ローマから絵はがきを送ると彼女に約束した。絵はがきはグループホームの子どもたちのあいだでは価値があった。だれかが、どこかでその子のことを考えている証だったからだ。ジェシーはブラックプールの絵はがきを三枚持っていた。すべてその地で働いてるお姉さんからのものだった。だが、彼女は外国からの絵はがきにあこがれていた。絵はがきのことを覚えているか、と彼女が何度もきいたので、覚えている、とわたしは彼女を安心させた。予定どおりにことが運ばないと彼女が狼狽するのがわかっていたので、わたしは忘れずにすぐに絵はがきを送った。それだけではなく、ミラノからも送った。

残念なことに、わたしは余分なお土産を持って旅から帰ってきた。ひどい風邪を引いたのだ。それで、二日間レモンとハチミツ、薬効のあるウィスキーの入ったマグカップを持ってソファで寝ていなければならなくなった。

二週続きでジェシーとのセッションができなくなることに気づいて、わたしはメレリに電話をかけた。わたしの声に気づくと、メレリはハッと息をのんだ。とたんに、何か悪いことが起こったのだとわかった。病気のことは心配しなくていいわ、回復するまでゆっくりしてちょうだい、と彼女は何気ない口調で話しはじめた。それからしばらく間《ま》を置いてから、つけ加えた。「ジェシーはもうグループホームにいないのよ」

「何ですって？」セラピー的効果のある措置先がみつかるのをわたしたちが何か月も待っていたことはわかっていたから、これがいいニュースであればいいとは思ったが、ほとんど警告もなく突然そうなったことでわたしは不意を突かれた。

電話の向こうでメレリは長いあいだ躊躇していたが、やがてついにこういった。「ややこしい話なのよ。あなたと話さなきゃ。調子が悪いのはわかっているけど、ちょっとのあいだだけ事務所まで来られないかしら？　電話では話したくないことなのよ」

午後遅く、わたしはメレリの事務所に着いた。どんよりと曇っていて、常に電灯を点けておかなければならないような日だった。断続的にみぞれまで降っていた。公共施設にありがちな殺風景なベージュの壁と官給品の家具を置いたその部屋は、青白い蛍光灯の光のもとでくすんで、色あせて見えた。紅茶を飲むときに使っている〈カルビンとホッブス〉（一九八〇―九〇年代に米国の新聞に掲載されていた漫画の男の子とトラのキャラクター）のマグカップ以外は、メレリの個人的な好みは事務所までは持ち込まれていなかった。

「どこから始めたらいいかしら」といいながら、メレリはティーバッグをマグカップから引き上げた。自分のカップから引き上げたティーバッグを、決めかねたように眺めていたが、おそらくとっておいてもう一度使うかどうか考えていたのだと思う。結局、使わないことにして、ふたつのティーバッグを次々と机の横のプラスチックのゴミ箱に捨てた。

わたしは紅茶を受け取り、机をはさんで彼女と向かい合う椅子に腰をおろした。

「ジェシーがジョーゼフに性的ないたずらをされたと訴えたの」

ぽかんと口を開けて、わたしはまじまじと彼女を見た。

メレリはわたしと視線を合わせた。その目は死んでいた。それ以外の言葉はあたらなかった。

「どうやって？　何が……？」何をいっていいのかわからなかった。

「あなたが出発してから二日後のことよ。あの子が就寝時の見回りのときにエニールにいったの。シャワーの後にジョーゼフに触られたって。前にもそうされたことがある、といったそうよ。彼が自分の局部を彼女に見せた、とも」

わたしは信じられない思いで彼女を見つめた。「ジョーゼフは女の子たちがシャワーを浴びるときの監督スタッフじゃないでしょ。それどころか、彼はほとんどの場合夜のシフトにもついてないじゃない」

「わかってる」とメレリはいった。

「で……？」とわたし。これは嘘だとほぼ確信したからだ。だが、最初にそう思ってからすぐに、わたしがイタリアに旅立つ直前にジェシーと交わした会話のことが頭に浮かんだ。『もし、だれかがあなたが嫌がるようなやり方で触ってきたら、他の人にいっていいのよ』

「彼はその夜はいたのよ。でも、女の子たちの監督はしていなかったけど」

「で……？」他にどういっていいかわからなかった。ジェシーをよく知っているので、もしジョーゼフが彼女を怒らせたのなら、何が最も彼にダメージを与えるか彼女が考えついたもので、彼に仕返しをするだろうということは、容易に想像できた。それがほんとうであるかどうかなどほとんど考えもせずに。しかし、ジェシーをよく知っているということは、彼女の身にいつか、どこかで何かが起こったことを知っているということでもあった。

「彼女がほんとうのことをいっているという前提のもとに、反応するしか選択肢はなかったのよ」

「ちょっと待って。ジョーゼフはそんなことしないわよ」とわたしはしょんぼりした声でいった。ジョーゼフが邪悪な人だと考えることすらいやだった。彼はいい人だった。彼に会った瞬間にそう感じた。彼は善人だった。

わたしはこのニュースに圧倒され、それでもなんとか事態を呑みこもうとして、椅子にすわりなおした。泣きたい気分だった。ほんとうに泣いてしまいそうだった。

メレリは紅茶のマグカップを覗き、少しかきまぜてから飲んだ。「それで……あの子をここから出さなきゃいけなかったのよ。その場ですぐに。あまりいい措置先とはいえないのよ、あの子の移った先のことだけどね。里親はいい人たちなのよ、でも経験が少ないの。ジェシーの前に三人子どもを預かったことがあるだけなの。でもあの夜はそこしかなかったし、とにかくあの子を移さなければならなかったのよ」

「彼女の様子はどうなの？」

メレリはその質問を手でふり払った。

「で、ジョーゼフは？」

「逮捕されたわ。保釈金を払って、いまは家にいるけど。彼とは話せないのよ。わたしはだめだし、あなたもだめ。わたしたちのだれも彼とは話せないの。だから、お願いだから彼に連絡しようとしないで。裁判に差し支えるから」

わたしはうなずいた。

メレリも重いため息をついた。「グラン・モルファはめちゃくちゃだわ。彼に代われるような経験豊かな人はだれもいないし。これまでとにかくホームに必要な人数のスタッフを雇わなければならなかったから。それからもちろん、メディアには知られないようにしているの」

数年前、グループホームと児童虐待にまつわる一連のスキャンダルがあった。だから、ゴシップ好きなイギリスのタブロイド新聞は次なる「怪物」を探したくてたまらなかったのだ。このことが全国的なニュースになったら、と思うと突然恐怖に襲われた。

「これまでのところはだいじょうぶよ」とメレリがいった。「警察も慎重でいてくれているし。舞い上がってしまっている人はだれもいないわ。でもだれかがひとことでも漏らせば……」

再び沈黙が嵐の前の空気だまりのようにわたしたちのあいだに垂れこめた。

「ほんとうには何があったんだと思う？」とわたしはきいた。

メレリはすぐには答えなかった。それどころか、最初はわたしの質問に反応さえしなかった。

ただすわって、事務椅子に背中をもたせかけ、自分の紅茶のマグカップをじっと見ていた。

「あの子を信じてあげなきゃいけないのよ」とついに彼女はいった。

「そうじゃなくて。そのことはわかっているわ。あなたがそうしてくれてよかったと思っている。わたしたちとしてはそうするのが正しいことだもの。だけど、ほんとうのところはどう思っているの？」

「わたしとしては、あの子を信じなきゃいけないのよ、トリイ。本気でいってるの。憶測はできないし、憶測はしないわ」

「だけど、わたしたちがここで話しているのはあのジェシーなのよ。もし、あの子がいつものようにジョーゼフに腹を立てて、ただ腹いせにそんなことをいったのだとしたら？　あるいは、もしあの子がただ嘘をつくためだけにそういったのだとしたら？　いつも嘘ばっかりついてきたみたいに。ジェシーはすごく傷つけられた子どもよ。そんな彼女が、まさにここで、わたしたちのすぐそばで、彼女が安全でいられるとされている場所で、虐待を受けるなんてこと、ぜったいにあってほしくないわ。だけど同時に、無実の男性がつぶされていくのも見たくないの。これはジョーゼフが何かをしたかしなかったかに関係なく、彼の職歴すべてをめちゃくちゃにしてしまうのよ。この後、彼は決して復帰できないわ」

メレリは答えなかった。ただゆっくりと首を振っていた。

「こんなことといって足しになるかどうかわからないけど、ジェシーは性的に虐待されたことがある、とわたしは思っているの」とわたしはいった。「そうだと強く感じるのよ。だけど、その相手はジョーゼフなの？　もし彼がここにいるからというだけのことで、あの子がそれを彼に投影したのだとしたら？　彼なら安全だからと思って、彼なら……」言葉が立ち消えになっていった。

メレリはまだ首を振っていた。「わたしはそこまで考えられないわ、トリイ。ごめんなさい」

パートII

15

それはいとも簡単に終わった。

ジェシーは六か月のあいだだけ、週に一度会うというわたしの生活の一部だった。もはや彼女の担当ではなくなったわたしは、その午後ソーシャル・サービスの事務所を後にした。ジェシーが移された里親の家は、車で一時間以上かかるところにあり、わたしが参加していた慈善団体はその地域をカバーしていなかった。だから、これがわたしたちのセッションの終わりだった。

だが、このことが頭から離れなかった。そのニュースがショックだったのだ。ジェシーが行ってしまって彼女にもう会えないということだけではなく、彼女が出ていかなくてはならなくなった状況のほうがもっとショックだった。

ジェシーは嘘をついた、というのがわたしの直感だった。十中八九、ジョーゼフが彼女を怒らせたか、他の子どもたちに注意を向けたことで彼女が嫉妬したかで、彼女がジョーゼフに仕返しをしたのだろう。ジェシーはその結果どうなるかなど考えもしなかったのだろう。ジェシーの嘘の大半は衝動的で怒りにまかせたもので、人を怒らせようとすることだけを目的としていた。そんなことをいったら、彼だけではなく彼女にとってもすべてを変えることになるなど考えてもみなかったのだろう。

ジョーゼフのことを思うと、いてもたってもいられなかった。初めて会った瞬間から、わたしは彼が好きだった。彼は生まれついてのカリスマ性を持つ人のひとりで、ほんの二言三言交わしただけで、相手の気持ちをなごませ、仲間に入れてもらったような気にさせる、もの静かながらも外向的な人だった。彼には昔の左翼っぽいところもあり、わたしが若いころの友人たちのことを思い起こさせた。ヴェトナム戦争のときに良心的兵役拒否を選んだ友人たちだ。ジョーゼフには彼らと同じ思いやりと市民としての良心が入り混ざったようなところがあった。そして、わたしにいわせれば、これこそが彼を社会福祉の世界で何よりも必要とされる、献身的で責任感ある人物にしていたのだった。

彼はこの思いやりあふれる良心のオーラを発していたので、わたしが彼から不品行なところなど感じたことなどみじんもなかった。もっといえば、平均的な人よりもずっと高潔な人という印象だった。道徳家というのではなく、倫理的な暮らし方が自然に彼のほうにやってくるというような人であり、密かに後ろめたい喜びを知っている自分が少し恥ずかしくなるような人だったのだ。

ジョーゼフはしつけや境界を設けることを特に得意としていた。彼は子どもたちに親切で思いやりもあったが、この子たちには適切に行動できるようにさせる環境と一貫性が必要だということに強い信念を持っていた。子どもたちはみんなそれぞれめちゃくちゃな環境から来ていたからだ。彼らはジョーゼフと一緒のときにどこまでが許される限度か、それを超えたら結果どうなるかをはっきりとわかっていた。ということは、ジョーゼフのほうでも、子どもたちから罵詈雑言を浴びせかけられるということだった。彼が制限を設けることも多かったからだ。だが、彼が怒りにかられて行動したのは一度も見たことがなかった。また、彼はどうやったら子どもたちと笑い合えるかもわかっていた。特に、ティーンエイジャーを的確に理解していて、彼らが何をおかしいと思うか、何をすれば楽しいと思うかを知りつくしていた。ジョーゼフと共に経験したすべてのことから、ここにいるこの人はいい人だ、という感じしか残っていない。

それでも……子どもを餌食にする者を見分けるのは難しいということもわたしは知っていた。彼らが本や映画に出てくるような、脂ぎった顔をして、うさんくさい目つきをしていることはめったにない。悲しいことに、彼らはたいていの場合人なつっこくて、コミュニティに積極的にかかわっている人たちであり、子どもたちとだけ過ごすのがふつうで、子どもたちの過去のせいで彼らが無防備になっていることが多いグループホームや活動プログラムなどに、自然に引き寄せられてくるのだった。

わたしにもこれにまつわる不幸な個人的な経験があった。アメリカで教師をしていたときに、同僚のひとりが小さな男の子たちに性的ないたずらをしたとして逮捕されたのだ。わたしの特別支援学級があった学校で、彼は一年生を教えていた。その学校はひどい貧困地域にあり、近くには刑務所と季節労働者用のキャンプがあったので、季節労働者の子どもたちが大勢いた。その学校には、男性不在の家庭からやってくる子が多かったので、ジョンがスタッフに加わったとき、わたしたちはみんな喜んだのだった。ここにもやっと、親切でまともな男性のロールモデルがやってきた、と。実際、彼はそのようなすてきな男性だった。わたしたちみんなが彼のことを大好きだった。その日までは。今回のように、わたしが仕事に来ても彼が現れなかったその日までは。

彼のことを最初に告げられたときも、わたしは彼らのいうことが信じられなかった。まさかジョンが。ありえない、と。わたしは信じなかった。だが、やがて裁判になって、わたしは信じなければならなくなった。ほんとうだったからだ。彼は教室で小さい男の子たちをひざに乗せて愛撫したことを認めたのだ。彼は同じことをして前職を解雇されていた。教育委員会は、彼をわたしたちの学区に雇用したとき、そのことを知らなかったのだ。七〇年代のことだ。厄介なことになれば、ただ移動すればよかったのだ。

だから、わたしがジョーゼフと過ごした経験からは、彼はいい人だったが、閉じたドアの向こう側で何があったかはわからないということにも気づいていた。わたしはかつてまちがったことがあったので、再びまちがうこともありうるとわかっていた。

ジェシーのことに関しても結論に飛びつかないようにしようと努めた。彼女のことはもっとよく知っていたので、こちらのほうが難しかった。嘘をつくとき彼女がどれほど賢いか、どれほど自然に嘘が出てくるか、裏づけとなる証拠がなければ、真実を見つけだすまでがどれほど困難か、そしてたとえ証拠があっても彼女が自分の説明が嘘だと認めたがらないこともわかっていた。彼女ならこのようなことを完璧にでっちあげることができることもわかっていた。実際、これはいかにも彼女らしいと思えた。じゅうぶん想定内だ。ジェシーが最も得意とするようなことだった。頭に浮かんだことなら何でも口にして、混乱のための混乱を引き起こす。それでも……ここにもわたしの知らないこともあった。ジェシーの身に何かが起こっていたのだ。不適切なやり方で彼女がわたしを撫でたり、置いてはいけない場所に手を置いたりしたこと、膣に物を挿入されたとパペット遊びのときにいっていたこと——これらはすべて性的虐待の指標となるものだった。これまで一度もほんとうのことをいったことがない子どもが、どうしたら自分の言葉を聞いてもらえるだろうか？　子どもを食いものにする者にとって、決して信じてもらえない子どもほど都合のいい餌食があるだろうか？

続く数週間はいらだたしいものだった。守秘義務があるので起こったことを家族と話し合うこともできなかった。部外者なので、最新情報を共有させてもらえるほどの頻度でソーシャル・サービスの人たちと会うこともなかった。そしてこれまでのところ、マスコミには漏れていなかった。

警察がジェシーの申し立てについて熱心に捜査していることは知っていた。そして十日もたたないころに、正式な事情聴取をしたいので警察署まで来てほしいという電話があった。

警察署に着くとすぐに、私服の巡査部長と婦人警官に案内されて、閉所恐怖症を起こしそうな狭い取調室に連れていかれた。その部屋は文字通りクローゼットほどの広さしかなく、小さな四角形のテーブルとその両側にある椅子二脚がかろうじて置けるくらいのスペースしかなかった。

ひとつだけある窓は内廊下に面していて、わたしたちが着席すると、窓にかかっていたブラインドが閉められた。ぬるくて、汚い食器を洗ったあとの水のような色をしたインスタントコーヒーが発泡スチロールのコップで出された。それ以外は社交辞令も何もなかった。わたし自身が容疑者になったような気がした。

巡査部長はわたしのグラン・モルファでの経験について説明するよう求めた。婦人警官は、彼らは現時点での情報を集めているのであって、だれかを非難しようとしているのではないという点を強調した。彼らはただわたしが見たところを知りたいだけなのだ、と。事情聴取は録音されたが、半ばほどまで来たところでレコーダーが止まってしまった。婦人警官が別のレコーダーを探しにいっているあいだ休憩になった。巡査部長はビスケットを勧めてくれた。

わたしは自分がついうっかり、ジョーゼフが罪をおかしていないのに彼について何かほのめかすようなことをいったり、ジェシーのことで彼らに悪い先入観を持たせるようなことを口にしてしまうのではないかと心配だった。わたしはそのことをいった。自分が神経質になっていることをいい、ジェシーが嘘をつく傾向にあること、そしてこれは彼女のメンタル・ヘルス上の問題の不可欠な部分なのだということを説明した。反応性愛着障害について、それがいかに子どもに影響を与えるかについても話した。ジェシーが性的虐待を受けたことがあると思うか、と巡査部長はきいた。わたしはイエスと答えたが、すぐにそのことを後悔した。わたしがいったことを、彼らはジョーゼフが彼女を虐待した、ととるのではないかと恐れたからだ。だから、わたしはその言葉を撤回した。そしてわたしたちのセッションのあいだにジェシーがわたしにいったことや、彼女が見せた行動について話し、わたしの専門家としての経験からこういうことは性的虐待を示唆しているといった。しかし、これが現在行なわれている虐待なのか、過去のことなのか、またそういうことを行なった人は誰なのかはまったくわからないのだ、ともつけ加えた。

「ジョーゼフに関してはどういうご意見ですか？」と巡査部長はきいた。どんなときにもジョーゼフが不適切なことをしているのなど見たことがない、とわたしはいった。ジェシーと一緒のときに、彼女からジョーゼフとの関係についてきいたことがあるか、ともきかれた。「ごくふつうのものだけです」とわたしは答えた。ジェシーは明らかに嘘だとわかっているようなおぞましい理由をつけてスタッフのことを常に非難していたので、わたしとしては慎重に話す必要があった。わたしは正直でいたかったし、ジョーゼフを非難せずにジェシーを支えたいと思った。巡査部長と婦人警官がどの程度、諸事情をわかっているのか推し量るのは難しかった。ここの警察はそれほど大きくはなかったので、彼らがどの程度、児童病理学の経験があるのか、したがって、わたしがいったことを常識を加味して和らげて解釈しがちなのかどうか、まったくわからなかった。このような心配のために、わたしは実際に感じている以上にためらいがちになってしまい、その後、そんなことをして結果どんな印象を与えてしまったのだろうと、また心配になった。

巡査部長は、ジェシーは性的虐待をされたことがあると思うか、という質問に何度も立ち返った。そのたびに、はい、そう思います、と答えた。彼女が性的虐待を経験している、というのがわたしの専門家としての意見だ、と。そしてその都度、だが、その虐待がいつ行なわれたのか、またたれがそれをしたのかをいうことは不可能だ、ともつけ加えた。彼らがわたしのいうことを信じてくれたかどうかはわからない。ひとつの質問を何度も何度もされると、自分がいっている答えでは十分ではないのではという気になってくる。だが、それが彼らのやり方なのかもしれなかった。

わたしは農場での静かな生活に戻った。牡羊を雌羊と一緒に外に出してやる時期だった。新しい本も書かなければならなかった。娘が水ぼうそうにかかった。いつもの日々の暮らしに引き戻されていくうちに、ジェシーやグラン・モルファの緊迫性は徐々に薄れていった。

季節は秋から冬になり、クリスマスが来てそれも終わった。一月と二月にはひどい嵐があり、海岸線が大きな打撃を受けて防波堤が破壊された。わたしがときどき買い物をしていた大きなスーパーマーケットは浸水したし、海岸近くの道路は砂におおわれた。これを知って、それほど内陸にはないグラン・モルファのことを思った。どこかのホリデーパークでキャンピングカーが洪水のために横転したことがわかった。グループホームの様子はどうなんだろう、とわたしは思った。ジョーゼフの件はどうなったのだろう、ジェシーはどこにいて、どうしているのだろう、とも思った。

この間《かん》、メレリとわたしはお互い話していなかった。ジョーゼフの裁判のために話すことが制限されているせいもあったが、気候のせいや、クリスマス・シーズン、そしてお互い忙しい生活をしているせいもあった。しかし、二月も後半になったころ、わたしたちはお互い会いたくなり、彼女の事務所とわたしの農場のちょうど中間あたりにある道路沿いの古びたパブでランチをすることになった。何世紀か前は、パブの正面のこの道路は人通りの多い大通りだったのだが、いまでは両側に高い生垣のある狭い田舎道でしかなかった。プライバシーを気にする必要はなかった。ランチタイムの客はわたしたちだけだったからだ。

メレリはその日も最高に派手なかっこうをしていた。赤いウールのケープに同色のベレー帽をかぶり、映画スターのように芝居がかった様子で勢いよくパブに入ってきた。バーのカウンターの中にいた若い男性のその日を明るくしたのはまちがいないだろう。だが、残念なことに、彼女から伝え聞いたニュースは華やかなものではなかった。結局のところ、ジェシーにとって事態は、わたしがそうなるのではないかと恐れていたとおり、あらゆる点で騒然としたものになってしまっていた。最初の措置先は、この地方の反対側にある街にあったが、ジェシーが放尿したために二週間もたたないうちに終わった。彼女は長椅子に放尿し、台所の椅子に放尿し、犬の寝床に放尿した。そして、里親のベッドに放尿したことが決定的になった。

メレリの話し方がおどけていただけではなく、わたしたちの仕事にはブラックユーモアが必要条件なので、この話を滑稽だと思うのがふつうだった。だが、ちっともおかしくなかった。わたしにはわかっていた。気がめいるような話だった。なぜならジェシーは移動させられたからだ。

次の里親は最初のところよりも見込みがありそうに思えた。この夫婦はずっと経験豊富だったからだ。ジェシーがあちこち放尿してまわるということもなかった。新しい学校にもうまく落ち着けたようだった。事態はうまくいっているように思えた。放火事件までは。

ジェシーをマッチやその他の着火器具から遠ざけておくようにという注意事項は、常に彼女の措置プログラムに記されており、彼女の通学かばんを調べ、彼女の部屋を調べ、彼女がどこにいて何をしたかを調べることは、彼女の世話をする人がいつも当然行なっていることだった。グラン・モルファでは彼女はよくやっていた。数か月間放火事件はなかった。

今回の放火は深刻なものではなかった。寝室のゴミ入れで起こったもので、すぐに消し止められた。ジェシーは自分が火をつけたのではない、と言い張った。この里親の元里子のひとりが訪ねてきていて、その女の子がタバコを吸っていた。火事はその子のせいだとジェシーは主張し、その子がまだくすぶっているタバコをゴミ箱に投げ入れた後、自分は火を消そうとしただけだ、といった。もちろんだれもそれを信じなかった。だが、ジェシーはどうしても引き下がらなかった。残念なことに、里親の側からすればこれで終わりだった。

それでジェシーはまた移動させられた。今回はこの地方をまた横切って、海側から内陸に三十キロほど入ったところにあるごく小さな町だった。

わたしはこのニュースに喜んだ。この町に行くには荒地《ムーア》の中の小径をくねくねとかなり行かなければならないが、わたしの家からはグラン・モルファに行くほど遠くはなかった。だからもし、わたしが所属する慈善団体やソーシャル・サービスがいいといってくれれば、またジェシーとのセッションを再開できるかもしれない、と思ったのだ。これを聞いてメレリも喜んだ。わたしたちは高揚した気分でランチの場を後にした。

16

ジェシーの里親のお母さんであるフィオナがわたしを玄関先で出迎えた。彼女は若く、がっちりとした体形で、濃い色の髪をきつめのポニーテールに結っていて、わたしには嘘っぽく聞こえるほどの強いスコットランド訛りがあった。この訛りは映画『ハイランダー　悪魔の戦士』の舞台セットで十六世紀のスコットランドの戦士役が使うようなもので、ウェールズの住宅団地に新しく建てられた平屋住宅の住民のものではなかった。それでも、フィオナは会ったとたんに大好きになるタイプの人だった。彼女はいつもにこにこしている外向的な人で、自然な暖かい人柄のせいでだれもが家族になったような気にさせられた。

「はいはい、お待ちしてました。どうぞ居間へ入ってくださいな。ジェシー？　ジェシー！」と彼女は大声で叫んだ。「ジェシー、あなたのお客様よ」フィオナは二歳くらいの小さい男の子を腰に抱いていたが、その子を下に降ろした。「ジェシー？」ともっと大声で呼んだ。

返事はなかった。

「あら、どこにいるのかしら？　あなたに会うのを楽しみにしてたんですよ。今朝はすごく興奮して、朝食もまともに食べられなかったくらいなのに。あらあら……」

男の子がひっくり返ったので、フィオナはかがんで彼を立ち上がらせた。それからわたしのほうを向いた。「すわってください。何か飲みます？　紅茶でいいですか？　きっともうすぐ出てきますから。待ちましょう。出てこなかったら、アンガス、ジェシーを呼んできてくれる？」と彼女は男の子にいった。

紅茶とビスケット二個が出てきたが、ジェシーは出てこなかった。フィオナは男の子に呼びにやらせたが、その子は何もしゃべらず首を振りながらもどってきた。今度はフィオナがジェシーを呼びにいった。男の子はわたしのビスケットを欲しそうにじっと見ていた。

「ひとつ食べる？」とわたしはきいた。

男の子はうなずいたが手を出さなかったので、わたしがひとつあげた。それをつかむと、彼はソファの後ろ側に走っていったので、わたしからは見えなくなった。

フィオナが再び姿を現した。「だめ。出てきたくないんですって」

「わたしから行ってもいいですか？」ときいた。このままではまったく彼女に会えないで終わってしまう可能性が大きいとわかったからだ。

ジェシーはベッドの下にいた。

「ハーイ」戸口からわたしはいった。彼女が怖がっていると感じたので、わたしは彼女の私的なスペースに侵入したくなかった。だから、しばらくただじっと立っていた。部屋はいわゆる「シングル・ベッドルーム」と呼ばれているもので、つまりシングルサイズのベッドがかつかつ置けるだけの広さしかないという意味だ。それも、この場合は多少誇張といえるくらいだった。わたしが両腕を伸ばしたら、壁の両側につくかもしれなかった。置いてある家具はベッド、サイドテーブル、それから部屋の端にベッドの上に立たないと手が届かない小さな洋服ダンスだけだった。ベッドそのものはまだ整えられておらず、羽毛キルトはくしゃくしゃで、それも風通しをよくするためというのではなく、寝具と格闘したようなありさまだった。わたしはキルトを脇に押しやって腰をおろした。

「わたしが誰を連れてきたと思う？」そういって、わたしはハンドバッグを開け、パペットを取り出した。「パピーを連れてきたのよ」

ベッドの下からは何の反応もなかった。音もしなければ、何の動きもない。わたしはジェシーがここにいるというフィオナの言葉をそのまま受け取っていた。だけど、ほんとうにそうだろうか？　わたしは知らない人の寝室の知らない人のベッドの上にすわって、自分に話しかけているだけなのかもしれなかった。そんな気がした。

「あなたはどうしていいのかわからない気持ちになっているのね。わたしたちが最後に会ったときから、すごくいろいろ変わってしまったから」

何の反応もなし。

「今まで来られなくて悪かったわ。もう一度すべてのことを整えるまでにしばらく時間がかかったのよ。でも、やっと来たわ」

反応なし。

わたしはかがみこんで、ジェシーが見えるようにパピーを床に置いた。「パピーはここにいるわよ」

反応なし。

しばらくのあいだ、わたしは黙ってすわっていた。沈黙が彼女を燻《いぶ》しだしてくれることを願って。まったくの沈黙のままの二分間というのは長いものだ。わたしは黙っていられるように、腕時計の秒針がぐるりと回っていくのを見ていた。秒針が12を過ぎるたびに、わたしは顔を上げて部屋を見回し、それからまた時計に視線をもどした。

とてもひそやかな音が聞こえてきた。最初は何の音かわからなかったが、やがてジェシーが泣いているのだと気づいた。

「出てきて話さない?」とわたしはごく静かにいった。慎重に言葉を選んだ。「お願いだから」という言葉を使おうかどうしようかまで考えた。わたしが心から彼女に会いたいと思っていることを知ってほしかったが、「お願いだから」というと、大人がよく使う強制のように聞こえるかもしれないと考えたのだ。ていねいな質問のように見えて、実は要求をしている、という。

まだ、聞こえるか聞こえないかくらいの泣き声がしていた。

「わたしと一緒にここにすわりましょう。わたしとパピーと一緒に。パピーに会いにいらっしゃいよ。来て、抱いてあげて」とわたしはいった。

「いやだ」ベッドの下から哀れな声がした。

「いやなの？」

「いや。パピーをあっちにやって」

「パピーと会いたくないの？」わたしはそうきいて、パピーを床から上げた。これは筋が通らないと思った。パピーはいつもジェシーのいちばんのお気に入りだったから、パピーを見れば幸せな記憶を思い出すと思っていたのだ。

「いや、パピーは欲しくない。パピーが怖い」

「どうしてなの？」

「パピーはあの夜のことを思い出させるから」

「どの夜？」

「ジョーゼフがあたしを触ったあの夜。あいつがやってきて、手であたしのあそこを触った夜。あいつは指をあたしの中に入れたんだよ」

「パピーがそのことを思い出させるの？」

「うん。だってあたしはパピーの夢を見ていたんだもの。そのとき、あいつがあたしのあそこに指を入れた」

これはメレリから聞いているあの事件のことと合わなかった。彼女の説明では、ジェシーがシャワーを浴びているときにジョーゼフが触ったということだった。しかし、虐待は続いていたのかもしれず、そうだったら複数の出来事があったのかもしれなかった。

わたしはまっすぐ前を見つめていた。今は閉まっているドアがわたしの向かいにあった。塗装のあちこちに欠けたところがあるのをじっと見た。

「まだそこにいる?」ベッドの下から小さな声がした。

「ええ、まだここにいるわよ」

間《ま》があった。

「出てきてベッドのわたしの横にすわったら?」

「そうしたくない」

「床の上よりずっと居心地がいいと思うけど」

「トリイの顔を見たくない」

「どうしてなの?」

「だって、行ってしまったから。そうしないといったくせに。あたしの担当になるっていったのに、なってくれなかった。それにパピーまで持っていってしまった。だから、もうトリイのことは好きじゃない。もう友達にはならない」

「なるほど」わたしはベッドの上ですわりなおした。「ずいぶん反感を持っているようね」

「トリイのせいだよ」

「何がわたしのせいだっていうの?」

「あたしが追い出されたこと」

「よくわからないんだけど」

「あたしの担当になるっていったくせに、ならなかったじゃない」

「あなたがグラン・モルファから出ていかされたのは、わたしのせいだと思っているのね」

「そう」

「そのことをもう少し説明してくれない?」

「もしだれかがあたしに何か悪いことをしていたら、いわなきゃいけないっていったでしょ。だから、あたしはそうしたんだよ。トリイがそうしろっていったから。そのせいで、あたしは追い出されちゃった。だから、ここにいるんだよ。大嫌いなここに」

「ジェシー、お願いだからベッドの下から出てきて。そうしたらもっとしゃべりやすくなるから」

「パピーも嫌い」

「さあ、ベッドの下から出てきて、お願いだから。さあ」わたしは冷静な声で淡々と、しかし断固とした口調で話した。

擦れるような音がしてベッドがゆっくり揺れた。まるで小さな地震が起こったようだった。足が現れた、それから脚が、そしてジェシー自身が。彼女は立ち上がった。

隠れていたために髪がぼさぼさになり、憂鬱な表情をしていた。

「いろんなことがあまりいいようには行かなかったみたいね」とわたしはいった。

ジェシーはうなずいた。

「いろいろなことがこんがらがってしまったのね。さあ、わたしと一緒にすわって」わたしはベッドの上で横にずれた。ジェシーが腰をおろした。「そのことについて話しましょう」

「話したくない」

「気が向かないかもしれないけど、話してくれたらうれしいわ。わたしが全部知っているかどうかよくわからないのよ。最初から話してくれるかしら。わたしたちが最後に会ってから、あなたの身に起こったことをすべて。そうしてくれたらすごく助かるんだけど」

「トーマス先生から何もきいてないの？」

「ええ、トーマス先生からもきいてるわ。でも、これはあなたの経験でしょ。だからあなたの口から聞きたいの」

手を伸ばして彼女はパピーを手に取り、自分のひざの上に引き寄せた。それから首を振った。

「さあね、それは聞けないかも」

沈黙が流れた。

ジェシーは前かがみになって、顔をパピーの毛足に押しつけた。

「わたしがいまあなたから聞いたことは、こういうことね。わたしがあそこにいなかったときに、ジョーゼフがやってきてあなたに触れた。あなたがベッドで寝ていたら、彼がやってきた、と。これでいい？」

彼女はうなずいた。

「これはトーマス先生から聞いたこととはちがってるの。あなたがシャワーを浴びているときに、ジョーゼフがあなたに触れた、ってトーマス先生はいってたのよ」

再びジェシーはうなずいた。

「ジョーゼフは一回以上あなたに触れたってことなの？」

「あいつはあたしに何度も触ったよ。たいていはあたしの部屋で。だけど、一回は一緒に車に乗っていたときに、あいつはずっとあたしのパンツの中に手を入れてたんだよ。で、ヘレンが振り返ったんだけど、彼女は気がつきもしなかった。あいつは毛布を引っ張り上げていたから。寒かったからね」

これは怪しいとわたしは思った。「あなたとジョーゼフは車の後部シートに一緒にすわっていたの？　いつの話？」

「前だよ」

「どうしてジョーゼフが後部シートにすわっていたの？」

「知らない。覚えてないよ」

「他の子どもたちは一緒にいたの？」とわたしはきいた。

「ときどきはね。と、思うけど。わかんない」

わたしは口をつぐんだ。

「今からグラン・モルファに戻れる？」とジェシーがきいた。「ここは好きじゃない。トリイからあのことをあの人たちにいってくれる？　トリイがあたしにいえといったから、あたしはいったんだ、っていってよ。あたしが戻れるようにそうしてくれない？」

「それはわたしが決められることじゃないのよ」とわたし。

「だって、あたしに話せっていったのはトリイじゃない。あたしがここにいるのはトリイのせいなんだよ。だから、トリイがなんとかしてくれなきゃ」

わたしはいうべきことに慎重にならなければ、としばらく黙っていた。ジェシーがわたしを喜ばせようと見当ちがいの努力をして、このようなとんでもないことをいいはじめたのかもしれないと思うとぞっとした。事態はそんなに単純ではないとは思ったが、わたしがすべてをなかったことにできればいいのに、と彼女が思っている、とは思った。

「残念だけど、わたしにはそういうことは決められないのよ。でも、あなたが怒っているのはわかるし、そのことについては気の毒だと思うわ。でもそういう決定をするのはトーマス先生なのよ。わたしではなく」

ジェシーは頭を垂れた。「どうしてあたしが罰を受けなきゃいけないの?」と怒りっぽい声でいった。「あたしは何もしてないのに。あたしではなく、ジョーゼフがあそこを追い出されなきゃいけないのに。すごく不公平だよ」

「あなたはそういうことが起こると思っていたの? つまり、ジョーゼフのことを話せば、彼が追い出されるだろう、と?」

「うん。だって、あいつはあたしに意地悪だったんだもん。あたしに髪の毛を洗わなきゃいけない、っていったんだ。あたしは風邪を引いてるっていったのに。エニールは洗うのは先に延ばしてもいいといってくれたのに、ジョーゼフはあたしを洗いにいかせたんだよ」

「それがあの夜、起こったことなの?」

「あの人たちの子どもの扱い方は不公平だよ。だれも子どもたちのいうことを聞いてくれない。みんな、ただ決定ばっかりして、だれも子どもたちがいうことなんて気にかけてくれないんだから」

「わたしはそうするように努力しているわ」

ジェシーはパピーの上にかがみこんだ。

「シャワーを浴びてるときに、ジョーゼフはほんとうにあなたに触ったの？」とわたしは静かにきいた。「それとも、彼がただすごく、すごくうっとうしかったから、彼にあなたの前から消えてほしかっただけ？」

彼女はごくゆっくりと頭を動かしてわたしの顔を見た。「あたしのことを信じてくれないの？」

「きいているだけじゃないの。どんな答えだろうと、わたしは大騒ぎしたりしないから。誰かにすごく腹が立ったときには、その人に仕返しをするために何かをいうようなことがあるし、ときにはそういうことが実際起こったことと完全には同じではないこともあるってことを、わたしは知ってるから。その人にも自分と同じくらい不幸な気持ちになってほしいから、そういうことをいうのよ。だれもがそういうことをしたことがあるはずよ。だれかを困らせようとして、ほんとうではないことをいって。人ってそういうところがあるの。だから、あなたとジョーゼフのあいだに起こったことも、こういうことだったんじゃないのかなと思ったのよ」

「あたしのことを信じてないのね」彼女の声は低く、苦しそうだった。

とたんにわたしはぞっとした。

「あたしのこと、うそつきだと思っているんだね」彼女は泣きだした。『もし悪いことが起こったら、だれかにいいなさい』っていったくせに。それで、あたしがそうしたら、あたしのことをうそつきだっていう。腹を立ててあたしに仕返しをするために何かをいったのは、あたしじゃなくてトリイのほうじゃない。だって、あたしが困ったことになるように、トリイがそうしむけたんだから。『こうしなさい』『何が起こっているのか、だれかにいいなさい』っていったくせに。そうやってあたしにトリイのことを信じさせたんだよ。だけど、トリイはただあたしを面倒なことにさせたかっただけだったんだ。あたしを追い出したかったんだ。だれもあたしのいうことなんか信じないということを、トリイは知ってたんだ。こうなったのも全部あんたのせいなんだよ。あんたなんか大っ嫌いだよ」

その瞬間、ジェシーは自分がいっていることを、そしてこうなってしまったのはわたしのせいであって、自分は何もしていないと純粋に信じていたのだと思う。わたしは反論したくてたまらなかったが、彼女の思いちがいが繰り返されれば繰り返されるほど、その考えが彼女に植え付けられると感じた。ジェシーと言い合ったところで、ものごとは解決しないのだ。

さらに悪いことに、わたしの持ち時間がそろそろなくなってきていた。わたしはこんなひどい状態のまま帰りたくはなかった。とりわけ、こんなにも長いあいだ離れていた後だというのに。深く息を吸い込むとしばらく息を止め、それからゆっくり吐き出して気持ちを鎮め、自分を取り戻そうとした。わたしがそうしているあいだ、ジェシーがわたしを見ているのに気づいた。それは猫が獲物を見つめているような獰猛な顔つきだった。彼女は怒っていた。彼女はわたしに餌に食いついてほしがっていた。わたしは事態を打開する方法を必死になって見つけようとしていた。「あなたがいまいったことをあなたがほんとうだと感じているのはわかるわ。それは理解できる」とわたしはいった。

ジェシーはわたしを睨みつづけていた。

「それに、ほんとうのことをいうことが、あなたにとって安全な選択とは感じられないのは気の毒だわ。でも、将来そうなるときがくるかもしれない。だから、ほんとうのことをいうように努力していきましょ？　いい？」

ジェシーは答えずに、目を伏せた。

「わたし、もう行かなくちゃ。もうすぐ五時だから。でも来週の火曜にまた来るわ」

「パピーを持ってきてくれる？」と彼女が小声でいった。

わたしはうなずいた。「ええ。じゃあ、そのときにね」といってわたしは立ち上がった。

ジェシーはすわったままで、答えなかった。

「じゃあね」とわたしはもう一度いった。「タ・ラ・ルワン」と「もう行きます」という意味のくだけたウェールズ語もつけ加えた。これは通常店などで店員に向けて使われる言葉だが、地元ではもっと一般的にただ「バイバイ」という感じで使われていた。

突然ジェシーが両腕を伸ばし、わたしの腿のあたりに抱きついた。「タ・ラ・ルワン」彼女は泣いていた。「タ・ラ・ルワン」

17

木曜日にわたしたちはチーム会議を開いた。わたし、メレリ、ベン、ソーシャル・ワーカーがもうふたり、わたしが所属する慈善団体からのもうひとりの代表、そして、ジョーゼフの事件がまだ捜査中だったので、警察からケリドウェン・デイヴィス——みんなはクリッドと呼んでいたが——という女性が出席した。

会議のごく初めのうちに、話題はジェシーがほんとうのことをいっているのかという問題になった。児童心理学者であるベンが反応性愛着障害について、そしてこういう子どもたちにとっていかに嘘をつくことが根深い行動になっていくかを長々と話した。赤ん坊は生き延びるために全面的に他人に依存しており、赤ん坊の生活とは欲求を満たしてもらうこと——お腹が空いたら食べさせてもらい、おむつが汚れたら替えてもらい、不安になったら慰めてもらう——がすべてであることを、彼は説明した。このような欲求が一貫して満たされると、赤ん坊は自分の面倒をみてもらうために大人を信頼することを学ぶ。こういうことが起こらなかったり、起こってもそこに一貫性がないときには、赤ん坊は、人は信頼できないこと、世界は安全ではないこと、他人は自分のことなど気にかけてくれないものだということを学ぶ。自分自身を確立するために嘘をつくことが始まるのは、子ども時代のこのごく初期の期間だ、とベンはいった。「お母さんが行ってしまってもだいじょうぶ。わたしはお母さんなんかたいして必要としていない。いま食べる必要はない。だれにもわたしと一緒に遊んでほしくない。自分の面倒は自分でみられる」など、自分自身に嘘をつくことで子どもは対処することを学んでいく。嘘をつくことは子どもにとって状況をコントロールするための方法なのだ。生き残っていくためのテクニックなのだ、と。

わたしたちはいつも次のことを頭に留めておかなければならない、とベンはいった。ジェシーは生きていくために嘘をついたのだ。人にいやな思いをさせるためや、だますためではなく、生き残るために。これまでのところ、これはうまくいっていた。彼女はまだここにいるのだから。ということは、脅威を感じたら彼女はいつでもこのやり方に戻るということだ。ジェシーを扱う際には、彼女にわたしたちのひとりを他の誰かと争うようにさせてはならないことが大切だ、とベンはいった。彼女はわたしたちにジョーゼフとのあいだで起こったことのさまざまに違ったバージョンを話すだろうし、人によってそれぞれちがったバージョンを話すだろう。そして、そのどれひとつとしてジョーゼフが警察に語ったこととは一致しないかもしれない。そのことをわたしたちは前提としておかなければならない、と。わたしたちに唯一できることは、そのすべてのバージョンを寄せ集めて、その中からなんらかの真実を抽出することができるかどうかを見ることだった。このことがジェシーと取り組む際の鍵となる、とベンはいった。わたしたちはお互い話し合わなければならない。わたしたちのそれぞれが、ジェシーが他の人にいったことを確実に知っていなければならない。彼女を信用することはできないのだから、わたしたちはお互い信頼し合わなければならない。それからもうひとつ、と彼はいった。わたしたちは彼女が真実を話していると信頼できないし、彼女が嘘をついているのをそのままには見逃さないけれど、だからといってそれがわたしたちが彼女のことをとても気にかけていることや、彼女を助けたいと思っていることを止めるわけではない、ということを、わたしたちのそれぞれがジェシーに伝えることが重要だ、と。

そのとき、ソーシャル・ワーカーのひとりが、わたしの頭によぎったことをはっきりと言葉にしてくれた。もしジェシーがほんとうにグラン・モルファでひどい目にあっていたのだとしたら？　どうすればわたしたちはそれを知ることができるのか？　と。

ああ、ジェシーはずっと嘘をついてきたけれど、ほんとうのことをいう可能性もあることも、わたしたちは常に気を配っていなければならない、とベンはいった。

なんとややこしいことだろう。わたしたちはジェシーが嘘をついているということを前提にしなければならないが、そうでない可能性にも目を配っていなければならないのだ。ジョーゼフが加害者であるという前提でいなければならないが、そうでない可能性にも油断なく目を配っていなければならないのだ。わたしたちはその虐待事件が何であるかを知っているという前提でいなければならないが、そうではないかもしれないという可能性にも目を配っていなければならないが、それがずっと昔のだ。その虐待事件は現在起こったことだという前提でいなければならないが、それがずっと昔に起こったことなのかもしれないという可能性にも目を配っていなければならないのだ。いいかえれば、何が起こっているかをわかっているという前提でいなければならないが、わたしたちには何の手がかりもないという可能性にも目を配っていなければならない、ということだ。

じつに興味深く有益な会議として始まったものが、反応性愛着障害のあれやこれやについて、またジェシーを扱うためのシステム内のさまざまなオプションについて繰り返される話し合いへと堕していった。究極の目標は彼女を家庭に戻すことだったが、それに続く会話はどうしてこれが前回はうまくいかなかったのか、ということだった。わたしはこの話を部外者として聞いていて、わたしたちがこのケースについて知っていると思っていることと、実際に知っていることのへだたりに驚いた。わたしたちが相手にしている子どもたちの大半よりは、この家族の状況はましだという事実がひどく強調されていた。彼らはホームレスでもなければ失業しているわけでもない。彼らは絶望的な貧困の中で暮らしているわけでもなかった。両親のどちらも薬物依存症でもなければアルコール依存症でもなかった。それでも、彼らにはメンタルヘルスに深刻な問題を持つ子どもがいて、彼らはその子の責任を持ちたくないようなのだ。どうしてなのか？ ダイアン・ウィリアムズのうつがあまりにひどかったので、彼女はジェシーと絆を持つことができなかったのか？ うつのために彼女があまりに冷たく、子どもにかまわなかったので、ジェシーは誰かと絆を築くことを学ばなかったということだろうか？ 多くの母親が産後うつに悩まされるが、それでも長期的には子どもたちとのつながりを持てている。それに、父親のほうはどうなのだろう？ どうして彼はジェシーと絆を持たなかったのか？ 妻を支えるのに忙しすぎたのだろうか？　家族を支えるのに？　夫婦間に問題があったのだろうか？　何か他のことが進行中だったのだろうか？　それとも彼らはただ育児能力に欠けていたというだけのことなのか？　わたしは、ジェシーの姉についての報告書に、彼女が「野放図だ」とあり、それはこの家庭が自由放任を信奉していることの反映だと書いてあったことを思い出した。だが、これのどれくらいが実際の信念に基づくものであり、どれくらいがきちんと振る舞う子どもを育てる苦労をすることができないせいなのだろうか？　ジェシーは彼らにとってひとり多すぎる子どもであり、それに対処できなかったというだけのことだったのだろうか？

　ジェシーは性的ないたずらをされたことがある、とわたしは直観的に強く思っていた。こういうことがあったとしたら、一般的には養護システムの中で起こったと考えられていたが、それより早く起こったとは考えられないだろうか？　家族がジェシーを家にもどしたがらないのは、家か近所にいる彼女を食いものにする者から、彼女を安全に離しておきたいという屈折した理由からではないだろうか？

　話し合いをしているときに、三番目のソーシャル・ワーカーが――わたしが以前に会ったことのない男性だったが――ジェシーを反応性愛着障害の子どもたち用に作られた特別プログラムに送りこむ可能性についてたずねた。これはロンドンの南、ケント州の施設で行われており、反《R》応性《A》愛着障《D》害、中でもとりわけ放火癖のある子どものリハビリでいい結果を出していると読んだことがある、といった。だれかが料金についてきいた。この施設はイングランドにあるので、そこは政府が運営する支援プログラムではあるが、ケント州の地方自治体がこれを開発したのであり、したがって地元の子どもたちが優先される。他の地域からの子どもがプログラムに入ることも許されてはいるが、料金は相当なものになるのだった。ジェシーの両親にそれを払えるだけの余裕があるとは思えなかった。だから、もしジェシーが行くことになれば、料金は全額ソーシャル・サービスによって賄われなければならないが、そんなお金はとてもなかった。

この時点から話は紆余曲折を経て、RADの子どもたちの扱いへのもっと一般的な話へと移っていき、そこからRADの子どもたちのうちどれくらいの子どもがソシオパス的なところがあるか、さらにはソシオパスは作られるのか生まれつきのものなのかという話になっていった。会議はわたしにとっては退屈なものになっていった。だれも何も新しいことをいわなかったし、本来の議題についても話していなかったからだ。わたしは所属する慈善団体から来ているもうひとりの代表のほうを見た。彼女はかすかに目をくるりと回してみせ、長くゆっくりとしたため息を吐いた。わたしは次にクリッドに目をやった。彼女は小さならせん綴じのノートを出していたが、わたしのすわっているところから、彼女がノートの端っこにいたずら書きをしているのが見えた。クリッドは警察への連絡係として会議に出席しているのはわかっていたが、おそらくわたしたちがこのケースを改ざんしてしまうようなことを話さないように監視するためもあったのだろう。彼女がちらりと目を上げたので、一瞬わたしと目が合った。どんよりとした目だった。みんな会議にはうんざりしていたのだ。

次にわたしがジェシーに会うために車を出したのは、ひどい雨の午後だった。冬の最悪の時期は終わっていたが、その日は重く雲が垂れこめ、彼女の家に着いたときには黄昏どきのように薄暗かった。

ドアを開けてくれたのは、分厚い眼鏡をかけた小さな男の子だった。前に会ったことのない子だ。「こんにちは。入って」一言のように聞こえる言い方でその子はいい、それからすぐに姿を消して居間に戻り、コンピューター・ゲームをつづけた。わたしはひとり狭くて薄暗い玄関で水をしたたらせたまま取り残された。コート掛けはないようだったので、わたしは上着を脱いで傘立ての上に広げて置いた。それから、フィオナの話し声が聞こえたので、廊下を歩いていった。彼女はキッチンにいて、アイロンをかけながらテーブルのところにいた男性としゃべっていた。わたしが行くと、彼女はその男性は夫の従弟だと紹介してくれた。小さな男の子は彼の息子だった。ジェシーはひどい風邪を引いたために今日は学校を休んだとフィオナは説明し、それから頭で前にわたしがジェシーに会った部屋のほうを示して、行くようにといった。

このたいへんくだけた応対の仕方に、少しどぎまぎした。まるでわたしがしょっちゅうここに来ていて、何をすべきか、どこに行くべきかをすべて心得ている人のような扱いだった。とにかく、わたしは進んでいってその部屋を見つけ、ドアをノックした。ドアの向こうでは誰も返事をしなかった。だから、わたしはゆっくりとハンドルをまわしてドアを開けた。

ジェシーはベッドの上にすわっていた。

「ああ、あなただったの」彼女はけだるそうにいった。

「ええ、わたしよ。覚えてる？　今日来るっていったでしょ。元気？」

「元気じゃない。ひどい咳が出るの。ね？」と彼女は大げさに咳をしてみせた。「それに鼻水も出るし。すごく出る。移るかもしれないって、怖くないの？」

「そうなったらそのときのことよ。で、他のことはどうなの？」

「最悪。あたし、ここ嫌い。いつになったらグラン・モルファにもどれるの？」

「うんざりしてるみたいね」とわたしは答えた。

「あたし、ここは嫌いなの。嫌い、嫌い、大っ嫌い。あの人たちにそういってよ。トーマス先生にそういってよ。ここはひどいところだから、あたしが出たがってるって、あの人にいってよ」

「かわいそうに。ここがそんなにひどいなんて、気の毒だわね。どんなところが気に入らないの？」

「全部」

「たとえば……？」

「あの眼鏡の小さい男の子が嫌い。断りもなしにテレビのチャンネルを変えるんだよ。まるでここに住んでるみたいに振る舞うんだ。住んでもいないくせに」

「それはうっとうしいわね」

「それに、ここの臭いも嫌い。フィオナはいつも魚を料理してるの。魚臭いし、あたしは魚が嫌いなのに」

「フィッシュアンドチップスは好きでしょ」

「あれはちゃんとした魚だもの。あの人は皮のついてる魚を料理するんだよ。赤い魚を」

「鮭のこと?」

「そう、鮭。いっつもね。あたしは鮭が嫌いなのに。あの人はそのことを知ってるのに、ずっと鮭ばっかり料理するの」

「かわいそうに」わたしはできるだけ同情するようにいった。

ジェシーはため息をついた。「爆弾があればいいのに。それをこの部屋で爆発させることができればいいのに。ボンって!」彼女は両手を上げた。

「そんなことをしても役に立つとは思えないけど」

「役に立つよ。だって、あたし死んじゃうもん。それからトリイも死んじゃう。フィオナも死ぬでしょ。それに、このばかみたいな場所にいる他の人も全部死んじゃう。そうなってほしいな。銃があればいいのに」

話がわたしの望まない方向に行きそうだったので、わたしはかばんに手を伸ばしてヤッツィー・ゲーム(五つのサイコロを振って、ポーカーの手に似た手を作り、高得点を競うダイスゲーム)を引っ張りだした。

ジェシーは淡々とした口調でいった。「あたしはあの男の子を殺すつもり。爆弾も銃もないけど、とにかくあの子を殺すかも。すごくうっとうしいんだもの」

わたしは彼女の顔をしげしげと見た。ショックを与えるためにこんなことをいったのだとわたしは九〇パーセント確信していた。わたしをこのような大げさな話に引きずり込んで、わたしたちが一緒に過ごす時間をコントロールしつづけようとしているのだ。ここでわたしが動転したり、彼女が爆弾を投げたりだれかを銃撃したりすることをめぐっての権力闘争に引きずり込まれたりしては、彼女の思うつぼだ。しかし、わたしの中での一〇パーセントはそれほど自信がなかった。いずれにしても、わたしが無視できるコメントではなかった。それで「あなたはここでのあれこれにほんとうにうんざりしているみたいね」といった。

「そうだよ」

「人を殺すのはだめだと思うわ。たぶん、いまみたいにあなたがうんざりしたときにできる何か他の方法を思いつくことができるわよ」

「自殺することもできる。枕を持ってきて、窒息するまで顔の上に抑えつければ」

「自殺もしてほしくないわ。そんなことが起こったら、わたしすごく悲しくなるもの。きっとすごく泣いてしまうわ」

彼女は長いあいだわたしのことを見ていた。「ほんとに？」

「もちろんよ。そんなことされたらすごく悲しい。だから、お願いだからそんなこと考えないで」

「他のだれもそんなふうには思ってくれないよ」

「ものごとをそんなに悲観的に感じているなんて、かわいそうに。わたしはほんとうにそう感じているのよ」

「もしわたしが死んでも、お母さんは悲しいなんて感じないよ。うれしいんじゃない？　もうこれ以上あたしのことを憎まなくていいんだから。そうなったら家にいるのはジェンマだけだし。お母さんもいつもいつも落ち込んでいるのをやめるんじゃないかな」

「そんなことを頭の中で考えているなんてたいへんでしょ。あなたがやる気をなくしてしまうのもあたりまえだわ」

前かがみにすわって、ジェシーは重いため息をついた。それからわたしにもたれかかってきた。わたしはこの時点まで、どんな身体的接触も持たないように気をつけてきた。それがわたしたちの指針だったからだが、彼女とふたりっきりだったので、ジョーゼフの件も考慮に入れて、わたし自身の安全のためにもそうしていた。だが、このときは腕を彼女の肩にまわしてこういった。

「そんなことないと思うわ。あなたのお母さんは問題を抱えていて、そのためにいい親でいるのが難しいのよ。だからといって、お母さんがあなたを愛していないということにはならないわ。ただ、お母さんは愛情をちゃんと見せるのが難しいというだけのことよ。それに、これはお母さんの人生で起こったことのせいで、お母さんが抱えている問題なのよ。あなたのせいじゃない。あなたはそういう人生しか経験していないから、小さいうちにこのことを理解するのは難しいでしょうけどね。でも、ほんとうにそうなのよ」

ジェシーは首を振った。「トリイは知らないんだよ。自分では知ってると思ってるんだろうけど、知らないんだよ」

わたしたちは黙ったまま数分間一緒にすわっていた。

わたしのひざにはまだヤッツィー・ゲームが入った小さな箱が乗っていた。ジェシーは手を伸ばしてそれを取ると、わたしの仕事かばんのほうに投げつけた。「トリイが持ってくるばかみたいなゲームはどれもしたくない。ゲームなんか大嫌い。そのこともまだわからないの?」

「別のアイデアが浮かんだわ。一緒に視覚化をやりましょう」

「なに、それ?」

「一緒にフィッシュアンドチップスを食べるところを想像した日のことを覚えてる? あれが視覚化なの。またああいうのをやりましょう」

「やりたくない」

「いいのよ」

「いったでしょ。や、り、た、く、な、い、って」

「だから、いったでしょ。いいのよ、って。そういうこと。やりたくないのなら、あなたはやらなくてもいいから。あなたはただここの、わたしの横にすわってて。代わりにわたしがやるから」

主として、わたしはジェシーの考えを新しい方向にもっていきたかった。というのも、明らかに彼女の思考は負のスパイラルにとりつかれていたからだ。病気だというせいもあるだろうが、これまで二回訪ねてきたわたしの直感からすると、ジェシーは里親の世話になって以来かつて以上にネガティブになっていたし、彼女の心を引こうとする努力をより拒絶するようになっていた。彼女はひどく孤立感を感じているのではないか、とわたしは思った。フィオナは暖かく包容力のある人だったが、ものすごく外向的だった。人と友達になることとやつながりを持つことは生まれついての能力なので、彼女にとっては何の努力もいらなかった。だが、そういうことがそれほど簡単にはできない人もいるということに、フィオナは必ずしも気づいていないのではないか、とわたしは感じた。その手がかりとなったのが、わたしがやってきたときの対応だった。見知らぬ子どもに出迎えられ、それからキッチンまで勝手に行かされ、さらにジェシーの部屋まで行かされた。フィオナの考え方からしたら、これは寛大で親しみやすい「わたしの家はあなたの家」というジェスチャーで、いかにわたしが歓迎されているかを示すものだ、ということはわかっていた。わたしのほうからコーヒーやビスケットを欲しいといってもいい、いや、断りもなしに勝手にそのようなものを手に入れることもできるのもわかっていた。そうしても、彼女はそれを当然だと思っただろうことも。しかし、彼女ほど外向的ではない人にしてみれば、このような扱いは歓迎されているようには思えなかった。ここは見知らぬ人ばかりがいる不思議な家で、容易に緊張してしまったり、何をしていいのかよくわからない気持ちになるはずだった。自分の部屋で長時間じっとしていることを要求されていた、静かで何事をも拒絶するような家庭からきたジェシーのような子にとってみれば、自分は受け入れられていると自然に感じ、自分から仲間に入ってくるはずだという期待はむりな要求だとわたしには想像できた。

ジェシーは家の外でもたいした支援は受けてはいなかっただろう。友人を作るのは彼女が得意とするところではなかった。子どもたちが絶えずいるグループホームでさえそうだったのに、彼女は短期間に三つも学校を替わっていた。いま彼女は小さな村に住んでいて、そこではほとんどの子どもたちは生まれたときからお互い知り合いだろう。

ジェシーの挑発的な態度からユーモアも消えてしまっていた。いまの彼女のすべてから険しさが感じられた。悲しいことに、このような短期で不規則な訪問ではわたしにできることはほとんどなかった。だが、グラン・モルファにいたときに彼女が視覚化にとてもよく反応したので、これが彼女自身を慰めるのに使えるスキルになればいいなと思ったのだ。少なくとも、陰鬱な午後に短時間でも明るい場を与えることにはなるかもしれない、と。

「オーケイ、わたしが始めてみるわね。まず、くつろぐわ」そういって、わたしはベッドの上で壁に背中をもたせかけた。「覚えてる？　あなたがこんなことしたくなかったら、それでいいのよ。わたしはただ自分のためにいってるだけなんだから」

彼女はわたしを無視した。

「次に、息を吸い込みましょう。お腹が引っ込んで胸がふくらむようなやり方で。それから息をゆっくりと出すの。最後まで吐き出して、息を吐き切るのよ『ハァー』って」深く息を吸い込んで、それを口から音を出して吐き出すというのを、わたしはやってみせた。

「だまされないから。あたしはばかじゃないんだからね。そんなことやらないし、あたしに無理やりやらせることなんかできないから」

「あなたにやらせたいなんて思ってないわ。わたしはただ声に出して自分にいってるだけ。そうしたほうがやりやすいから」わたしはリラックスして壁にもたれていたので、彼女の少し後ろにいた。

ジェシーはつんとすましてベッドの端にすわっていた。「あたしは風邪を引いてるんだよ。どっちにしても、そんなふうに息をするのはあたしにはよくないもん」彼女はわたしのほうを振り返らずにいった。「そんなことしたら咳が出ちゃう」

「いいのよ。あなたはやらなくてもいいから。ただ聞いてて」

「聞くのもいや。こんなことやりたくない。もう百万回もそういったでしょ。それに、トリイがやってることなんかにだまされないから。だって、結局はトリイはあたしにそうさせようとしているもの」

「わかったわ。それでいいから。わたしはただ自分のためにやってるの。こうしていると気分がよくなるのよ。まず、ゆっくりと深呼吸をして、くつろいですわってるでしょ。今度は目を閉じるの」

ジェシーは指で耳をふさいだ。

「想像の中で、わたしはドアの外側に立っているの。家の中のドアで、わたしはそのドアを見ているの。このドアはどんな様子かしら？ 大きい？ それとも小さいかしら？ わたしよりも小さい？ 色は何色？ 茶色？ それとも白かな？ 緑色かも？ それとも赤？ すごく注意してドアを見て、ドアの細部を……」

ジェシーは頑なまでにゲームに参加したがらなかったので、わたしは彼女がわたしの声をさえぎるためにラララと歌いだすのでは、と半ば予想していた。だが、そうはならず、耳から指を出して、耳の上からそっと両手でおおった。わたしは小さな声でしゃべりつづけた。

「このドアは家の中にあるの。ドアの向こう側には部屋があるのよ。ここはすごく、すごく特別の部屋で、あなたがこれまでに入ったことがあるどんな部屋ともちがうの。あなたの夢の部屋で、あなたが自分のためだけに創り上げた部屋なの。あなたがそうしたいと思うとおりに自分でデザインしたのよ。ドアを開けたら、このすてきな部屋が見えるってあなたは知ってるの。その部屋はすべてあなたのものなのよ」

ジェシーからは何の反応もなかった。わたしに背中を見せ続けている。

「ドアは大きくてがっしりしている。部屋の安全を守るためにね。このドアはどうやって開けるのかな？　丸いドアノブかしら？　それともハンドル？　何でできているかしら？　鍵がかけられるようになっていて、あなただけがその鍵を持っているのかな？　それとも、お友達も自由に入ってこられるドアかしら？」想像する時間をたっぷり与えるために、わたしはこういう言葉をなだめるような声ですごくゆっくりいった。

ジェシーの指が顔の両側からずれているのが見えた。彼女はまだわたしのいっていることは聞こえないというふうに、耳をふさいでいる印象を与えていたが、両手の中指だけがかろうじて耳に触れていて、それも中に押し込んではいなかった。彼女は耳を傾けていた。

「さあ、ドアを開けて中に入りましょう。ここはあなたの特別の部屋よ。色もあなたが選んだの。壁と床はまさにあなたの好みにぴったり。何もかもが、この部屋ではすごく安全なの。ここではあなたがいやだと思うことは何も起こらない。ここはあなたの安全な場所。

部屋をぐるっと歩いて、あなたが選んでここに置いたものたちを見てみましょう」彼女に想像する時間を与えるために、わたしは言葉を切った。「足の下には何がある？　それは何色かしら？　壁はどんなふうに飾られている？　絵はあるかしら？　ベッドは？　ベッドカバーは何色かしら？　ベッドをすてきにするために上に何かある？　部屋におもちゃはある？　本は？　それとも何か他のものは？　あなたの部屋を完璧にするために、どんなふうに特別にデザインしたのかしら？」

わたしは見るもの、感じるもの、匂いのあるもの、耳を傾けるものなどをすごくゆっくり提案しながら、視覚化を続けていった。わたしは訪問時間として残っている二〇分をこの視覚化に使っていった。焦点を想像上の部屋から彼女の筋肉がどんな具合にリラックスしているか気づくとにそっと移しながら。最後に目を開けて、わたしが帰る時間になるまでもう少し休もうと提案した。

ジェシーはこの間《かん》ずっとベッドの縁にすわってわたしに背を向けたままだった。身体を前にすべらせて立ち上がったときに、彼女が目を開けているのが見えたが、頬に涙が流れ落ちていた。

「いまので泣いちゃったの？」

彼女はうなずいた。

「いいのよ。どうしてだか話してくれる？」

「わかんない」

「気持ちが激しくなってきたの？」

ジェシーはうなずいた。「水槽があった。あそこの隅にあったの」と、まるで自分の寝室のどこかを示しているようにいったが、彼女の視線は心の内面に向いていた。「大きな、大きな窓があって、その窓からお日さまが差し込んできていて水槽の上で光ってた。で、あたしはパピーをベッドにすわらせてたの。ベッドの上には虹の模様がついた青緑色のカバーがあって、大きなふわふわの枕もあった。それで、お日さまが全部の上に輝いていたの。それから隅には、エンゼルフィッシュが入った水槽があった」

「なんてすてきなお部屋なの」とわたしはいった。

「そこにいると幸せになった。それで泣いちゃったの」

18

学校はいつもジェシーが最も得意とする分野だった。ここで彼女はかなりのエネルギーを集中させることができたが、それより重要なことは、学校はよい行動を前向きな結果と結びつけることができる唯一の場所だった。彼女は優秀な生徒で、クラスでトップに近いことも多かった。勉強で褒められることが大好きで、ご褒美にもらえる星型シールや認定票を獲得することに異常なほど熱心だった。しょっちゅう転校したせいで、どの教師とも特に親しいつながりは持っていなかったが、カリキュラムとはうまくやっていけた。カリキュラムは郡全域共通なのでスムーズに入り込めたからだ。

学校仲間とのつきあいはそれほどうまくいかなかった。ジェシーにとっては注目を仲間と分かち合うことは難しかったし、だれか他の子に負けてしまうことはさらに耐えられなかった。だから、もし自分がトップの得点を得られないと、大げさに動転してしまうところがあった。それからもちろん、彼女は嘘をついた。学校ではたいていの場合、自分にはない経験や才能を自慢するという形をとったり、面目を保つためやトラブルを避けるために嘘をついた。いいかえれば、ごくふつうの嘘だった。もっとも、他の子どもたちがつく嘘よりも、ずっと頻繁だったし派手なものではあったが。しかし、ジェシーはだいたいにおいてはこの環境の中ではふつうに近い状態で機能していた。ここ数か月のいろいろな変化があったあいだでさえ、ジェシーは学校ではなんとかやっていた。勉強のほうはクラスで上位四分の一にとどまっていたし、行動のほうも多少芝居がかったところがあるにせよ受け入れられるものだった。

ジェシーにとっては学校外での生活のほうがいつもずっと問題が多かった。彼女自身の家庭であろうと、グループホームであろうと、里親のところであろうと。メレリの意見では、フィオナのところでは以前の里親と比べればうまくいっているということだった。フィオナのところはセラピー的な効果のある里親ではなかったが――評議会はまだそのような里親に空きが出るのを待っていた――フィオナと夫は知識豊富で何か起こってもめったなことでは動揺しない人たちだった。

里親のところにいる子どもたちを訪問した経験がそれほどなかったので、わたしには判断しかねた。ジェシーは明らかに幸せではなかったが、どの程度までが里親のせいなのか、混乱と変化によるものなのか、ジョーゼフとの事件にまつわる環境によるものなのか、ジェシーに進行中の問題のせいなのかを見定めるのは不可能だった。彼女の部屋ではなく、もっと従来の環境で彼女に取り組みたかったが、こういう形でも少なくとも彼女に会うことはできた。

やがて、再びすべてが音をたてて崩れ去った。わたしが最後にジェシーに会った数日後、フィオナがふいに二歳の息子の部屋に入っていくと、アンガスは下半身を裸にさせられていて、ジェシーが彼のペニスをもてあそんでいたのだ。ジェシーはすぐさま移動させられた。

ジェシーはグラン・モルファに戻された。ジョーゼフはもうそこにはいないので、里親のところで次々に問題を起こした後だけにそれが最善の策だと思われたのだ。

メレリから話を聞いて、わたしはため息をついた。絶えずころころ事情が変わる。これがわたしのこの新しい仕事で最も難しいところだった。昔なら子どもたちがいったんわたしの教室に来たら、毎日六時間、週に五日間わたしは彼らと過ごせた。しかも、そこから九か月間はまず一緒にいられた。だからこそ、わたしが重要視している結びつきの強いコミュニティを創り上げていくという作業をうまく進めることができたのだ。変わりやすいもの、さまざまな行動の大半は、きっちりとした教室を創り上げていくことで自然にコントロールできた。一貫性とは日々決まりきった日課を続けられることを意味し、それができればわたしの仕事の半分はできたも同然だった。

ところが、わたしの今の立場のやり方はまったくこれとはちがっていた。持続した環境や一貫性をもたせるチャンスなどまったくなかった。わたしの権限は制限されていたし、コントロールできるものもほとんどなかった。実際、今回のケースでは、わたしは自分の時間のほとんどをほぼ文字通りこれまでのことに追いつくために使っていた。ジェシーはほぼ週ごとに郡のそれぞれちがうはるか遠くの端っこにいるようなものだった。わたしにとってもきつかったが、彼女にとっては百倍きつかったはずだ。

しかし、最も悲しいのは、それがだれのせいでもないところだった。わたしたち全員が制度のどこが悪いのかがわかっていたが、どうすることもできなかった。地元にはジェシーに合うプログラムはなかった。ジェシーの家族には遠くロンドンで行なわれている特別のプログラムに支払うだけの資金はなかった。仮にあったとしても、彼らがその出費をするかどうかはわからなかった。わたしの直感からすると、彼らはジェシーとはまったくつながりが持てておらず、どんな形にせよ彼女と離れていられれば満足なのだった。地元当局にも、ジェシーが必要としているものに支払う資金はなかった。集中的に特別に注目してもらうことを必要としているケア中の子どもたちは何百人といたが、そこにはお金も彼らにふさわしいプログラムもないのだった。メレリ、他のソーシャル・ワーカーたち、それに児童心理学者もみんな自分たちができる中で最善をつくしていた。ほんとうにそうなのだった。わたしもそうだった。ただそれでは十分ではないだけだった。

そんなわけで、わたしたちはグラン・モルファに戻った。

ジェシーが性的虐待をされたとジョーゼフを告発してから半年以上が過ぎた。一年のうちの暗い何か月かを通り抜け、いまは三月の半ばだった。そうはいっても、わたしの農場がある荒地《ムーア》の上の方ではまだ雪が降り、海岸地方では海からの強く冷たい風が吹いて、薄暗い雨の日が多かった。グループホームへ向かう細く長い一本道を車で走りながら、一年近く前に初めてそこを訪れたときから道路の再舗装がされていないことに気づいた。道の穴はいまではほぼ車と同じくらいの大きさだった。絶えず海風に抗してがんばっている、背が低くふぞろいな木々の小枝が、走るわたしの車の横の窓をこすった。

どんよりとした薄明かりの中に、グラン・モルファは横長に低く建っていた。ここに戻ってきたのは、わたしがイタリアに旅行して以来初めてだった。ジョーゼフの駐車場所だったところに車があることに気づき、新しいマネジャーが雇われたのだと思った。

受付のところにはヘレンがいた。彼女は興奮したように両手を振り、片手を上げる身振りをした。「お茶、飲む?」という合図だ。

「後で寄るわ」とわたしはいった。ジェシーが来る前に部屋の準備をしておきたかったからだ。ジェシーが彼らみんなに会いたがっているかもしれないと思ったので、パペットを全員持ってきていたのだ。

狭くて物を詰め込みすぎの部屋には、わたしを歓迎してくれているようななつかしさがあった。だれかが椅子をソファの上に重ねていたので、それらを下ろして隅に移動した。それ以外は何も変わっていなかった。わたしは黒いゴミ袋を開けてパピーを取り出し、テーブルの上に置いた。間もなく、大げさな身振りでドアを開けてジェシーがやってきた。「戻ってきたぁー!」そういって微笑んだ。

「そうね、このとおりにね」

「それにパピーがいる!」彼女はパピーをひっつかむと胸に押し当てた。「あたし、パピーが大好き。この子はほんとに本物の犬みたいだけど、でもちがう」彼女は顔を上げた。「あたしは本物の犬は飼えないんだ」

「そうね、ここではそういうわけにはいかないわよね」

「あたしが飼えないのは、うちで飼っていた犬をあたしが絞め殺そうとしたからなんだよ」と彼女は明るくいった。

これに反応するのは容易ではなかったので、わたしは笑みを浮かべてうなずいた。まるで彼女が天気のことか何かをいったかのように。

「あたしが今週何をやったか知ってる?」と彼女はいい、それからパピーをテーブルの上に置いた。そしてわたしの隣の椅子を引いてすわった。片手を伸ばし、わたしの顔を撫でた。「あたし、ほんとにトリイのことが好き。皺が出はじめていてもね」

わたしはそっと彼女の手を離した。「今週何をやったかを話してくれる?」

「インタビューを受けた」

ジェシーは椅子を後ろにずらし、前かがみになるとわたしの椅子の横に置いてあった黒いゴミ袋を引き寄せた。そしてそれを開けはじめた。

「その女の人の名前はドクター・ヒューズっていうの。その人がいってたけど、あたしは三回インタビューを受けて、それからテレビにするんだって！　だから、あたし『リアル・クライム』（イギリスの有名な犯罪を扱ったドキュメンタリー・テレビシリーズ）か何かに出るかもしれない！」

「その人たちがいっているのは、ビデオに撮るっていう意味だと思うわ」

「そうだよ、そういったじゃない」

「ビデオは録画よ。テレビは放送。今度のは、裁判になった場合に、あなたの証言として使うためよ。証言って何だか知ってる？」

「あたしのこと、ばかだと思ってるの？」と彼女は答えた。それから黒いゴミ袋から二匹のクマのパペットを引っ張りだし、それぞれ両手にはめた。しばらくのあいだ、クマの口をパクパク動かしていた。彼女は二匹のクマをお互い嚙ませ、激しく戦わせた。

「こっちがマグナス」左手のほうを示しながら、ジェシーがいった。「忘れてないよ。みんなはあたしが忘れると思っているけど、あたしは忘れない。そういうことを話したくないときもある、というだけのこと」

「なるほど」

「ドクター・ヒューズはあたしにいろんなことをきいたよ。女のドクターなんだ。ほんとうのお医者さんじゃないけどね。あの人は喉が痛くなるときのことなんて何も知らない。それにばかな質問ばっかりするから、あの人はあまり好きじゃなかった。首のところのほくろから一本毛が伸びていて、ほんとうの魔女みたいに見えるんだよ」ジェシーは一匹のクマに自分の首の横をつかませた。

「その人の仕事は何だか知ってる？」とわたしはきいた。

「うん。心理学者。ドクター・ストーンみたいにね。ちがうところもあるけどね。ドクター・ストーンも好きじゃないけど。心理学者って、好きじゃない。ばかみたいな仕事だよ。ばかみたいなことばっかりきいて」ジェシーは言葉を切ったが、顔は上げなかった。「あの女の人は人形を持ってた……」彼女は「人形」という言葉を自分のいらだちを示すかのように「に、ん、ぎょ、う」と強調していった。「その人形には男の人のものがついてるんだよ。いやらしいものが。ドクターはあたしにそれで遊べっていうの。その人形を使ってあたしにいやらしいことをさせたがったんだよ」

「ドクターはあなたとジョーゼフとのあいだに何が起こったのかを教えてほしかったんだと思うわ」

「こういったんだよ。『彼のペニスを彼女の口に入れなさい』って。男の人形のことだよ。その人形には大きなおちんちんがついてるんだ。毛もね。おちんちんの回りにぐるっと黒い毛があった。人形を動かすとおちんちんは上や下に動くんだよ」ジェシーはクマのパペットの前脚のひとつを上下に動かしてみせた。「あの人はあたしにそれで遊べっていうんだよ」

「ドクターはあなたに何が起こったか教えてもらいたかったのよ」とわたしはもう一度いった。

「あたしは人形では遊びたくない。もう大きいもの。それに、はっきりいって、あの人形と遊ぶつもりはない。気持ちわるいもの。男の人形にはぶらぶらした大きなおちんちんがついてるし、女の子の人形にはヴァギナがついてるんだよ。服を全然着ていなくて、指を入れられるようなヴァギナがついてるなんて」

「ずいぶん変わったお人形みたいね。でも、ドクター・ヒューズのお仕事にはだいじなものなのよ。自分だけの場所を触られたとだれかがいったときに、そういう人形は何が起こったのか理解する手助けになるの」

「あの人はその人形たちでセックスしなさい、とあたしにいったんだよ。だからそうした。男のおちんちんを彼女のヴァギナに入れて、こういうふうにしたんだ」彼女は二匹のクマのパペットをお腹とお腹がぶつかるように合わせた。

わたしはすわりなおした。「わかったわ。最初にあなたは人形では遊ばなかったといってたけど、いまは人形にセックスさせたといってるわね。どっちなの？」

「あたしのいったとおりだよ」と彼女はいらいらして答えた。

「あなたはどっちもいったじゃない」

「うん。だって、そうだったんだもん」

「で、心理学者の先生はあなたにそうしろっていったの？　男の子の人形のペニスを女の子の人形の口に入れるようにって？」

「ちがう！　そんな気持ちわるい！」

「先生は男の子の人形のペニスを女の子の人形のヴァギナに入れるようにいったの？」

「んもう！　トリイってほんとうに変態じゃないの？　トリイがあの人形たちと遊べばよかったんだよ。きっと気に入るよ」

「わたしはただあなたがドクター・ヒューズといるときに何が起こったのかをわかろうとしているだけじゃないの。ドクターがあなたにそういうことをしなさいっていったというけど、ふつうはそういうインタビューではそういうことをしないと知っているから。気持ちわるいからそういう人形とは遊ばなかったといったと思ったら、今度はその人形たちと遊んだともいうし」

「人が話しているときに、どうしてちゃんと聞いてくれないの？」ジェシーはいった。「あたしが全部のことを説明しているのに、トリイはそれでも、あたしにもう一度これを説明して、あれを説明して、って。どうして最初のときにちゃんと聞かないの？」

果てしないジェシーの会話にからめとられたくなかったので、わたしは何も答えずにただ椅子にすわりなおした。

ジェシーはゴミ袋をもう一度開けて、ユニコーンのパペットを取り出した。彼女はこのパペットは子どもっぽすぎるといって、それまで一度もこれと遊んだことがなかった。ユニコーンを片手にはめて、虹色の王冠を指で撫で、そのまわりのたてがみを整えた。それから口をパクパクさせた。最初は自分の顔の前で、次はわたしの顔の前で。

「これはお誕生日にいいね。パーティ好きな動物に見える」

わたしはうなずいた。「そうね、パーティにいいわね」

「あたしのお誕生日は先月だった。二月。二月十二日」彼女はユニコーンの鼻先を軽く叩き、布でできた角をそっと触っていた。「だからここに戻ってきたかったんだ。スウィフティ・ベーカリーのケーキがもらえるから」

「里親の人たちはあなたのお誕生日を覚えていなかったの？」

彼女は肩をすくめた。「あたしはスウィフティのケーキが欲しかったの。だってすごくおいしいんだもん。あそこは、お誕生日にはお砂糖のバラを上に載せてくれるんだよ。すっごくおいしいんだ。それに、お誕生日だったら、スタッフがそのお砂糖のバラをくれるの。好きなだけいくつでも食べられるんだよ。バラを他の人と分け合わなくてもいいの」

「どうしてあの里親のお家を出ることになったか、わかってる？」とわたしはきいた。

「あたしはターコイズブルーと白のケーキを頼むつもりだったんだ。メラニーが前にそういうのをもらって、すっごくきれいだったから。ケーキのまわりにずらっとターコイズブルーのアイシングと白いバラが飾ってあるの。で、『お誕生日おめでとう、メラニー』って書いてあるんだよ」

「どうしてフィオナの家を出て、ここに戻ってきたのかその理由をわかってるの？」

「お誕生日にスウィフティのケーキがほしかったからだよ。さっきそういったでしょ。どうして答えを知ってることを、何度も聞くの？」彼女はかすかに挑むような表情を浮かべて、わたしの顔を見た。

「それはわたしがあなたを助けるためにここにいるからよ、ジェシー。それがわたしの仕事なの。ということは、ときには難しいことも話さなければならないときもある、ということなの。心にあることをそのままおしゃべりしてもいいときもあるわ。たとえそれがいま話題になっていることじゃなくてもね。でも、話題にこだわらなければならないこともあるのよ」

「あたしは話題にこだわってるじゃない。だって、話題はあたしのバースデーケーキだもの。他のことを話そうとしているのはトリイのほうじゃない」

沈黙が訪れ、それが長引いていった。

ジェシーはまだ手にユニコーンのパペットを持っていた。ジェシーはそれを注意深くさぐっていった。ポリエステルの毛並とたてがみ、角のまわり、それから口の中を指で撫でた。それから乱暴な、非難するような態度でパペットを手から引き抜き、袋に押し込んだ。

「トリイはものごとを台無しにするやり方をよく知ってるんだね」と文句をいった。「自分でそのことわかってた？　わかってないんだったら知ったほうがいいよ」

わたしは黙ったままでいた。わたしが沈黙を続けることで、彼女がもっと重大な目下の話題のほうによってくるかどうか知りたかった。

だが、彼女はテーブルの上に置いたままになっていたクマのパペットに再び手を伸ばした。それから両手にクマたちをはめた。

「こんにちは、マグナス。久しぶりね」

「久しぶりだな、エレノア。元気かい？」

「骨が痛いわ。あなたはどう？」

「おれも骨が痛いよ」ジェシーは二匹のクマをくっつけた。二匹の口を開けぴったり合うようにした。まるで嚙み合っているようだったが、脚は抱き合っていた。しばらくのあいだ、彼女はクマたちをこのままの格好で前後に動かしていた。

「さびしかったわ」エレノアがいい、二匹は離れた。

「ああ、おれもさびしかったよ」とマグナスが答えた。「おまえがずっと行ったきりになって、もう二度と会えないのかと思ったよ。永遠にな」

「また会いましょうといいたかったのよ。さよならもいいたかったの。わたしを待っていて、とも。でもそうできなかった。だって、わたしは知らなかったから……」

「だれがおまえに触ったんだ?」とマグナス。

「中にまで来なかったら、数には数えなくていいのよ」

「だれがやったんだ? ジョーゼフか?」とマグナスはきいた。

「いわないで。彼らはあなたのいうことなんか信じないから」

「指をあそこに持っていったんだな。おまえの脚のあいだに。コチョ、コチョ、コチョって。だれも見てないんだ」とマグナス。

「わかってる」とエレノアが答えた。「わたしが眠っているときだったのよ。洞穴で冬眠しているときに起こったの。暗い中でコチョ、コチョ、コチョって。そうしたら子熊が生まれたのよ。暗い中で起こること」

「わかってるよ」とマグナス。

「ええ、わかってる」とエレノアは同じことをいった。「指を下のほうに持ってって。そういうことはいつも暗い中で起こるのよ」

19

次の訪問のとき、わたしは二十五センチ四方ほどの厚紙製の箱を持っていった。外側はキラキラ光るレーザー加工を施した紫色で、内側は真っ白だった。もとは誕生日のプレゼント用のギフトボックスだったのだが、プレゼントを取り出した後もあまりにきれいなので捨てられなかったものだ。その後、こういうものにありがちなことだが、廊下の食器棚の奥で埃をかぶっていた。

「それ、なに?」ジェシーは興味を示してきいた。こちらからいうのを待ちきれずに、彼女はその箱をひっつかむとふたを開けた。彼女の顔にがっかりした表情が浮かんだ。「なんだ、つまんない。空っぽじゃない」

「そう、でもこれは特別の空っぽの箱なのよ。これは『わたしの箱』なの」

わたしが特別に出来の悪いひどい冗談でもいったかのように、ジェシーは顔をしかめた。

「いろんな文化で、人々は自分にとって大切なものを入れる特別な包みとか箱を創っているのよ。中に入れてあるものは、その人がどういう人かを表わすもの、大切な意味を持っているもの、その人が見たり、触れたり、聞いたり、匂いをかいだりすると、いい気分になる手助けをしてくれる、そういうものなのよ」

「パピーはこの中には入らないよ」と彼女はえらそうにいった。

「ええ、パピーは入らないわね。でもあなたの受け取り方は正しいわ。パピーがあなたをすごくいい気分にさせてくれるってわかっているのね。大切なものが大きすぎて箱に入らないときには、それに代わるものをシンボルとして箱の中に入れればいいのよ。たとえば、ここにある小さな紙切れに『パピー』って書いて、それを箱に入れるの。それとも、極上のものにするために、紙にパピーの絵を描くほうがいいかしら……?」

わたしがしていることの価値にまだ納得できないというように、ジェシーは首を振った。わたしは先に進んで、「パピー」と書いた紙切れを箱の中に入れた。

「大きすぎてここには入らないとしても、そのものへの思いはそうじゃないわ。だからその思いを書いて箱の中に入れるの。大切なもので中にぴったり納まるものもあるわ。特別のネックレスとか写真、あるいは聴くと心が落ち着くCDを持ってるかもしれないわね。それとも見た目がきれいな特別の石とか、押し花とか、触ると気持ちいい布切れとか」

「ばかみたい。あたし、そんなことしたくない」

「わたしの箱はその人だけのものなのよ。他の人に説明する必要はないの。見せる必要もない。自分にとって特別だと感じるものをいっぱい入れればいいの。それで、気持ちが動転したり、ストレスを感じたりしたときに、箱を開けて、もう一度幸せな気持ちになれるように中のものを使うのよ」

「そんなことしたくない」

「したくないかもしれないけど、ちょっとだけやってみましょうよ。箱の中に三つのものを入れましょう。そうしたらこれはやめて、何か他のことをしましょう」とわたしはいった。「すでにひとつ入れてるわよね。パピーを選んだから。だから『パピー』と書いた紙を入れたの。この次に心配になったりさびしくなったりしたときには、この紙を取り出して頭の中にパピーを思い描くことができるわ。パピーの毛足を想像して、パピーを抱きしめたときにどんないい気持ちがするかを思うの。そうすると悪い気分を減らすのに役立ってくれるわ。パピーを箱に入れるのはいい考えだわね。他に何が入ると思う？」

「わかんない」

「ゆっくり考えていいのよ」

「時間なんかいらない。わかんない」

沈黙が流れた。最初のうちその沈黙には敵意が感じられた。ジェシーは、わたしが提案したものは何であっても反対しなければならない、といつもどおり主導権を得ようとしていた。だが、わたしたちが黙ってすわり続けているうちに、それはもっと思慮深い沈黙へと変わっていった。ひと言も発せられないままに二分ほどが過ぎた。

やがてジェシーが首をかしげた。「トリイのペンを一本箱に入れていい？」この活動に自分から参加しているという事実を曲げるかのように、彼女はわずかに肩をすくめた。

「どのペン？」

「これのうちの一本」彼女は立ち上がって身を乗り出すと、わたしの仕事かばんを開けた。そしてフェルトペンのケースを取り出した。「この中の一本を箱に入れていい？　だって、このペンはあたしを幸せにしてくれるんだもん。絵を描くことも思い出させてくれる」

「いいわよ」とわたしはいった。

「全部入れられればいいんだけどな」と、甘えるような口調でいった。わたしは答えなかった。彼女は指でペンを撫で、ついに深緑色のペンを一本取り上げた。「どうしてこれを選んだかわかる？」そのペンを掲げながらきいた。

「話してちょうだい」

「だって、これはあたしがここで最初に使ったペンなんだもの。覚えてる？　トリイがここに初めて来た日だよ。あたしにペンのケースを開けさせてくれたけど、まっさらだった。で、最初にこのペンで描いたの」

「それはすてきな思い出ね」そうはいったが、この緑色のペンのわたしの思い出は、悪魔を追い払う道具というものだった。

彼女はそのペンを紫色の箱に入れた。「あたしがほんとうにここに入れたいもの、わかってるんだ」彼女はわたしの仕事かばんにもう一度身を乗り出すと、絵を描く紙をさがして中をひっかきまわした。「あたしが描いた絵。ここにはないの？」

ジェシーは彼女が描いたヒバリの絵のことをいっていたのだが、わたしは白紙の紙しか持ってきていなかった。だから、彼女は箱に入れるために新たに絵を描くことに決めた。何も書いてない紙を一枚とフェルトペンを取り出し、彼女はわたしの隣の椅子にすわって絵を描きはじめた。

紙の右下の隅に、小さな鳥がすぐに姿を現した。ジェシーはいつもより集中しているようだった。つっかかってくるような態度もあまりなかったし、絵を描くと決めたいま彼女はその作業を続けていた。

いつものように、鳥は鮮やかに色づけられていた。胴体は鮮やかな黄色で、翼は彼女が箱に入れると選んだ深緑色だった。

「ヒバリはたくさん見たことがあるの？」描いている彼女にわたしはきいた。わたしは何気ない口調を保っていた。わたしの質問を彼女がやっていることの否認だと受け取ってほしくなかったが、彼女が派手な色を意識的に選んで塗っているのかどうか知りたくもあったからだ。

「うん。もちろん見たことあるよ」彼女はえらそうに答えた。

わたしはすぐには返事をしなかった。わたしが黙っているので、彼女は顔を上げた。「もちろんヒバリを見たことはあるよ。あたしのことばかだと思ってるの？」

「あなたのことをばかだなんて、思ったこともないわよ、ジェシー。わたしがきいたのは、わたしが住んでいるところにはヒバリがいっぱいいるからなの。あなたがいつかヒバリを見にいきたいかな、と考えていたのよ。でも、何度もヒバリを見たことがあるのだったら、興味ないわよね」

「いつか行っても、別にいいよ」絵から目を上げずに彼女はいった。その口調はまだいくぶん尊大だった。

　沈黙が流れた。

「どこに住んでるの？」まだ絵に集中したまま、ジェシーがきいた。

「スランバイルの上のほうよ。高地《ハイ》のムーアをつっきったところ。わたしたちはムーアには住んでいないけれど、うちの農場に行くためにはムーアをつっきらなければならないの。春や夏には車で通り過ぎるとヒバリがたくさん飛び上がるわ。窓を開けていれば鳴き声が聞こえるの」

「旦那さんがいるの？」

「ええ。それと小さな女の子がね。それから犬が二匹と猫が二匹。それにアヒルと七面鳥と羊もいるわ。それにおじいちゃんも」

　ジェシーが顔を上げた。「おじいちゃん？」

「ええ、わたしの娘のおじいちゃんも一緒に住んでいるの。それからおじいちゃんの小さな犬もね」

「女の子は何歳？」

「五歳よ」

　ジェシーは絵を描く姿勢にもどった。沈黙のうちに数分間が過ぎ、そのあいだに彼女は鳥に色を塗り、背景にも奥行きを描き加えた。

　それからいった。「あたし、高地《ハイ》のムーアに行ったことあるよ」

　これは疑わしかった。ムーアは完全に自然のままの状態で残されていて、木もない湿原で風が吹きすさんでいるところだった。スポーツやアウトドアー活動のための開発もされておらず、したがって人気のある外出先ではなかった。沼地になっているので、散策する人たちでさえも行かないところだ。だから、わたしはきいた。「いつ行ったの？」

「ジョーゼフがミニバスでよく連れていってくれた。ほら、水泳に行くときに使っていたあの車だよ。ときどきムーアまで行ったんだ。だから、あたしたちもトリイが見た場所を見たよ。ひょっとしたらトリイの農場も見たかもしれない」

そんなことはまずないだろうと思ったが、敢えて何もいわなかった。

「ときどきジョーゼフはあそこであたしとセックスしたんだよ」

「どういう意味？」

ジェシーは鳥を描くことに集中しつづけていた。いつもヒバリを描くときよりも、ずっと丹念に絵を描いていた。明るい派手な色で描かれた草や木や花もあった。「ジョーゼフはあたしとセックスしたくなると、あたしをムーアに連れていったの。何回も行ったよ」

「あなたとジョーゼフだけで？」とわたしはきいた。

「うん。あたしと彼だけで。デートだったんだ。で、彼はあたしとセックスしたの。ピクニック用の休憩場所の裏側で」

明らかに嘘だった。ムーアにはピクニック用の休憩場所などなかったからだ。ピクニック用のテーブルも駐車場もなかった。ジョーゼフがどの子にしろ、子どもをひとりだけミニバスで連れて出ようとするなんて、とてもほんとうとは思えなかった。ホームの方針への重大な違反だからだ。そんなことをしたらだれかが気づいていたはずだ。

実際、すべてのことが作り話だと思われた。ムーアまでは沿岸からは車で長時間かかる。もしそこまで行ったのだったら、人も車もいなくなっているのがわかるはずだ。それにたとえ彼らがそこに行ったとしても、ジェシーはピクニック用の休憩場所の裏側で性的な虐待などされるわけがなかった。そんな場所はないのだから。わたしが感じたのは、彼女が自分もわたしと同じ場所に行ったことがあるということで、わたしとのつながりを見せようとしているのではないかということだった。では、それ以外のことは？　同じ理由からジョーゼフのことを話すのを選んだのだろうか？　彼女がジョーゼフとつながりがあったと示す手っ取り早い方法として？　それとも彼とセックスをしたと話せば注目を得られるとわかっていたからなのか？　彼女がその話題に触れると人は彼女に注意を払った。それとも彼女の話になんらかの真実も含まれているのだろうか？　ピクニック用休憩場所が、それがどこにあったにせよ、ほんとうにレイプの場所だったのか？　レイプの犯人はジョーゼフだったのか？　それともジョーゼフだといっておけば安全なので、だれか他の人なのにジョーゼフに変更させられているのだろうか？

続いて訪れたしばらくの沈黙のあいだ、わたしの頭の中にはこのような考えがものすごい勢いで駈け廻っていた。その間、彼女は絵を描き続けていた。彼女とジョーゼフのことを話し合うつもりはなかった。誘導するような質問をするつもりも、彼女からほんとうのことを聞きだすつもりもなかった。結局、わたしが思いついたことは、彼女がいったことを繰り返しいってみることだった。そうすることで彼女の考えがはっきりすればいいいな、との希望的観測のもとに。

「つまり、あなたとジョーゼフはデートに行って、彼とムーアのピクニック用休憩所の裏でセックスをしたというのね？」

「うん。そこにはもうひとりの男の人もいて、その人もガールフレンドと一緒だった。名前はアリスだったと思う。で、あたしとジョーゼフとその人たちとみんな一緒にセックスしたんだよ」

それはあまりにも現実離れしていた。「それは作り話に聞こえるわね」

「ちがうよ」

「一般的には、作り話をしてもいいのよ。実際とはちがう生活を想像するのは楽しいものね。でもね、自分が話すことには気をつけなければいけないのよ。作った話には結果がついてくるから」

「あたしのこと信じてないのね」と彼女は責めるようにいった。「だれもあたしのことを信じてくれない」

「わたしが信じているのは、作り話を話すというのは、いいづらいことを話す方法になるときもある、ということよ。ありのままにはいえないときに、作り話にして話すことができるときもあるわ」

「あたしがいったのはほんとうのことだよ」とジェシーはいい張った。

「ええ、あなたを信じてるわ。だれかがやってはいけないやり方であなたに触ったということは信じてる。あなたはそんなこと起こってほしくなかったということも信じてる。そのことであなたがすごく動揺したことも信じてる。あなたがわたしに話そうとしているのはそういうことだっってことも信じてるわ」

ジェシーは顔を上げてしげしげとわたしを見た。眉をひそめ、かすかに当惑の表情を浮かべた。

「だけど、たったいまそれは嘘だっていったじゃない」

「いいえ、そうはいってないわ。あなたにはそう聞こえたんだろうけど、わたしはそうはいってないわ。ジョーゼフとアリスともうひとりの人と一緒にムーアに行ったというのが、わたしには作り話に聞こえるといったの。わたしがたったいま説明したことは、ときどき、ほんとうのことを人に話すのがすごく難しいときには、そのまま口にするのがあまりにもきつかったり、怖かったりするから、それを作り話で包み込むこともある、ってことなの」

ジェシーはさらに眉をひそめた。「いってることがよくわかんない」

「わたしが小さな女の子だったときの話をさせて。わたしは馬が大好きだったの。馬は世界中でわたしがほんとうにいちばん好きなものだったの。わたしの家から通りを渡ったところに、フォックスさんというご夫妻が住んでいて、そこの家には子どもがいなかったの。ということは、そのお家にはすてきで、繊細で、壊れやすい飾り物がいっぱいあったということよ。そういう飾り物のひとつに馬の像があったの。何で作られていたのかよくはわからないんだけど、本物の馬の毛で作られたたてがみと尻尾がついていて、本物そっくりに見えたの。ミニチュアの馬具一式もついていたの。本物の革で作った鞍やサドルバッグや、小さな投げ縄まで。それら全部が嘘みたいに本物そっくりなの。わたしはその馬ですごく遊びたかった。わたしの人形たちにぴったりの大きさだったから。でも、もちろん、そのお宅を訪ねたときに棚にあるのを下から見上げることしかできなかったわ。

ある日、わたしがあなたくらいの年齢でもうすぐ誕生日というころに、フォックスさんの奥さんがわたしを家に招待してくれたの。この美しい馬の像はフォックスさんの特別のお友達がご夫妻のために作ってくれたものだから、わたしにあげることはできない、と奥さんはいったの。でも、彼女はわたしがこの馬のことが大好きなことは知っていたのよ。それで、お誕生日のプレゼントとして、しばらくのあいだだけこの馬を家に持って帰って、わたしの部屋に置いておいてもいい、といってくれたの。彼女は馬をきれいに包んで厚紙の箱に入れてくれたわ。無事に家まで持って帰れるようにね。わたしはすごくわくわくした。

それから、わたしが通りを渡ろうとしていたとき、ローレンスという名前の大きな男の子が近づいてきたの。わたしはローレンスが大嫌いだったのよ。ひどいいじめっ子で、それまでにも何度もいやな思いをさせられてきたから。彼を見て、わたしは駐車してある車の横に隠れたんだけど、彼に見られちゃったの。彼は自転車に乗っていたんだけど、わたしを轢《ひ》かんばかりのスピードでこちらに向かってペダルをこぎ出したわ。もちろん、轢きはしなかったけど、ぎりぎりまでわたしに近づいてきたから、わたしは彼をよけようとして縁石につまずいてしまったの。それで、バランスを崩して転んだの。馬が入っている厚紙の箱の上に転んでしまって、馬が壊れる音が聞こえた。箱の中でグシャっていう音がしたの。

わたしがどれほど動転したかわかるでしょ。わたしは泣きだして、ずっと泣いてしまったの。フォックスの奥さんの馬を壊してしまって、これはたいへんなことになるってわかっていたから。

でも、これはほんとうにわたしのせいじゃないから、そのために責められたくはなかったの。だけど、ローレンスのこともすごく恐れていたのよ。彼のせいだと告げ口したら、何をされるかわからなかった。それで、家に帰って何があったんだとおばあちゃんにきかれたときに、わたしはうちから一ブロック離れたところに住んでいるスーザンという女の子が、すごいスピードで自転車でとばしてきてわたしにぶつかり、それで馬が壊れてしまった、といったの。怖すぎて、ほんとうはだれがやったのかをいえなかったのよ」

わたしが話しているあいだじゅう、ジェシーは椅子に釘づけになったようにすわっていた。

「うわぁ、それはほんとにひどい話だね。あたしだったらローレンスの鼻を殴ってやる。目にあざを作ってやる。もしそんなことが起こるのを見ていたら、あたしがトリイの面倒を見てあげたのに」

「ありがとう。やさしいわね。でも、どうしてわたしがこの話をしたかというと、先に起こることが怖いときには作り話をしてしまう、というのはどういうことかをいうためにだったのよ。ときには、怖すぎてほんとうのことをいえないときがあるわ。それで、話を作って説明するの。わたしの場合は、もしローレンスのせいだといってしまったら、ローレンスに殴られるんじゃないかとすごく怖かったから、代わりにスーザンのせいにしてしまったの。スーザンが自転車に乗っていたと大人たちにいったのよ。ほんとうは、スーザンはその日そこにいもしなかったのにね。こんな作り話はしてはいけなかったわ。だってスーザンを困ったことに巻き込んでしまうかもしれないでしょ。スーザンは何も悪いことをしていないのに。でも、わたしはあまりに怖くて、そんなことするとスーザンにどんな影響があるかを考えることもできなかったの。代わりにこう考えたのよ。『でも、話の一部はほんとうなんだし』って。だれかのせいで転んだから馬が壊れたわけだから。こうなったのはわたしのせいではなかった、と人に理解してもらうことがわたしにとってはだいじだったのよ。わたしは馬に注意を払っていたんだ、って。でも、もしほんとうはだれがそうやったのかをいってローレンスが困ったことになったら、彼に何をされるかが心配で心配で、スーザンの話を作ってしまったのよ」

わたしが話しているあいだに、ジェシーの目に涙が盛り上がってきた。涙は落ちることなく彼女の下のまつ毛にひっかかっていた。「トリイがかわいそう」と彼女はいった。

わたしは腕を伸ばして彼女の肩にまわした。

「あなたは今すごくやさしい気持ちになっているのね。ありがとう。でもこんなふうなことがあなたの身に起こったことはないかしら？」

彼女は首を振った。「ううん。そんな馬は見たことない」

「そうじゃなくて、ほんとうのことをいうのがつらすぎるから作り話をすることをいってるの。もしだれかが何かをして、あなたがいやなやり方であなたに触れたりとかね、でもそれを実際やった人のことを話すのは怖いと思ったことはないかしら？」

ジェシーは頭を垂れた。そして手を持ち上げて涙を拭いた。

沈黙がやってきて、わたしたちのあいだに延びていき、言葉の不在がいやでも目立った。

わたしは腕を彼女の肩からひっこめた。責められることがないとしても、子どもたちに触れることには慎重にならなければならないことを意識したからだ。

ジェシーはわたしの顔を見た。「トリイがあたしのお母さんだったらいいのに」と小さな声でいった。

「そうね、そうだったらすてきよね。でも、残念ながらそんなふうにはならなかったわね。でもあなたの身の上に起こることを気遣ってあげる友達にならなれるわよ」

「お母さん、って呼んでもいい？　ごっこで？」

「それがすてきだってことはわかるけど、でもトリイって呼び方にしなきゃいけないと思うわ」

「ここでだけでも？　お願い？　ここでだけなら別にいいじゃない」

「トリイっていう呼び方でないとだめだと思うわ」

ジェシーは立ち上がってテーブルの上にあったティッシュに手を伸ばした。いったんすわりなおすと、彼女はティッシュを平らに開き、それを手のひらに乗せて顔を拭いた。それから鼻をかんだ。その後注意をテーブルの上にあったヒバリの絵にもどし、それを引き寄せた。「前にフィッシュアンドチップスを食べにつれていってくれることになってたけど、一度も行かなかったね。その代わりにあたしをムーアに連れていってくれる？　ヒバリが見られるように？」

「ええ、いいわよ。行きましょう。約束するわ」

ヒバリの絵を四角く折りたたむと、彼女はそれを紫の箱に入れた。「これを今だけここに入れる。でも今日のためだけだよ。この箱のことをやりたいかどうかよくわかんない。これをやると悲しくなるもの」

「これのどういうところが悲しくなるの？」

肩をすくめて、ジェシーは立ち上がった。「次来るときにはパペットを持ってきてほしい。パペットのほうが好きだもん。パペットはここでは最高のものだし、遊ぶと幸せになれるもの。この箱じゃなくてね」彼女は箱をわたしのほうにすべらせた。

「わかったわ」

ジェシーはドアのほうに行きかけたが、ドアまで行くと立ち止まって振り返った。「それから、気の毒だった」

「何が？」

「トリイが好きだった馬が壊れちゃったことが。それからその男の子がトリイに意地悪だったことが。気の毒だと思っちゃった」

20

金曜日にわたしはメレリと会ってランチをした。彼女はそれほど長い時間オフィスから離れていられないので、わたしが町まで車で行って彼女と落ち合い、近所のパブに行った。三月ではあったが、冬の終わりとしか思えないような不愉快な日で、激しい風がわたしたちの服に吹きつけ、足もとは雪解けでぬかるんでいた。使わなくなった鉄道の高架橋のアーチの中に古い建物をはめ込んでできているパブは、暖かくて暗く、生ビールのむっとするようなイーストのにおいと葉巻の煙のにおいで空気が重くよどんでいた。わたしたちはしゃべっても人から聞かれないように隅のブース席に行った。

わたしはメレリと連絡を取りたかった。彼女とはソーシャル・サービスで行なわれる定期的なチーム会議以外で、お互い会うことがどんどんなくなってきていたからだ。彼女が取り扱う件数はさらに増え、カバーする地域も広くなってきていたので、会う約束を取り付けるのも難しくなってきていた。それに、なんとかそうできても、メレリは疲れてストレスがたまっていることが多かった。その結果、わたしたちはほとんど仕事の話はしないままになってしまうのがふつうだった。メレリは何よりも息抜きを必要としている、とわたしは感じていた。というのも、彼女が仕事の話をしだすと、たいていは上司や、ますます増えている上司からの要求に対して、あるいは醜聞と思えるほどに拡大してきているサービスへのストレスを発散させることになるからだった。だから、自分たちの飼い犬や家族のこと、あるいはひどい天気のことなどを話しているほうがずっと楽しかった。

今回もそうだった。わたしたちは他愛のないおしゃべりをした。わたしはもっぱら自分の農場での羊の出産の準備のことを話した。いつもこの時期はこれで大忙しになるのだ。それから盛りのついたアヒルのことも話した。アヒルたちはわたしの幼い娘が餌をやっていると、発情しはじめるのだ。雄アヒルの信じられないほど伸びたコルクスクリューのような一物のことを五歳の娘に何と説明すればいい？　と。興味津々で目を丸くしたメレリは、それがいったい何なのか、雄アヒルはそんな驚くべきものを使わないときはいったいどういうふうに体内に格納しているのか、と知りたがった。メレリとわたしはことのばかばかしさに大笑いした。

料理が運ばれてきて、わたしたちの陽気さも一休みとなった。メレリはボウルに入ったスープを見ていたが、まるで彼女の顔に幕がかかったようになった。肩をがっくりと落とし、悲しげな目でわたしを見た。

「こんなの、無理」彼女がひどく静かにいった。

わたしは彼女が何のことを話しているのかよくわからなかった。料理のこと？　わたしたちが会っていること？　生活？　わたしはたずねるような顔で彼女を見た。

「ジェシーのことを話していると、いつも部屋に巨大な象が現れるのよ。わたしが入っていくすべての忌まわしい部屋に。その巨大な象が」

唐突に話題が変わったことに、わたしはまだうまくついていけなかった。

「ジョーゼフよ」と彼女は強調していった。「ふつうに日常生活を続けたり、みんなと会ったり、笑ったり、仕事を続けていくなんてできない。ジョーゼフのことを考えずには。彼がどこにいるのか、彼の身に何が起こっているのか、今回のことが彼にどんな影響を与えているのかまったくわからない。でも想像はできるわ。それなのにわたしたちはみんなここにいて、何も起こっていないかのように、彼なんかいないかのように振る舞わなければならないのよ」

わたしには彼女が何をいいたいのかよくわかった。

「こういうことが起こっていることだけで、わたしはすごく落ち込んでいるの」と彼女はつづけた。「ひとつのコーナーには、行き場を失った混乱した子どもがいる。自分と人とをつなぐために人をかんかんに怒らせる子がね。わたしたちはその子が病的な嘘つきで、最も不快な嘘を吐き出すことを知っている。おそらくその子が自分でも本気でいっているのではないことを。でも他にどうしていいのかわからないでそうしてしまうことも知っている。そしてもう一方のコーナーには、善良でやさしい男性がいる。わたしたちがこの世界で必要とするような、とりわけソーシャル・サービスの世界で必要とするまさにそういう男性よ。でも、彼はほんとうにそうなのかしら？　彼は無実で、いま自分の人生を台無しにされようとしているのかしら？　それとも、彼がジェシーの人生を台無しにしたのか？　わたしはもうこれ以上どう考えていいのかわからないのよ。わたしの心はそれを解き明かそうとするのにもううんざりしちゃったの」

メレリの苦境はよくわかった。心の奥底では、ジェシーの申し立てはおそらくカッとなった瞬間に、注目を得ようとしていってしまったことなのだろう、と感じていた。ジョーゼフは無実だと直感していた。でも、もしそうではなかったらどうする？　わたしは一年生を教えていた同僚のことでまちがっていたことがあった。ここで、今回もまたまちがっていたとしたら？

わたしがグラン・モルファに着いたとき、ジェシーはドアのところでわたしを待っていた。わたしがパペットが入った袋を持ってきたことに興奮して、部屋の中まで袋を運ぶと申し出た。「パペットたちに会えてすごくうれしい」と彼女は明るくいって、袋を開けた。「この子たちはあたしの友達なの。親友だよ。こんにちは、ミスター・オオハシ！　こんにちは、ミスター・野ウサギ！」

唐突に彼女の機嫌が変わった。「他の子どもがこの子たちで遊んだ？　パピーはどこ？」彼女は責めるような口調できいた。

「そこにいるわよ。みんなそこにいるわ。見てごらんなさい」

ジェシーは焦った様子で黒いゴミ袋をひっかきまわした。「パピーは底にいた！　息を詰まらせてしまうじゃない！　マグナスもずっと底のほうにいた。エレノアも！　だれか他の子がこの子たちと遊んだんだ」彼女は怒りを隠そうともせずにいった。

「いいえ」とわたしは彼女を安心させた。「他のだれもこの子たちに触っていないわ。この袋はずっと車に置きっぱなしだったから」

「トリイの女の子はどうなの？　その子、この子たちに触った？　この子たちが自分のおもちゃだと思ったんじゃない？」

「いいえ。娘は自分のパペットを持ってるから。うちの子のお気に入りはスーパー・ラブというウサちゃんのパペットなの」

「トリイが見ていないときにこの子たちを触ったのかもしれない」

「いいえ。わたしはこのパペットたちを家の中に持っていってないもの。娘はこの子たちとは遊ばないわ」

ジェシーは顔をしかめた。「ほんとかしらね」とこましゃくれていった。

クマの一匹を手にはめてから、彼女は袋に手をつっこんで野ウサギのパペットを取り出すと、それをわたしに渡した。「これをはめて」

これは変化だった。以前はジェシーはわたしがパペット劇に参加するのをいやがっていた。むしろわたしに見せる「ショーを演じ」たり、ただパペットを使って自分で遊ぶほうを好んでいた。だが、わたしはいわれたとおり野ウサギのパペットを手にはめた。

いつものマグナスとエレノアの役割を捨てて、ジェシーはそのクマをかなり本物っぽいやり方でテーブルに沿って走らせた。唸るような声も出した。

「オーケイ、あたしは森を走ってるクマ。で、トリイはウサギ。ウサギを走り回らせて」

わたしが野ウサギをテーブルのわたしの側に沿って動かしはじめると、ジェシーが突然クマのパペットで攻撃してきた。野ウサギのパペットに飛びかかり、わたしの手をかなり強く叩いた。一瞬レスリングのようになり、それから彼女はパペットをはめたわたしの手が開いたまま、テーブルの上に押しつけた。

「いまのはあまりよくなかった」とジェシーはいった。「クマはスーパー・ラブを食べようとしていたってわからなかったの？　だって、クマってそうするでしょ。クマはウサギをすぐに食べちゃうんだよ。そんなこと、知らなかったの？　だから、今度は逃げるようにして。クマに捕まらないように逃げてみて」

再び、ジェシーはわたしの野ウサギを捕まえて、あっという間に殺してしまった。それからもう一度やりたがった。そしてもう一度わたしにもっとうまく自分を守れと指示した。四回か五回目に、わたしはうまく野ウサギにテーブルの端から姿を消させることに成功した。わたしの腕のほうが長いので、彼女のクマのパペットはそこには届かなかった。

ゲームはどんどん活気づいてきて、わたしの野ウサギが安全な場所に姿を消したときにはジェシーは疲れてはあはあいっていた。わたしはこのゲームの目的を理解したいと興味が出てきた。勝つことが重要なのかどうか、彼女のクマから逃げおおせてわたしが「勝った」ら彼女は腹を立てるのかどうか知りたくなった。だが、彼女はそうではなかった。野ウサギを捕まえることができなくなると、彼女は急に動きをやめ、わたしがこのゲームのちゃんとしたやり方を知らないのかもしれない、とでもいうように何もいわずにわたしを長いあいだじっと見た。それでも、腹を立てたりはしていなかった。その代わりに、かがみこんで袋の中から二匹目のクマのパペットを引っ張りだして、もうひとつのほうの手にはめた。

「わたしは小さな野ウサギ一匹なのに、クマ二匹？　それで公平だと思ってるの？」とわたしはきいた。

「ものごとには公平じゃないこともあるんだよ」と彼女は厳しい顔をして答えた。「ウサギでいるってことが不公平だもの。追いかけてくるのがクマ一匹でも二匹でも、そんなに変わりはないよ。どちらにしても捕まえるんだから」

それからふいに、ジェシーはゲームを変えた。わたしの野ウサギに二回とびかかって殺してから、彼女は動きを止め、片手からクマをはずした。そしてゴミ袋に手をつっこむと子羊のパペットを引っ張りだした。「はい、これもはめていいよ。そしたらあたしたちふたりとも、ふたつパペットを持つことになるでしょ。これでもっと公平になる」彼女は空いていたほうの手にまたクマのパペットをはめた。

「で、あなたはクマが二匹で、わたしは子羊と野ウサギってわけなの」

「そうだよ。で、あんたを殺してやる」

「怒った声ね。わたしがやってきたときには、あなた、パペットで遊べるってワクワクしていたじゃない。でも、何かが変わったわ」

「そうだよ。だから逃げて。トリイのパペットは逃げ切れるかな」

それは三歳児か四歳児でないと楽しめないような、追いかけっこという原始的なゲームになった。だが、そこにはわたしたちは立ち上がってはいけないとか、パペットをわたしたちの腕が届かなくなるほど遠くに動かしてはいけないなどの暗黙のルールがいっぱいあることがわかった。

わたしは自分の側のルールを変えはじめた。子羊のパペットを相手が届かないわたしの背中の後ろに隠した。そして、野ウサギがひどい目に遭うと、子羊を出してきて野ウサギの世話をさせた。「まあ、かわいそうなウサギさん。ひどく傷つけられたのね」そういって、野ウサギの頭を撫でた。

ジェシーは子羊にとびかかった。「ほら。こいつも殺してやった！」

この遊びを始めたときにわたしが感じたのは、ジェシーはわたしとのあいだにテリトリーを確保しようとしている、ということだった。わたしの娘が「彼女の」パペットで遊んだかもしれないと心配していたから。わたしの娘がスーパー・ラブという名前のウサギのパペットを持っているということがわかると、ジェシーは自分が探せる中で最もそれに近いものをわたしに渡し、それから「それを殺す」ことをし続けた。わたしたちの関係や、わたしは自分のものだという娘の主張などをコントロールするのは自分だと感じたくて。

しかし、ゲームを続けているうちに遊びの性質が変わってきて、もっと彼女の強さとわたしの弱さを示すものになってきた。わたしは子羊に倒れた野ウサギを慰めさせることで共感と気遣いという概念の手ほどきをしようとした。が、これはジェシーの目には単に子羊を無防備にするだけだった。わたしがそうするたびに、彼女はすぐに子羊の上に飛びかかって殺した。前回会ったとき、わたしが子どものころいじめられたことにジェシーが自然と共感を示したことと照らし合わせてみれば、今回の展開は興味深いとわたしは思った。前回のことでジェシーには共感を示す能力があるのがわかっていたからだ。

ジェシーはわたしが子羊をあまりに無防備にさせていることにうんざりしてきた。「この子をあたしから逃げるようにしてみて。銃を持っているふりをしてみて。あたしのクマが近づいてきたら、銃で撃つふりをして」

「でも子羊はお友達のことが心配なのよ。お友達を助けたいの。野ウサギは傷ついてるの。子羊は野ウサギの気分をよくしてあげたいのよ」

「ちがう、そういうことじゃないの。これは戦いなんだから。トリイの組はあたしの組と戦ってるの。トリイにはあたしと戦ってほしいの。銃を持ってるふりをして、あたしを撃って。できるならあたしのクマを撃ち殺して。だって、そうしなかったらクマたちがトリイを殺すよ」

「銃を持つのは気がすすまないわね」

「えーと、じゃあ、ただあたしを殺して」彼女はいらいらしていった。「その子羊に素手であたしを殺させて。こんなふうに」彼女はクマの一匹をテーブル越しに飛び出させて、わたしの子羊をテーブルの上に叩きつけた。

わたしたちはクマたちが子羊と野ウサギを追いかけるゲームにもどった。わたしはクマたちに勝たせせた。子羊と野ウサギは必死になって逃げたが、戦い返しはしなかった。だから当然の結果として、クマたちは彼らを捕まえ、食べてしまった。一匹のパペットがもう一匹を慰めようとしていても、何の容赦もなかった。慰めていたほうも食べられてしまった。共感することを示そうとするわたしの態度に、ジェシーは淡々としていった。「そんなことをしたら、その子も殺されるだけだよ。それが戦いというものなんだから」

「仲直りはできないの?」とわたしは提案した。

「だめ。クマはぜったいに子羊や野ウサギとは仲直りできないの。そういうふうにできているんだから」


セッション全部がこのゲームに費やされた。ゲームをしながら、わたしはずっと自問しつづけていた。このゲームは役に立つか、立たないかの境界線ぎりぎりのところにあるような気がしていたからだ。どちらとも決められなかったので、ゲームをしつづけた。エネルギーが無限にあるように思われるジェシーも、ゲームをやりつづけた。それぞれ椅子にすわったままでいるというルールは無視された。彼女は大声で叫びながらテーブルのまわりを走りまわり、わたしのパペットを繰り返し殴った。

ついにわたしはあと五分でセッションが終わる、と警告を与えた。ジェシーは長く派手なため息をついて息を吐き出し、テーブルにつっぷした。「ふぅ!」そういって、両手にはめていたパペットをはずした。「おもしろかった。トリイと一緒にやった中でいちばんおもしろかった」

「それはよかったわ」とわたし。

「トリイも気に入った?」

「あなたと一緒に過ごせたところは気に入ったわ」

「ずっと叩かれていたのは気に入った？」彼女はいたずらっぽく笑った。

「そうね、あなたが楽しんでいたのはわかったわ」とわたしも笑顔を返した。

「でも、気に入ったの？　叩かれるのは好きだった？」

「いいえ、特に好きじゃないわ。あなただって好きじゃないでしょ？　もしあなたがわたしの立場だったら？」

「だけど、あたしは弱いほうの役にはならなかったもの」

「でも、どんな気がする？　遊んでいていつも負けたら？　いつも叩きのめされたら？　あなたならどんな気持ちになるかしら？」

「叩きのめされたのはあたしじゃないもん。あの子たちだもん」そういって、彼女は野ウサギと子羊を示した。

その時点で、ジェシーはわたしの視点からものごとを見るということがよくわかっていないのがわかった。わたしがあのゲームを気に入っていたかと彼女がたずねたという事実に、わたしは彼女がわたしなりの見方というものに気づいていたこと、そしてわたしが気に入っていなかったことを彼女は知っていたことを考えさせられたが、これこそがポイントだとも思った。ここで彼女に視点を変えるよう主張しても、彼女がこの時間ずっとやってきたことを台無しにするだけだろう。そこでわたしはコメントの仕方を変えてみることにした。「もしわたしたちが友達でいられたら、わたしはゲームをもっと楽しめたでしょうね」

「そんなの無理だよ。クマはぜったいに野ウサギとは友達になれないもの」

「それを変えることはできないかしら？」とわたしはきいた。「クマがあんなに意地悪なのは、彼がすごくお腹が空いているせいだと野ウサギが気づくかもしれないわ。それともクマはどういうわけか自分で自分を傷つけたからなのかも。もし野ウサギが『どうしたの？　助けてあげようか？』っていったらどうなるかしら？　野ウサギがクマの気分がよくなるように助けてあげたら、そうしたらクマはそんなに怒らないようになるかもしれないじゃない」

「ダメェー。ばかじゃないの」とジェシーはいい、わたしのほうに手を払うしぐさをした。「そんなふうにはできてないの。クマはウサギが大嫌いなの。それだけ。それから野ウサギも。子羊も。クマは彼らが大嫌いで、いつも食べちゃいたいと思ってるの。それでいいんだよ。だってクマってそういうものなんだから」

わたしはジェシーをじっと見つめてすわっていた。

「ほんとうだよ」彼女は何もいわないわたしに向かっていった。

わたしは答えなかった。

「ほんとうだってば」彼女は近づいてきて、まるでわたしの顔をはたくように、わたしの顔の近くで手をひらひらさせた。「ほんとう、ほんとう、ほんとうなんだって。そういってみて。ほんとうだっていって」

わたしは彼女ににやっと笑った。

彼女も笑い返した。「あたしは今日トリィを百万回叩きのめした。だからあたしが正しいの。あたしが正しくてトリィがまちがってるの。そういって。だってあたしがそうだって証明したんだから」

「わたしの野ウサギの気持ちを変えるには百万回は十分じゃなかったわ。あなたのクマは今とはちがうクマになれるってわたしはまだ考えているもの。彼は変わるのがただ怖いだけだと思うの。クマにとっては、野ウサギの話に耳を傾けるより、彼を食べちゃうほうが簡単なのよ」

「百万一回。百万百万回。それだけやっても、クマは野ウサギを食べるよ」

「ずいぶんたくさんね。でも、それでもまだ十分じゃないわ」

「百万百万百万回！」ジェシーはいって笑った。彼女はわたしのひざの上にすわり、両腕をわたしの首にからませた。「それだけの回数あたしはトリイを叩きのめす。百万百万百万百万回。そうしたらトリイは死んで、おばあさんになっちゃう」

「それでもまだ十分じゃないわ」

彼女は声をあげて笑った。「大好き」

21

わたしが次に会いにいったとき、ジェシーにはニュースがあった。

「何だと思う？　お母さんとお父さんがあたしを外に連れていってくれたんだよ。日曜に来て、一緒にドラゴン・ワールドに行ったの。ドラゴン・ワールドに行ったことある？」

それは地元にあるケルト神話に基づいて作られたテーマ・パークだった。『経験』と名づけられているものは、暗闇やスモークの出る機械を駆使して、自然な動きをするドラゴン、魔女その他のおとぎの国のキャラクターが出没するものだった。わたしは一度、というか、ほぼ一度行ったことがあった。幼い娘に連れていってくれとしつこくせがまれたからなのだが、正面入口を入ってすぐのところで煙の中から最初の魔女が飛び出てきたとたんに、娘は走って外に逆戻りし、わたしたちの訪問はそれで終わりとなった。わたしがジェシーにそのことを話すと、彼女は心の底から笑った。

「あたしは怖くなかった。好きだったよ。お父さんにいったんだ。『ドラゴンを全部連れてきて』って。そういったのは、あたし、本物のドラゴンがいる時代に生きていたかったから。それでも怖くなかったと思うよ」

「ずいぶん楽しかったみたいね」

「お母さんはいまポンドランドで働いてるんだ。レジ係をしてるんだけど、ときどきは品物を棚に並べたりもするの。忙しくないときにはね。お父さんは工場をクビになっちゃった。でもいいんだって。それほど好きな仕事じゃなかったから。でも、あたしはまだ家に帰れないの。あたしの面倒を見る人がだれもいないから。お父さんはいつも就職の面接に行っているし、ジェンマはケータリングのコースをとってるから、やっぱりほとんど家にはいない。それにお母さんはまともな仕事についてるし。そのこと聞いてた？　お母さんはもう一日中家でぶらぶらしてはいないんだよ。いいことだよね」

「なるほど」

「ジェンマは来なかった。あたしとお母さんとお父さんの、三人だけだった。それに正面入口の売店で売ってるバーガーを食べたんだよ。あたしはマクドナルドに行きたかったんだけど、お父さんがこれでじゅうぶんだっていったの。それからドラゴン・ワールドに行ったんだ。お父さんは中身のわりには高すぎるっていったけど、あたしはよかったと思った。だけど、あそこは小さな子ども用じゃないよ。トリイのところの女の子があそこを好きじゃなかったのも当然だよ。あそこを好きになるには十歳くらいじゃないと。たぶんあたしと同じ歳の子の多くも怖がるんじゃないかな。でもあたしは怖くなかった。すばらしいと思った。す、ば、ら、し、かった。もう一度行きたい。あの大きな緑のドラゴンの鼻を殴ってやりたい。出てきてみんなを怖がらせるやつだよ。あれがいちばん大きいの」

ジェシーは言葉を切って、息をついだ。ここまでのすべてが、わたしが着くなりただちに伝えられたのだった。彼女はまだすわってもいなかった。部屋を見まわしてから椅子を引き、たずねた。「今日はパペットたちを持ってきた？」わたしが持ってきたことを彼女は知っていた。黒いゴミ袋がそこにあったからだ。

わたしは笑みを浮かべた。

「やっとあたしのことがわかってきたみたいだね？」ジェシーは上機嫌で、でも少しえらそうにいった。まるでわたしが複雑な芸当をうまくできた犬か何かのように。

袋を開けて、彼女はパペットを取り出しはじめた。いつもそうするようにパピーを抱きしめ、パピーがわたしたちを慈愛に満ちた目で眺められるようにテーブルの上に置いた。それからドラゴンのパペットを持ち上げた。「これはほんとうにいいわ。このパペットは。この作り方を見て。金みたいに光ってる。ドラゴンは金が大好きなんだよ。知ってた？　あたしは知ってた。このパペットは金でできているみたいに見える。これはドラゴン・ワールドにいるドラゴンみたいにいいよ。あたし、あそこの男の人にそういったの。ここのドラゴンと同じくらいすてきなドラゴンがどこにいるか知ってるって。これのことをいったんだよ」

彼女は手からそのパペットを離すと、テーブルの上に置いた。その後からオオハシ、ユニコーンも取り出して、これらもテーブルの上に並べた。それから先週クマたちにひどい目に合わされた子羊のパペットも取り出した。ジェシーは子羊を手にはめると、子羊の顔が彼女の正面に来るように向きを変えた。「子羊のラリー」と彼女はパペットにいった。「子羊は何にもできないの。ドラゴンは子羊を一口で食べちゃうんだから」

彼女は子羊を手にはめたまま、子羊の顔をじっと見つめつづけた。「またドクター・ヒューズに会ったよ」とわたしにというより、子羊に向かっていった。それからパペット越しにわたしを見た。「あのセックスおばさんだよ。お人形を持った。覚えてる？」

「心理学者の人ね。警察に頼まれてきた」とわたしはやさしく訂正した。

ジェシーはうなずいて、子羊に向きなおった。彼女はパペットをひっくり返した。「あんたには性器があるの？」ジェシーはそうたずねてから、そのふわふわした羊毛を指でさぐった。「ないね」

突然彼女はあたりを見回した。「裁判をするよ、このパペットたちが」彼女はドラゴンをつかんだ。「この子が裁判官」彼女はドラゴンをテーブルの真ん中に置いた。「それからここにクマ夫妻。この人たちは両親だよ。それからここに子羊ちゃんとユニコーンとそれから……野ウサギはどこ？　野ウサギがクマたちのもうひとりの子どもなの。あの人たちには子どもが三人いるんだ。それからパピーには児童心理学者をやってもらう。ううん、パピーは子どもたちのソーシャル・ワーカーにしよう。あの大きなダチョウのパペットも出させて。この子に心理学者をやってもらおう。こういうんだよ。『何が起こったのかわたしに示すためにセックスしなさい』って」

ジェシーはわたしのほうに身を乗り出して、ささやくようにいった。「あの人はずっといやらしいことをいいたいだけなんだと思う。あの人はこんなことをしてお金をもらってるんだよ。あたしはそんなことにひっかからない。あたしはそういう話にのって面倒なことに巻き込まれたりしない」

彼女はパペットをすべてテーブルの上に並べると、子羊のパペットをまた手にはめた。そしてもう片方の腕でそれをしばらく抱いた。「さあ、裁判が始まるよ。クマ夫妻が子どもたちを返してもらえるかどうかを決める裁判なの。わかる？　クマたちは子どもたちを連れていかれたんだよ。子どもたちはホームに送られたの。クマの夫婦はヘロインをやっていたから。スマック（ヘロインのこと）をやって一日中だらだらしていて、子どもたちにちゃんと食べさせなかったんだよ。子羊ちゃんはあと少しで飢え死にするところだった。子羊ちゃんは死にかけたから病院に入れられた。でもクマの夫婦は気にしなかった。それでいま、裁判官が夫婦は子どもたちを返してもらえるかどうかを決めようとしているんだ。野ウサギはそうならなければいいと願ってるの。野ウサギは『あたしがあなたたちふたりの面倒は見るから』っていってる。ね、野ウサギはいちばん上の子どもなの。野ウサギは十五歳くらいかな。ユニコーンは十歳くらい。でも子羊ちゃんはまだほんの赤ちゃんなんだ。ほんとに小さいの。で、みんな子羊ちゃんにごはんをあげるのを忘れちゃうんだよ」

ジェシーはあっという間に自分のお芝居に没頭していった。他に問題があったにせよ、彼女はときとして驚くほど集中する能力があり、これが起こったときには他のことはすべて彼女の頭から消えてしまうようだった。すぐに彼女は法廷を創り上げてしまった。その法廷は、もしジョーゼフとの件が裁判になったらジェシーが実際に経験するような法廷ではなく、テレビに出てくるようなものだった。

「ドラゴンの裁判官がいうの。『クスリは抜けてますか？　クスリをやめてますか？　もうまともな仕事についてますか？』お父さんクマはただそこに寝そべっているの。ほら、ね？」そういってジェシーはわたしの腕を押して、テーブルの上に横たわっているパペットを指さした。「彼はまだクスリでハイになってるの。スマックとマリファナとヘロインをやってるんだよ。全部を一度に。だからあそこに寝そべってるんだ。で、ドラゴンの裁判官がいうの。『あなたは悪い父親だ。悪い、悪い、父親だ。自分の子どもたちにまったく注意を払わないのだから。子どもたちに何が起こってもおかしくない』って」

ジェシーは身を乗り出してもう一匹のクマをテーブルの向こうに押し出した。「お母さんクマもあそこに寝そべってるの。お母さんもスマックとヘロインをやったのかな？　それともただ怠けているだけ？　もういっぱいいっぱいで落ち込んでしまったのかな？　あまりにもいっぱいで？　お母さんは子どもたちを手放したいの。そうお父さんクマにいってる。子どものクマたちにもいってる。『あんたたちから離れたいわ。あんたたち、死んでくれればいいのに。さあ、少しヘロインをやりなさい。ヘロインの煙を少し吸いなさい。そうすれば死ねるから』」

わたしはジェシーがパペットたちで遊んでいるのを黙って見ていた。わたしの知るかぎりでは、彼女の家族は薬物の問題は抱えていなかったし、彼女が薬物の名前や使い方について多少混乱しているところからすると、自分の家庭で薬物が使われていたことを明らかにしているのではないように思えた。グループホームの子どもたちの多くは、ヘロイン依存症が大きな問題である家庭から来ていたから、ジェシーはこれを虐待やネグレクトの理由として取り上げたのではないだろうか。それでも、彼女がパペットたちとする会話にからめとられていくうちに、彼女の家族の機能不全、とりわけ自分の子どもたちの世話をしなかった両親について知る足掛かりとなった。パペットの家族では、彼女がこれをヘロイン依存症のせいにしていることが、わたしには興味深かった。彼女はこれを自分の両親のやる気のなさの説明にしようとしているのだろうか？　また、彼女がこれをいい出したのが、両親が彼女と一緒に過ごしたという週末の後だったことにも興味を引かれた。

　ジェシーはユニコーンのパペットを引っ張ってきて、自分の手にはめた。指でそのたてがみを撫でてから、虹色の王冠も撫でた。「このパペット好きじゃない」と彼女はわたしにいった。

　何か反応してほしそうだったので、わたしはきいた。「どうして？」

「この角が嫌い」と彼女はユニコーンの角の柔らかい銀色の素材を指でさぐった。「これは女の子のユニコーンだよ。だって全部女の子っぽい色だもん。マイ・リトル・ポニー（女の子向けのおもちゃ）みたい。これのほうがもっと女の子っぽいけど。マイ・リトル・ポニーも嫌い。あたしは女の子女の子してるものは嫌いなの。あたしはそういうのよりもっとたくましいもん」

「なるほどね」

「女の子女の子したものはだまされやすい人向けなんだよ。頭の弱い人のこと」

「そういうおもちゃはあなた向けではないと感じているのね」とわたしはいった。

「小さな子どもはこういうのが好きなんだよ。何もわかっていない小さな子どもたちが。それと女の子。メラニーみたいな女の子だよ。ブロンドの髪をしていてこんなふうにまばたきする子」ジェシーはまつげを大げさにパチパチしてみせた。「あの子はジョーゼフによくこうしてた。『ジョーッゼフ』って呼んでまばたきをし、髪の毛をかきあげるの。そういうのがセクシーだと思ってるから。あの子だったらレインボー・ユニコーンで遊ぶのが好きだと思う」

「メラニーがそんなふうにするとジョーゼフはどうしたの?」

ジェシーは肩をすくめた。「別に。メラニーはばかだったもの。ジョーゼフはそれがわかってたし。ただ無視してた。でも、無視しても彼女を止めることにはならなかった。メラニーは『ジョーゼフはあたしと結婚するわよ』っていってた。あの子は本気でそう思ってた。だからあたしがいったの。『そんなことないよ。だって、彼はもう結婚しているもの』って。そしたらあの子はいったの。『あたし網タイツを持ってるんだ。この前お母さんの家に行ったときにもらってきたの』あの子は網タイツをあたしに見せてくれた。ばかじゃないの、とあたしはいった。あの子は完全に勘ちがいしてる。ジョーゼフはあの子と結婚しないよ」

「ええ、そんなことにはならないわ」とわたしはいった。

ジェシーはまだユニコーンのパペットを手に持っていた。再び彼女は円錐状の角に触れた。

「このパペットは飛び出してるものがついてちゃだめなのに」と彼女はいった。

「角は布でできてるのよ。仮にこれで突いても、だれも傷つけたりしないわ。強く押したらぺたんと折れ曲がるくらいだもの。ね。手でやってみてごらんなさい」

「だけど、これは女の子のユニコーンだよ。だから、こんなふうに突き出ているものがあっちゃいけないいんだよ。女の子は突いたりしないんだから」彼女は子羊のパペットをもう片方の手で取り上げると、それを手にははめずにただ持っていた。それからユニコーンの角で子羊の後ろ脚のあいだを突きはじめた。「ほら、これでいけない場所を突っつくこともできるんだよ」

頭を上げて、ジェシーはテーブルを見渡した。「それに、あっちを見て。だれも気づいていない。お母さんクマはまだあそこで寝そべってる。お父さんクマもまだあそこで寝そべってる。ツン！　ツン！　ツン！　やめて！　やめて！　やめて！　子羊ちゃんはそういっている。子羊ちゃんはヴァギナを突っつかれて、この子はそれがいやなの。でもだれも気づかない。ユニコーンはいうの。黙れ、さもないとおまえの心臓を突き刺してやるぞ。おまえの頭を突き刺してやるぞ。そうしたら頭が爆発しておまえは死ぬんだ。

さあ、裁判官がやってきた。ドラゴン裁判官だよ。ドラゴン裁判官がいう。『おまえを牢屋に入れるぞ、ユニコーン』でもユニコーンはこういうの。『あんたはふりをしているだけだ。ドラゴンはふりをするだけ。だれもドラゴンのことなんか怖がることはない。だってドラゴンはほんとうにはいないんだから』おしまい。あたし、もうやめる」ジェシーはユニコーンのパペットをふり払うようにはずすとテーブルの上に投げつけた。

「突然終わっちゃったのね」とわたしは驚いていった。

「裁判ってそうだよ」とジェシー。

パペット遊びがあまりにも唐突に終わってしまったので、わたしたちのまわりに目立つほどの沈黙が垂れこめた。

「今日はもうこれでおしまい」とジェシーはいい、テーブルを眺めた。「これを全部片づけなくっちゃ」彼女は黒いゴミ袋をつかむと、テーブルの上のパペットたちを一気に手で掃くように開いている袋の口へと落とした。少しは袋の中に落ちたが、大半は床に散らばった。

わたしは前かがみになって野ウサギを拾い、黒い袋の中に入れた。

「どうしてトリイがあたしにこれをさせたのかわからない」とジェシーがいった。

「あなたに何をさせたって？」

「このパペットたちで遊ぶことを。トリイってあのセックスおばさんみたい。それがトリイのやりたいことなんでしょ？　あたしにセックスのことをしゃべらせるってことが。あたしにメラニーとジョーゼフのことをしゃべらせたかったんでしょ？　あたしにセックスのことをしゃべらせたかったんだ。こういうパペットを持ってきたら、あたしがパペットたちにセックスをやらせるって考えてたんだ」

わたしは驚いてすわりなおした。「ジェシー、わたしはあなたにパペットで遊ばせるようにしむけたりしてないわ。あなたがパペットで遊ぶことを選んだんじゃない。やめることも選んだし」

「あんたたちはみんな変態だよ。トリイもトーマス先生もあの警察の心理学者のおばさんも。みんな自分の目の前で小さな子どもたちにセックスをやらせたいんだ」

「あなたはパペットたちと遊ばされていると感じているのね？」

「あたしのいうことを全部繰り返すのはやめて。いつもあたしのいったことを繰り返すじゃない。そうされるとほんとに腹が立つ」

「わたしはただあなたがいってることを理解しているかどうかを確かめようとしているだけよ」

「そう、じゃあいってあげる。これがあたしが感じていること。あたしはこのパペットたちが大嫌い。トリイがそうさせるから、この子たちと遊ぶだけだよ。だってトリイがここにいるあいだにあたしができることは他に何もないもの。トリイと一緒にいるときって、すっごく退屈だもの。だからこれをするしかないんだよ。トリイがこの子たちを持ってきたんじゃない。だからあたしのいうとおりだってわかってるでしょ。変態。トリイは自分の前であたしにセックスをやらせたいんだ」

「パペットたちの裁判はずいぶん激しい気持ちをもたらしたみたいね。いまどういう気持ちかを言葉で言い表せる?」

「この変態」

「あなた、すごく興奮して入ってきて、ご両親と外出したときのことをわたしに話したわよね。わたしたち、そのことをしばらく話したわ。それからあなたはパペットで遊びたがった。あなたが裁判をしたがったのよ。そして今度は性的なことがらで動転している。わたしたちが今日の午後やったことが原因で、自分の気持ちをコントロールできないようになっているような気がするんだけど」

ジェシーはすさまじい表情をしていた。顔に怒りの暗雲がたちこめていたので、わたしに向かって怒鳴るのだと思っていたが、そうはならなかった。彼女はまだしばらくのあいだわたしを睨みつけていたが、やがて目をそらした。

「いまあなたの心の中で起こっていることを言葉でいってみましょう。最初に入ってきたとき、ご両親と一緒にドラゴン・ワールドに行ったことを話したわよね。その外出のことをわたしに話していたときは、どんな気持ちだったの？」

沈黙。

ジェシーは長いため息をついたが、それと一緒にわたしたちのまわりの空気をピリピリさせていた緊張感も少し吐き出した。彼女は聞かれてもいない質問に答えるかのように、頭を振った。

「わかった、別のことを思いついたわ。あの定規を出しましょう」わたしは仕事かばんを開けて、ジェシーとわたしが初期のころに使っていた、上に数字を記した細長いプラスチック片を取り出した。わたしたちがセッションを再開してからは、これの出番はあまりなかった。わたしはチェッカーの駒も一握り出した。

「さあ、こっちの端の10は『ほんとうにすばらしい、すごく幸せな気持ちにしてくれる』って意味よ。それからこっち側の端の1は『ほんとうにいやな気分になる。大嫌い。すごく不幸』って意味。じゃあ、あなたが最初に入ってきたとき、わたしたち、あなたがご両親と一緒にドラゴン・ワールドに行ったことを話したわよね。はい、ここにマーカーがあるわ。わたしたち、これをどこに置く？」わたしはできるだけ押しつけがましくないように、それでいて答えてくれることを明らかに期待しているような声でいった。

ジェシーはギラギラした目でわたしをまっすぐに見た。

「何なの？」とわたしはきいた。

「どうしていつも『わたしたち』っていうの？　自分のこと女王様だと思ってるみたいに。いつもそういうじゃない。いつも。マーカーを置くのはあたしで、トリイじゃないでしょ。だから『わたしたち』っていうの、やめて」

「その言い方が不愉快だったのなら、悪かったわ。でも、このことを今話しましょう。わたしがきいたのは、あなたが最初に入ってきたとき——」

「黙って！」ジェシーは怒って叫んだ。

わたしは口を閉じた。すわりなおして、両手を重ね、静かに待った。

「黙って！」ジェシーがまた叫んだ。

わたしは答えなかった。代わりに、視線を彼女からそらし、プラスチックの定規を見た。

「黙って、あたしに話しかけないで！　とにかく静かにしてよ！」彼女は叫んだ。わたしがすでに彼女に話しかけるのをやめていることに気づいていないようだった。

やがてそれに気づいたが、そのことがいっそう彼女を怒らせたようだった。「あんたなんか大っ嫌い！　あたしはここにいたくない。あんたが嫌いだから！　大っ嫌い！」

彼女はすでに立ち上がっていたが、今度はテーブルのところから立ち去りドアに向かった。

「もう行くから」

「残ってくれたほうがいいんだけど、でもそれはあなたが選ぶことよ。そうしたいのなら行ってもいいわ」

「もう行く」彼女はドアを開けた。「行くから」

わたしはそれ以上何もいわなかった。

ジェシーは廊下に出て、ドアをラッチがカチッとはまる寸前まで閉めた。しばらく沈黙があり、それから彼女がドア越しにいった。「ほんとに行くから」

わたしは答えなかった。

ジェシーがドアを押し開けた。わたしをちらりと見ると、それから視線を床に落とした。

「部屋にもどりたいの？」とわたしはきいた。

「ちがう」

沈黙。

「今日はいろいろと気難しいのね」

ジェシーは答えなかった。

「ほんとに部屋に戻って来たくないの？」

「さっきパペットについていったことは本気じゃなかった」彼女は小さな声でいった。

わたしはうなずいた。

「パペットたちは好きだもん」

「わかったわ」

「あの子たちを連れていってほしくない」

「わかった」

「あの子たちが大嫌いだっていったのも本気じゃなかった」

「ええ、わかってるわ」

ジェシーは部屋にもどってきた。テーブルのわたしがいる側にやってくると、しゃがみこんで黒いゴミ袋を開け、パペットたちを覗いた。「セックスのこととかしたくなかったからああいったんだよ」

「パペットを使って、という意味？」

彼女はうなずいた。

「パペットを使ってセックスのことなんかしなくてもいいのよ。あなたがやりたいようにパペットと遊んでいいんだから。だれも傷つかないかぎりはね」

ジェシーは答えなかった。

「あなたがパペットたちと遊んでいたときに、ドラゴン裁判官がいる裁判の一部としてセックスのことが出てきたみたいだったけど」

「だれかがあたしのパンツの中に指を入れてくるのは好きじゃない」

「ええ、それはよくわかるわ」

「あたしのあそこに触ったりして」

「いつそんなことが起こったの、ジェシー？」

「あたしにいうんだよ、『いったらだめ。いったらだめ、さもないと叩きのめすから。いったらだめ、さもないとおまえの赤ちゃんグマを取り上げてビリビリ引き裂いてやる。おまえが持っているものを全部めちゃくちゃにしてやる』って」

「だれがあなたにそういってるの？　だれがあなたのパンツに指を入れるの？」

「あのセックス・ドクターだよ。あの警察のセックス・ドクターのおばさん」

「ドクター・ヒューズがあなたの自分だけの場所を触ったっていうの？」

ジェシーはうなずいた。「あの人が指をあたしのパンツに入れてきたんだ。あたしにあの人のあそこに触れともいった。もしあたしが舐めてあげたら、二十ポンドくれるとも。そうしなかったら、あたしはここに永遠にいることになって、お父さんともお母さんとも二度と会えない、って」

22

ジェシーが行ってしまってから、わたしは片手で目をおおい、頭を抱え込んでそのままテーブルに向かってしばらくすわっていた。わたしは彼女が警察の心理学者についていったことを報告しなければならないのだ。法律でそう決まっていた。

自分が『不思議の国のアリス』の中の端役になったような気がした。ウサギ穴の底にある、上が下で下が上の不気味な世界に捕えられてしまった。このことをいったいどう解読すればいいのだろうか？　ジェシーはとにかくああいうことをいい続けていた。だが、彼女はただいっているだけなのだろうか？　何が事実なのか？　何が作り話なのか？　何がほんとうに彼女の身に起こったことなのか？　それはいつ起こったのか？　誰がかかわっているのか？　昔のことなのか？　それとも現在のことなのか？　それをわたしたちはいったいどうやったら見つけることができるのだろうか？

わたしはアメリカの個人経営のクリニックで働いていた三十代前半のころのことを思い出した。

わたしはそこで科学研究専門の心理学者だったが、同僚のほとんどはフロイトの説に夢中になっている精神科医だった。人間の行動を説明する手段として夢、欲望、性的なファンタジーを使うフロイトのうさん臭い世界に、当時わたしは否定的だった。わたしには古めかしく思えたのだ。わたしはあくまでも理数系で、観察できる行動と測定できる結果に断固としてこだわっており、これこそが行くべき道だと信じていた。たしかに、わたしたちはその方向に向かっていたことが後になってわかった。学校、活動プログラム、セラピーはすべてフロイトから離れ、ユングから離れ、ヒューマニズムから離れて動いていき、行動主義へ、実用的手段とメソッドへ、薬物療法へと向かっていった。

歳を重ね、より賢明になった今のわたしには、わたしたちのだれも特効薬など持っていないことがわかっていた。すべてのことがときには効くが、常に効くものなど何もないのだった。ジェシーと進んでいく最善の方法を考えてすわりながら、わたしはフロイト派の同僚がいたあのクリニックのスタッフルームに戻りたくてたまらなくなった。あそこだったら彼らが大得意とする、あの発展性のある解釈的な考え方を使ってなんとかすることができただろうに。ジェシーがわたしに何をいおうとしているのかを理解する新しい方法が、わたしには必要だった。

次の朝、わたしはメレリに電話をしてセッションのときのことを話し、ドクター・ヒューズについてのジェシーのコメントをどう考えるかときいた。たしかにこの話はいかにもジェシーらしいものだ、とメレリは同意したが、それでも申し立ては正式に記録されなければならないのだった。メレリはその関連の書類をわたし宛に郵送する、といった。

それから、メレリはジェシーが両親と一緒に外出した話を持ちだした。両親が彼女と一緒に過ごすのは半年ぶりのことだったのだが、メレリから聞いたのは、ジェシーがわたしに語ったのとはひどくちがった話だった。たしかに一家はバーガーを食べに行き、それからドラゴン・ワールドへ行った。だが、バーガー・スタンドでジェシーは自分のバーガーに特別にタマネギを入れてくれるよう頼んだ。だが、そのバーガーが出されると、ジェシーはタマネギの様子が気に入らなかったようで、立ってタマネギを取り除き、それを他の人が列を作っている地面に捨てた。父親が彼女に落としたタマネギを拾って、ちゃんとゴミ箱に捨てるようにいうと、ジェシーは腹を立て、バーガーを丸ごと地面に投げ捨てて舗道の上で踏みつけた。両親はジェシーの反応性愛着障害を扱う際には特別扱いしないようにといわれていたので、父親はその場で「バーガーがほしくないのなら、それでもいい。だが、自分のバーガーをだめにしてしまったからには、あと食べるものはフライドポテトしかない」といった。それから、気の毒だがもうフライドポテトはあまり残っていないから、ジェシーはお腹が空いたままだろう、といった。バーガーを食べられないことに気づいたジェシーは大騒ぎをしだし、車に連れていかれて静かになるまで待たなければならなかった。

ドラゴン・ワールドの入口に着くと、父親がまだ料金を払っているあいだに、ジェシーは柵をかいくぐって敷地内に走って行き、クモの巣だらけの狭い通路に姿を消してしまった。場内に入った両親はジェシーを見つけることができず、さまざまな展示物など見る暇もなく慌てて彼女をさがしながら通路の最後まで来てしまった。そこにもジェシーはいなかった。スタッフは両親に入口まで戻ってもいいといったが、それでも彼女はみつからなかった。彼らが外に出るとジェシーが料金係と一緒にいて、両親が自分を置いていったので、自分は迷子になったと泣いていた。それよりも心配だったのは、彼女が血だらけだったことだった。場内でだれかに襲われたのだとジェシーは言い張った。だが、父親は血は彼女の腕のかさぶたをはがしたところから出ているのを見つけた。おそらく自分でその血を塗りたくったのだろう。しかし、スタッフはすでに警察を呼んでいた。さいわい、彼らはことの顚末を理解してくれた。

メレリはため息をついた。「いうまでもないことだけど、両親は次回の訪問の予定を決めるのを拒否したわ」

いつもの火曜日のセッションのためにわたしが次にグラン・モルファを訪ねたとき、ジェシーは隔離室に入れられていた。エニールの説明によると、ジェシーはメラニーの小さなクマのぬいぐるみを盗んだということだった。メラニーの部屋は廊下をはさんでジェシーの部屋の向かいにある。ぬいぐるみはその二、三日前からなくなっていて、そのときに探したがみつからなかった。それが今朝になって、ジェシーが自分の部屋でそのクマのぬいぐるみで遊んでいるところをスタッフが見つけたのだ。彼女は、これは自分のぬいぐるみだ、外出のときに両親が買ってくれたものだ、メラニーのクマと似ているように見えたとしても、それは偶然にすぎない、と断固として言い張った。そのスタッフは、このぬいぐるみがジェシーのものでないと確信していた。両親と外出して帰ってきたときに贈り物を持っていたという記録がなかったからだ。それに、ジェシーがいくら抗議しても、これはそのスタッフの側の見逃しではなかった。クマのぬいぐるみは彼女のものではなく、彼女はメラニーに返さなければならなかった。この結論にジェシーは癇癪を起こし、冷静になるまで隔離室で過ごすことになったのだった。これでこの件は一件落着したと思った、とエニールはいった。だが、そうではなかった。その朝遅く、女の子たちがトイレにいるときに、メラニーがクマのことでジェシーをからかったのだ。それが起こったときエニールは居合わせなかったが、女の子たちのひとりが彼女に話したところによると、ジェシーは両親からプレゼントをもらったという話をでっちあげたのだ、とメラニーがいったという。なぜなら彼女の両親はジェシーを追い払えて喜んでいるのだから、彼女にプレゼントなんてするわけがないのだから、と。ジェシーは怒りを爆発させてメラニーの髪をつかみ、彼女の頭をシンクに打ちつけた。

わたしは隔離室に入っていった。そこは物置とたいして変わらないくらいの狭いスペースで、大小の枕がいっぱいあった。大きな枕の重みが心を鎮めてくれるとわかって、その下に潜り込む子もいた。また、枕で巣のようなものを作ってその中で休む子もいた。ジェシーのように、エネルギーが発散されるまで怒りにまかせて枕を殴りつける子もいた。すべての枕を部屋のひと隅に叩きつけて、床にあぐらを組んですわっていたジェシーは、わたしが入っていくとぎらぎらした目でわたしを見た。

「なんでここにいるの?」恨んでいるような口調で彼女がきいた。

「今日は火曜よ。わたしたちのセッションの日じゃない」

「ううん、ちがうね。だってあたしはここにいるから。あたしはひどい子だから」

その声があまりに不愉快そうなので、わたしは思わず笑ってしまった。わたしはジェシーが大好きだった。ほんとうに大好きだった。彼女はたしかにトラブル・メーカーだったが、その獰猛でどうしようもない気性が好きでたまらなかった。

彼女の前の床にあぐらを組んですわり、わたしはきいた。「で、何があったの？」

「いう必要ないでしょ」

「ええ、必要はないわ。でも、だれかにあなたの側の話を聞いてもらうと気分がいいこともあるわよ。だから、わたしに話したいんじゃないのかな、と考えたんだけど」

「だったら、いつものとおり、考えちがいだね」

わたしは立ち上がった。

これにジェシーは驚いた。「どこに行くの？」見上げて彼女はきいた。

「あなたがしゃべりたくないのなら、それでいいのよ。そっちを選ぶのはあなたの自由だから、別に気にしないわ。でもわたしはここにしゃべるために来たの。だから、あなたが話したくないのなら、もう行くわ」

彼女の表情が暗くなった。「ほらね？　そうやって行こうとするんじゃない。あたしの側のことなんてほんとうは知りたくないんだ。ただ口でいってるだけ。そういわなきゃいけないからいってるだけなんだ。ほんとうはさっさと帰りたいくせに。トリイも他のみんなと一緒だよ。ここにいなくてもいいのなら、できるだけ早くここから出ていきたいんだ」

「あなたがそんなふうに感じているんだったら残念だわ。だってほんとうはそうじゃないから。わたしがここに来るのは、あなたに会いたいからなのよ。あなたがわたしに会いたくないときには悲しくなるわ」

「嘘つかないで。ここに来るのは、お金を払ってもらっているからじゃない。しっかりお金を払ってもらってなかったら、だれもあたしに会いになんかこないよ。それがほんとうのことだって、知ってるもの」

「それはちがうわ。だって、わたしはお金を払ってもらってないもの。わたしはボランティアなの。ここに来るのはわたしが来たいからなのよ。あなたに会うのを楽しんでいるの」

しばらく沈黙が流れた。ジェシーはこんな答えが返ってくるとは思っていなかったのだろう。それで、どう答えたらいいのか考えるのに少し時間がかかったのだ。彼女は床を見て顔をしかめた。そしてついにいった。「トリイに会いたくなかったとはいってない。話したくなかったっていったんだよ」

「あら、そうだったの。わたしの勘ちがいね。だったらもうしばらくここにいて、一緒にすわって、でもしゃべらないってことにする?」

「今度はあたしのことばかにしている」

わたしは深く息を吸い込んだ。「あなたがそんなふうに感じたなんて残念ね。でも、わたしはあなたのことをばかになんかしていない。わたしがきいたのは、あなたがそうしたいのかもしれないと思ったけど、でもあなた自身で自由に決めてほしかったからなのよ」

「決めるのはもううんざりだよ。なにもかも決めなくちゃならなくて、そういうことが多すぎるんだもの」

「そうなの。じゃあ、わたしはただすわることにするわ。そこからスタートしましょう」

頭を下げて、ジェシーはゆっくりとうなずいた。「いいよ」

わたしは再び床に腰をおろしたが、今度はわたしたちふたりともがドアに向かい合うように彼女の隣にすわった。

沈黙。ジェシーは頭を垂れていたので、彼女の赤毛が前にかぶさり、顔がよく見えなくなっていた。わたしは髪がずいぶん長くなったことに気づいた。次にカットするのは、子どものためのかつらを作るチャリティーに寄付できるまで長く伸ばしてから、と彼女が前にいっていたことを思い出した。それがほんとうかどうかはわからなかったが、今では彼女の髪はじゅうぶん長くなっていた。それで、そのことを敢えて話題として取り上げるべきだろうか、と考えた。そうすればこの隔離室に張りつめている緊張感を和らげることができるだろうか？　それとも、沈黙をとったままただすわっているべきだろうか？　これはジェシーを相手にした場合の難しいところだった。彼女が何でいきなり怒りだすか、何がうまく効くのか決してわからないのだ。

五分か六分ほども黙って一緒にすわっていただろうか。そのときわたしはジェシーが泣きだしたことに気づいた。彼女は泣くことを嫌っていた。泣いているところをみつかるのをいやがっていた。だからわたしはそのことに注意を向けずにいった。「抱っこしてほしい？」

彼女がうなずいたので、わたしは片方の腕を彼女の両肩にまわした。

「ちょっと打ちのめされそうな気分なのかな？」

彼女はもう一度うなずいた。「あたしのクマのぬいぐるみのことを考えていたの」と彼女は涙ぐんでいった。

「あなたが返さなければならなかったクマ？」彼女がもうひとりの女の子から盗んだぬいぐるみのことをいっているのかと思って、きいた。

「あたしが小さいときに持っていたクマ」

「ああ。あなたが昔に持っていたぬいぐるみね」

「そう。ここに来る前に」

「それはどんなクマだったの？」

「茶色だった。で、これくらいの大きさ」彼女は両手で大きさを示した。

「メラニーのクマに似てたんでしょ？」

「あたしののほうがメラニーのよりよかった。あたしのは青いコートを着てたんだよ。パディントン・ベアみたいに。でもパディントン・ベアじゃなかった。コートの種類がちがうの。脱がせられないの」

「そのクマちゃんに名前はあったの？」

「レスター」

「いい名前ね」

わたしたちは黙りこんだ。わたしは隔離室の向こうの音に耳を澄ました。放課後の活動から戻ってきた子どもたちが行ったり来たりする物音がした。

「あたしのクマちゃんにすごく会いたい」ジェシーがつぶやいた。「あの子に会いたい。お母さんがあたしにくれたクマだったから。あのクマちゃんのことを考えるとお母さんのことを思い出す」

「あなたのクマのぬいぐるみには特別の思い出があるのね」

「自分の部屋にいたとき、あたしはひとりぼっちだった。でも、お母さんがいったの。『はい、遊び相手のレスターよ』って。ドアを閉める前にね」

「お母さんはあなたを慰めるためにそのクマをくれたのね。そのとき何歳だったか覚えてる?」

「ううん。小さかったから。数もまだわからないときだったから。あたしとレスターは一緒に遊んだんだ。あの子は、ごっこであたしの弟だった。あたしが弟がほしいっていったから、お母さんがあの子をくれたの。弟の代わりにレスターをくれたんだよ」

「あなたは一緒に遊ぶ弟か妹がほしかったの?」

「弟。女のきょうだいはもういるし、お姉ちゃんたちはあたしに意地悪するから。だから小さな弟がほしかったんだ。でもお母さんはだめといった。これ以上子どもを持ったらとてもやっていけないっていって。お母さんはあたしの後、赤ちゃんを産むのをやめたんだよ。わたしのせいで死にそうだからって」

「お母さんがいったのは、これ以上赤ちゃんを産むには歳を取りすぎているっていう意味だと思うけど」

「ちがう。お母さんは、もしお母さんが死んだら、それはあたしのせいだっていったもの。あたしのせいでお母さんは死にそうだ、って」

「そういう意味じゃないわよ」

「あたしの中には悪魔がいるんだもん。お母さんが眠っているあいだに、お母さんのヴァギナに悪魔が飛び込んで、それであたしが生まれたんだって」

「それはほんとうではないわ、ジェシー」

「ほんとうだよ。だってお母さんがそういったんだもの」

「それでも、ほんとうじゃないわ。もしお母さんがそういったのだとしたら、お母さんがまちがってるのよ」

「ほんとうだってば。だからあたしはこんなに悪い子なんだよ。悪魔があたしにこんなふうにやらせるんだもん」

「人はすごく動転したりいらいらしたりすると、本気でそうは思ってなくても残酷なことをいってしまうことがあるわ。でも、それはほんとうにそうだということではないのよ。その人が本気でそういったということでもないのよ。あなた自身もときどき、怒っているときにひどいことをいって、後になってあれは本気じゃなかったって気がつくことがあるでしょう？　そうでしょ？わたしだってそういうことがあるもの」

ジェシーは答えなかった。

「自分の中に悪魔がいる人なんていないのよ。ほんとうにいらいらしたときなんかに人が使う表現にすぎないのよ」

「ううん。そうじゃないんだよ。だってお父さんは悪魔祓いの人を家に呼んだんだもん。ジョーンズ牧師っていうんだよ。その人はあたしを見て、あたしの中には悪魔が入れた悪霊がいっぱいいるっていった。だからあたしはこんな振る舞いをするんだよ。あたしはお母さんのヴァギナからそんなふうに生まれてきたんだ」

これもジェシーの作り話なのだろうか？

「その人が来たとき、その人はあたしをキッチン・テーブルの上に横たわらせたんだ。テーブルは木でできていたから。テーブルの上にはテーブルクロスがかかっていたんだけど、お母さんはそれをとらなきゃいけなかった。あたしはむき出しの木の上に寝なきゃいけない、悪霊は木の中には入っていけないから、ってジョーンズ牧師がいったから。ジョーンズ牧師はあたしの胸の上に聖書を置いた。それから悪魔が姿を現すような言葉をいった。そうやっていると悪霊たちがあたしから出ていけるんだよ」

「その牧師さんはどこから来たの？」

「教会だよ」

「あなたが通っている教会？」

「ううん。あたしは教会には行ってなかった」

「ジョーンズ牧師がお家にやってきた以前にも牧師さんを見たことはあったの？」

彼女はうなずいた。「お母さんに会いに何度もやってきてたよ」

「どうして？」

「お母さんはときどき絶叫ヒステリーを起こしたんだけど、それはお母さんの中に悪霊がいるからなんだよ。お父さんはあたしを自分の部屋に行かせて、それからお母さんのところにジョーンズ牧師がやって来た。お父さんはドアに鍵をかけて、あたしにレスターとしゃべってなさい、聞き耳を立てるんじゃないっていった」

ジェシーが子ども時代の初期に部屋に鍵をかけられてひとりぼっちで多くの時間を過ごしたということは知っていた。だが、それは母親のうつに関係しているのだとわたしは理解していた。宗教的な話は初耳だった。ソーシャル・サービスがこんなに重要なことを記録していないのはおかしいと思われたので、ジェシーが作り話をしているとわたしは考えた。だが同時に、ジェシーが創り上げるにしてはおかしな話だとも思えた。メレリに話さなければ。

「あるとき、お母さんは真夜中にすごくひどい絶叫ヒステリーの発作を起こしたんだ」とジェシーはいった。「それで目が覚めて、あたしは起きて見にいったの。だってあたりがすごくやかましかったから。お母さんは居間のソファの上にいた。お父さんはお母さんがソファから転がり落ちないようにしていた。お母さんは悲鳴をあげて、身をよじって、ちっとも落ち着かなかった。だからお父さんはジョーンズ牧師に電話をかけたんだ。ジョーンズ牧師がやってきて、お母さんから悪霊を追い出すお祈りの言葉をいった。お母さんが悲鳴をあげているのは悪霊のせいだからね。お母さんが飛び跳ねているのが見えた。ジョーンズ牧師は聖書を三冊出して、二本のろうそくに火をともし、イエス様、降りてきて悪魔と地獄の悪霊たちと相対してください、と呼びかけはじめた。悪魔と悪霊がお母さんの中にいるからね。ジョーンズ牧師はお母さんの叫び声より大きな声で祈りだして、悪魔に地獄に戻れっていった。お母さんはソファから床に転げ落ちた。

お姉ちゃんのジェンマがやってきて、それからあたしのそばにきた。あんまりやかましいから目が覚めたんだ。お姉ちゃんは自分の部屋から出て廊下を歩いてきてあたしを捕まえた。あたしに居間にいたらだめだっていった。お姉ちゃんはあたしをお姉ちゃんのベッドに入れて慰めてくれた」

「ずいぶん怖い経験みたいね」とわたしはいった。

「ジェンマはあたしをすごく慰めてくれた。お母さんから悪霊が出ていくのがあたしに聞こえないようにね。でもそんなことをしてもらっても何の役にも立たなかった。あたしがお母さんのお腹にいるときに、もう悪魔はあたしの中にいたんだもの」

23

ほんとうだろうか？　ジェシーとのセッションから車で帰るあいだじゅう、わたしは彼女がいったことを考えていたので、この疑問が何度も何度も浮かんできた。

原理主義キリスト教会は、福音復興運動の人気が出てきてはいたが、わたしが以前働いていたアメリカのある地域ほどイギリスでは普及していなかった。しかし、イギリスで定期的に教会に通う人々は、たいてい伝統的な宗派にとどまっていることが多かった。つまり、聖公会とそれに相当するスコットランド教会、ウェールズ教会など、それからカトリック、スコットランドの自由教会や長老派教会、そしてウェールズのメソジスト教会などだ。メレリからもジェシーからも以前に彼女の家族の宗教活動のことなど聞いたことがなかったので、ジェシーがドラマチックな効果を狙ってこの『記憶』を創り上げたのではないか、とわたしは考えた。性的虐待のことをずっといってきたが、これはまわりの人間の注意を引く力を失いはじめていた。セラピストや他の援助してくれる大人たちの注目を取り戻すのに、悪魔祓いのぞっとするような話以上にいいものがあるだろうか？

もっとはっきりいえば、このような話は社会全般で広く認知されていないわけではないということだ。一九七〇年代後半から八〇年代初頭にかけての時代、わたしたちは子どもの性的虐待が広範囲に及んでいることに気づきはじめたばかりで、まだ虚偽記憶症候群の理解までにはいたらなかった。そのころの数年間、広範囲にわたる悪魔崇拝の存在が強く信じられていた。わたしたちは子どもの性的虐待がよくあることだという薄汚い現実を受け入れたくなかっただけだったのだと思う。だから、しばらくのあいだは、専門家でさえ、ふつうの人ではなく、信じられないほど大規模な隠れた悪魔信仰の信徒たちが子どもを虐待している、と信じるほうが簡単だ、と考えていたのだ。

グループホームにいる子どもたちがテレビを見る際は、きちんと監督されていた。だから、ジェシーが彼女の話のネタに使える『エクソシスト』のようなホラー映画を見たとは思えない。それでも、里親の家にいたあいだに彼女が何を見たかや、他の子どもたちの会話を立ち聞きしていて何を聞いたのかまではわからない。「彼女がそんなものを見たはずはない」とか「彼女はそんなことは知らないだろう」などということに基づいて可能性を除外するのが賢明ではないことくらいとっくの昔からわかっている。子どもというものはあらゆることを知っているのだ。しかも、多くの場合驚くほど幼い年齢から。このことだけからでは、ジェシーが話を創り上げたのかどうかはわからなかった。

わたしたちがいつも戻っていくのは、ジェシーの母親の精神疾患のことだった。わたしたちは、ダイアンが産後うつになり、今ではそのうつが慢性化していることは知っていた。ジェシーとメレリがいったこととソーシャル・サービスの記録をつなぎあわせると、ダイアンは何年も病気だということになった。このことには二重の影響があった。一つ目は、ダイアンはジェシーと心がつながっていないこと。それはジェシーが小さかったときに世話をしなかったことに反映されていたが、同時に今ジェシーを里親システムに行かせたがっていることにもつながっていた。したがって、二番目の影響は、ジェシーがネグレクトされてきたということだ。

わたしはダイアンにはほんとうに同情していた。こんな状況になったことで彼女の行動を非難するのは簡単だったが、そんなことをしても何にもならない。朝目が覚めたときに「わたしは自分の子どもといることを楽しんで、その子の世話をすることよりも、どうしようもなく憂鬱な落ち込みのほうを選ぶわ」と思うような人などいない。だれもが幸せになりたい。だれもが愛とつながりにあふれた充実した人生を送りたいと思っている。不幸になることを選ぶ人などどこにもいない。もし自分がやっていることのせいでだれかが不幸せだとしても、それは最初から意図した結果ではない。どんな理由があるにせよ、彼らは自分がやっていることが気分をよくすることに役立つと思っていたのだ。自分を不幸にするためにわざとそんなことをしたわけではない。彼らはただそのときにそれ以上のことができなかっただけなのだ。状況を変えるためには、非難するのではなく支援するほうに焦点を変えなければならないのだ。

わたしの最大のハンディキャップは、自身では一度もダイアンには会っていないので、メレリとジェシーのフィルターを通してしかダイアンを見ることができないということだった。しかし、聞けば聞くほど、彼女は記録に書いてあるありきたりの「うつと不安」以上のもっとずっと包括的な精神衛生上の問題を抱えているのではないか、という疑いが大きくなってきた。ジェシーが母親の「絶叫ヒステリー」のことを口にしたのは、今度が初めてではなかった。最初わたしはそのかなりばかげた名前から考えても、劇的効果を狙ってジェシーがこのことをでっちあげたのかもしれないと思った。だが、今回はそうは思わなかった。父親が「絶叫」をやめさせようとかかわってきたことを聞いたのは今回が初めてだった。では、ダイアンの身に何が起こっていたのだろうか？　統合失調症？　躁うつ病？　パーソナリティ障害？　薬物による問題？　あの家族は薬物にはかかわっていないとわたしたちが考えていたからというだけで、わたしたちが正しいということにはならない。彼女の家で薬物の乱用があったというパペットを使ったジェシーの話には、真実が潜んでいた可能性があるのだろうか？

この間《かん》、ジョーゼフにまつわる状況もだらだらと続いていた。彼は事情聴取——婉曲的には「警察の問い合わせに協力する」といわれているが——され、その後逮捕された。最初に警察がやってきたときに、彼は完全に虚を突かれてしまった。これはいかにもジェシーがやりそうなケースだと思っていたので、警察がやってきたのは単なる形式だと彼は思ったのだ。一応型どおりに行なわれなければならない手続きだと。だからジョーゼフは警察相手に自由に話したのだ。自分の疑いを晴らしたくてたまらず、まず弁護士を呼ぶことなど考えもしなかった。このことをわたしに話したとき、メレリは顔をしかめていった。「『あなたがいうことはどんなことでもあなたに不利に使われうる』というあの大げさなセリフ、あれは……ほんとうだったのよ」ジョーゼフは弁護士を待つべきだったのだ。彼はテレビの刑事ドラマから見聞きしている、逮捕されるときにするべきことをすべてやるべきだったのだ。だが、彼はプロの犯罪者ではないので、ドラマに出てくるああいうことがほんとうだということに気づかなかったのだ。

いま、ジョーゼフは釈放されて、人生をめちゃくちゃにされて家にいた。もちろん仕事は停職処分になっていたが、これは予想されたことだった。だが、彼は他の地域の活動にもかかわっていた。高齢者や家から出られない人に食料を配達する活動の運転手と、クリケットのコーチとして。そして当然のこととして、警察は宅配を行なっている慈善団体とクリケット連盟にも申し立てのことを知らせた。

みんなにとって最大の心配事は、このことをメディアに知られないようにすることだった。数年前にグループホームでの深刻な性的虐待というスキャンダルがあったので、またぞっとするような話があれば、容疑者が有罪であるかどうかにかかわりなく、タブロイド紙は飛びついてくるだろう。

警察はまだ捜査を続けていたが、彼らにはその進捗状況の詳細をジョーゼフに教える義務はなかった。警察はジョーゼフの経歴をくまなく調べると同時に、ジェシーがいっていることの信ぴょう性を確立しようとしているのだろうとわたしたちは思っていた。それにひじょうに長い時間がかかっていることがわたしは心配だった。彼らが捜査すべきことがらを新たに見つけたのかもしれない、他の子どもたちのことも出てきたのかもしれない、と思ってしまったからだ。

このことはわたしたち残りの者にとっても試練だった。ジョーゼフは無実で、ジェシーは作り話ばかりするああいう子だから、警察にもきっとこれがわかってくるだろう、というところからわたしたちは出発した。だが、警察にもこのことがわかってきたという兆候が見えないままに何週間もが過ぎていくうちに、疑念が広がりはじめた。もしそうじゃなかったら……？　わたしの夫は疑惑の種をまいた最悪のひとりだった。ある人が逮捕されたとわたしが夫にいうと、彼はこういった。「火のないところに煙は立たないからな」彼はそういいつづけた。わたしが捜査のことを口にするといつも、彼はまたこの言葉をいった。火のないところに煙はたたない、と。たしかにそのとおりだった。そんなことはめったにないのだ。

グラン・モルファにふつうの生活が戻ってきていた。新しいマネジャーとして、リンという名の五十代の女性がやってきた。最初に会ったとき、わたしたちがスタッフルームで和やかにおしゃべりしているところに割り込んできて、スタッフはきちんと仕事場にいるべきだとほのめかしたので、彼女はユーモアを解さない規則に縛られた人のように思えた。しかし、時間が過ぎ、人柄がよくわかってくるにつれて、彼女はじゅうぶんにいい人だということがわかってきた。彼女にはジョーゼフにあったような特別のきらめきのようなものはなかった。だが、公平で勤勉だったし、心根のやさしい人だということがわかった。

次に一緒になったとき、わたしはジェシーにきいた。「ジョーゼフのことを考えたりしないの？」

彼女はその午後ヒバリの絵を描いていた。テーブルに向かって紙の上にかがみこみ、いまにも草むらから飛び立とうとしているように翼を伸ばした鳥を描いていた。

しばらくのあいだ返事はなかった。それから彼女は首を振った。「しない」

わたしはそれ以上何もいわなかった。ジョーゼフのことを話題にするのをまだ制限されていたし、その理由もわたしにはよくわかっていた。それでも、わたしがきいたことが誘導尋問だと解釈されるとは思わなかったし、ジェシーは心の中でジョーゼフのことをどう考えているのか興味があった。

テーブルを横切るように腕を伸ばして、ジェシーはヒバリを塗るためにターコイズブルーのペンを選んだ。そうしながら、彼女は頭を上げた。わたしと目が合った。「どうしてみんなあたしにジョーゼフのことを話させたがるの？」

「あなたにもわかってると思うけど」

「あーあ」といって彼女は首を振り、それからまたうつむいて絵を描くことにもどった。「だって、あのことはもう終わったんだもん。あたしがいうことはもう全部いったもん」

「でもジョーゼフはまだ終わってないわ。警察はまだ捜査を終えてないのよ。それに、あなただってまだ終わってないわ。裁判になれば、あなたは何が起こったかあなたの側の話をしなければならないんだから」

「うーんと。だって、あたしがしたくなかったら、話をしなくてもいいんだもん。したくないし。

もうこのことにはうんざりだよ」

「ええ、みんなもううんざりだと思うわ。でも警察の捜査が終わるまでは、そのことにかかわり続けなければならないのよ」

「うーん」と答えたが、注意は鳥の絵に向けたままだった。

彼女のぶっきらぼうな「うーん」にわたしはいらいらしたが、彼女が話す気分ではないことはわかった。彼女はわざと人をいらいらさせるような態度をとっているのだという気がした。わたしを感情的にさせることで劣勢に立たせ、自分がその場をコントロールする立場に持っていこうとしているのだ。わたしは大きく息を吸い込んだ。

「トリイだっておんなじくらいひどいよ」まだ自分がやっていることから目を上げずに、ジェシーがいった。

「何と同じくらいひどいっていうの？」とわたしはきいた。

「ヒバリを見に連れていってくれるっていったじゃない。去年そういったよ。それから、あたしがここにもどってきたときに、またそういった。でも一度も連れていってくれたことない。あたしを外に連れていってくれたことなんて一度もないじゃない。フィッシュアンドチップスにも。それも連れていってくれるって約束したのに」

「わたしがヒバリを見につれていってないことが、ジョーゼフがやったことと同じくらいひどいって感じているっていうの？」

彼女はうなずいた。

「ジョーゼフはあなたに何か約束して、そのとおりにならなかったの？」

彼女は肩をすくめた。

「彼は何を約束したの？」わたしは自分がその話と彼女の性的虐待の申し立てとを関連づけるのをやめなければならなかった。彼が性的な行為と引き換えに何かを約束したのかときいてはいけない。そんなことをすれば明らかに誘導尋問になる。だが、ジェシーはそんなことを思ってもいなかったかもしれないのだ。わたしは偶然にしても彼女の反応に影響を与えたりしたくなかった。

「彼があたしに何かを約束したなんていってないでしょ。そんなこといってないでしょ？」

「ええ、いってないわ。わたしはただあなたがいったことを理解しようとしているだけなのよ。わたしもジョーゼフと同じくらいひどいって、あなたがいったから、どんなふうにそうなのか知りたいと思ったのよ。何がうまくいかなかったのかがわかったら、もっとうまくできるかもしれないから」

「ヒバリを見に連れていってくれなかったじゃない。連れていってくれるっていったのに。一緒にムーアに出かけて、ヒバリを見せてくれるっていったじゃない」そう話しているジェシーの声にはもろさがあった。彼女は絵を描くのはやめていて、じっと紙を見つめていた。

「あなたが腹を立てているのは残念ね。わたしが連れていかなかったのは、まだそれにふさわしい時期じゃないからよ。暖かくなる春の後半にならないとだめなの。ムーアは高地でしょ。ヒバリは暖かくてお天気がよくなるまで出てこないのよ。そうなったら連れていってあげるわ。約束する」

わたしが話し終える前に、ジェシーは絵の上に殴り描きを始めた。彼女は茶色のペンを手にしていたのだが、突然紙の上で前後に激しくペンを動かした。あまりに怒りの勢いが強かったので、ペンは紙をはみ出してテーブルの上に小さな茶色のマークがついたほどだった。

「まあ！」と驚いてわたしはいった。「ちょっと言葉でいってくれる？　どうしたっていうの？」

「トリイなんか嫌い。そういうことだよ！」彼女はそう叫ぶと、わたしに向かってペンを投げた。そして紙をひっつかむと、それを細かく引きちぎってわたしに投げつけた。「あんたなんか大っ嫌い。殺したいくらいだよ！　ナイフがあれば。ナイフで胸を刺してやりたい！」

突然のジェシーの怒りの凶暴さに、わたしは不意を突かれた。その声はいつもとはちがってもっと辛辣だった。いくらジェシーだとはいっても彼女のキャラクターからははずれているように思われた。セッションが終わってから、わたしはスタッフと話して、ジェシーがわたしに会う前に何か気が動転するようなことがグループホームであったのかときいてみた。だが、彼らの返事はノーだった。彼らはジェシーの気が動転していることには気づいていなかった。

この出来事がずっと気になっていたので、のちにソーシャル・サービスの児童心理学者であるベンとばったり会ったときに、わたしは彼の意見をきいてみた。

ジェシーは彼女を外に連れ出すという約束をわたしが破ったと思い込んでいるようだ、とわたしはいった。だが実際はわたしが破ったのではなかった。わたしたちは何回か計画を立てたのだが、その計画はいつもジェシーの素行の悪さによってだめになってしまったのだった。わたしは自己破壊《セルフサボタージュ》がからんでいると見ていた。つまり、なんらかの理由で、ジェシーはわたしと一緒に外出するという現実に向き合えなくなり、結局自分を隔離室に追い込んでしまうようなことをやらかしてしまったのだ、と。しかし、ヒバリを見に行く件は、まさにわたしがいった理由、つまりまだその季節になっていないという理由で実現していなかった。どうやって彼女はこのことをジョーゼフと結びつけたのだろうか？

ベンはこれをジェシーが両親と外出することと結びつけた。これまで両親が彼女を外に連れ出すという計画を立てたものの、まったく約束を果たさなかったということが何度かあった。彼女がその怒りをわたしにぶつけたとは考えられないだろうか、と。それでも、このこととジョーゼフをどのように結びつけるというのだろうか？

わたしに唯一考えられたのは、ジェシーは両親、ジョーゼフ、わたしの誰といるときにも、自分が注目の中心になりたくてたまらなかったのに、わたしたちによって、あるいは自分自身の行動によって、繰り返しそれが妨害されてきたということだった。自分がわたしたちのだれにとっても特別の人間にはなれないという欲求不満が彼女の怒りの正体だったのではないだろうか？

24

翌週メレリから電話があって、ジェシーの両親と彼らの家で会うのだが、わたしも一緒に行かないかときいてきた。わたしはこの機会に飛びついた。ジェシーとセッションをやってきたあいだ、わたしは一度も彼女の両親に会ったことがなかった。ひどい状況だと思われるが、ボランティアでやっている立場としてはよくあることだった。

里親制度に自発的に措置されたという点で、ジェシーの状況はあまりないことだった。ほとんどの子どもたちは保護決定が出されて保護施設にやってくる。つまり、通常は虐待やネグレクトがあったとして警察やソーシャル・サービスの手によって、両親の意思に反して家庭から引き離されてくるのだ。だから、両親とソーシャル・サービスのあいだで、子どもが自分の家庭に戻ることができるように家庭の状況を回復させるか、あるいは永続的な監護養育決定を出して最終的には養子に出すところまで進めるかをめぐって定期的に交流があることが多い。それに対して、ジェシーの両親は自ら進んで彼女を手放したのだ。もちろん、彼女が最終的には自分の家族のもとに戻ることができるというのが希望ではあったが、これまでのところその方向に向けてたいした進展はなかった。ジェシーの行動は相変わらず扱いにくく、両親は彼女と交流を持つのをいやがっていた。彼らがジェシーに会いにくることはめったになく、会議や報告会に出てくることはさらに少なかった。両親がこのまま娘なしの生活を続けていくつもりであることは、メレリの目には明らかだった。

両親と外出した日についてのジェシーの話と、メラニーとクマのぬいぐるみのエピソードを合わせてみると、自分は両親とどんな関係を持っていたいかをはっきりと自覚している子どもの姿が浮かんできた。しかし、彼女が自分にプレゼントを買ってくれ、すばらしい時間を過ごさせてくれる家族の一員だと思い描いていたとしても、それは現実ではなかった。おそらくこのことが、彼女が両親と一緒に過ごす時間に自己破壊《セルフサボタージュ》を起こしてしまい、実際にうまくいかなくなるより前に台無しにしてしまう理由を説明しているのだろう。自分の胸が張り裂けそうな思いを、これ以外のどんなやり方でコントロールできるというのだろうか？　たしかに、これはこの前のセッションのときにジェシーがわたしにあれほど怒りをぶつけた理由をさぐるヒントになるかもしれなかった。おそらくこのことに関して自分の両親に対する気持ちと相対するよりは、彼女と一緒に何かをしなかったとしてわたしにうっぷんをぶつけるほうが恐ろしくなかったのだろう。

ジェシーの両親は海沿いの大きな町のひとつから少しだけ内陸に入った小さな村に住んでいた。もともとこの村は個人の所有地の一部だったが、当時の領主の館はいまホテルになっていた。その館の姿はうっそうと茂ったシャクナゲの中を通る、長くくねくねと続く私道を行かないと見えない。そして村は、そのほとんどがセカンドハウスとして使われているずらりと並ぶコテージと、「ネズミとニンジン」という名前のきれいに改修された一軒家のレストランパブからできていた。道路の北側にある古い村の向こう側には、一九五〇年代に建てられたセミデタッチハウス（一棟二軒の家）の公営住宅がずらりと並んでいた。

　ジェシーの両親はいちばん奥から三軒目の家に住んでいた。庭の大部分は家の正面にあり、家から道路まで広がっていて、きちんと手入れされていた。季節は四月にさしかかるころで、花はスイセンからチューリップやアラセイトウに移っていっていた。花壇用の植物もいくつかすでに植えられていた。土は掘り返されたばかりで、雑草もなかった。その庭はわたしには手入れしすぎに見えた。道路から玄関までの長い小径を歩いていたとき、わたしは小径沿いにクレオソートが撒かれているのに気づいた。植物が増殖しすぎないようにされた処置だったが、これはクレオソートに毒性があるという理由で最近ではほとんどされないことだった。こんな小さな庭にここまでするなんてやりすぎに思えた。

　メレリがドアをノックした。

　わたしたちは待った。

　メレリが再びノックした。

　わたしたちは再び待った。

　ついにドアの向こうで動く音が聞こえた。グウィル・ウィリアムズがドアを開け、笑みを浮かべてわたしたちに挨拶し、中に迎え入れてくれた。

入ると短い廊下になっていた。グウィルがその先のドアを開けると、小ぢんまりした居間があり、わたしたちを歓迎するように暖炉の火格子の中で石炭が燃えていた。部屋の奥、景色が見られるはめ殺しの窓の下にダイニング・テーブルが置かれていた。暖炉の前にはすり切れた椅子二脚と小さなソファが置いてあった。

グウィルはわたしたちにコーヒーを淹れるために席をはずし、コーヒーとウェルシュ・ケーキ《ウェールズ風》といわれている小さな甘いお菓子――パンケーキとスコーンの中間のようなものだ――を載せたトレイを持ってもどってきた。後ろから妻のダイアンがついてきた。そのときまで彼女がどこにいたのかわからなかった。彼女が動き回っている物音が全然聞こえなかったからだ。彼女がわずかに気乗りしない様子から、わたしたちがやってきたことにパニックになって台所に隠れていたところを、グウィルがいまになってやっとうまく連れ出したのではないかと思った。だが、ほんとうのところはわからなかった。ひょっとしたら彼女は単にウェルシュ・ケーキを作っていただけなのかもしれない。このケーキは手作りで温かかったから。

ダイアンはわたしたちにうなずいて挨拶し、わたしと対角線上にあたる椅子に腰かけた。グウィルがコーヒーを注いで、わたしたちにケーキを勧めてから、ソファのメレリの隣にすわった。

会話はまずは些細なことから始まった。壁にいくつかの絵が飾ってあったので、メレリはグウィルの作品についてきいた。彼女はグウィルに彼の最新の作品のことをわたしに話すように促したので、これはわたしを会話に加わらせようとしているのだ、と思った。それから三人で天気の話などをした。イギリスでは常に人気のある話題だ。メレリは庭のことを話題にして、これから何が咲く予定かをきいた。

それからメレリはウィリアムズ家の状況についての全般的なことを話しはじめた。グウィルはもう工場では働いていなかった。ということは、彼らは福祉手当を受けているということだ。このとき、メレリがグウィルの介護手当はもう来ているのかときいたので、わたしはびっくりした。介護手当とは介護者に支払われる給付金で、グウィルがそれを申請しているということは、ダイアンのメンタル・ヘルスがわたしが思っていたよりひどく衰弱しているということを意味した。来る途中、車の中でメレリはそのことをわたしにいわなかったので、これは最近変わったことではなさそうだった。

メレリは次に彼らの他の娘たちのことをきいた。ともに二十代後半である上のふたりの娘について長く話が続いた。ここで初めてダイアンも会話に加わり、ふたりの娘や彼女たちのパートナーや孫のことについて活発に話した。娘のひとりの息子はジェシーよりほんの少し年下なだけで、この子が学校でいい成績をあげていることをダイアンは自慢げに話した。グウィルはこの子には芸術の才能があるといった。

会話が続いているあいだ、わたしはダイアンを観察していた。彼女には傷つきやすい雰囲気があった。グウィルが答えたり、会話を導いていったりするのを彼女があからさまに待っていることからもそういうところが見られたが、身のこなしにもそれは現れていた。彼女はやせていて華奢な体つきで、落ち着かない様子で長い指を腕に巻きつけたりほどいたりを繰り返していた。彼女の目は特徴のない色で、髪の色は明るめの灰色がかった茶色だった。わたしが若いころには「汚い食器を洗った後の水」といわれた色だ。髪は真ん中で分けて後ろで低めのポニーテールに縛ってあり、そのせいでわたしが思っている年齢よりも若く見えた。肌はきれいだったが血色が悪かった。ジェシーに似ているところはないかと探したが、よくわからなかった。

話はジェンマのことに移っていった。彼女は現在十八歳でまだこの家に住んでいた。ただ、今現在はちがいますけどね、とグウィルがいった。数週間前にけんかをして、ジェンマはボーイフレンドのところに移ったのだという。前にもこういうことはあったし、ボーイフレンドはまだ母親と一緒に暮らしているので、ジェンマはすぐに戻ってくるとグウィルは思っていた。もうすぐ男の子の母親がふたりとも追い出すだろうが、今のところは彼女はここにはいない、とグウィルはいった。

「ジェシーとジェンマの仲はどうなんですか?」とわたしはきいた。

ダイアンは顔をそらして前庭が見える窓の外を見た。話す気がないのがよくわかった。こちらに注意を向けているのかどうかさえよくわからなかった。グウィルは肩をすくめた。「ふたりは年が離れていますからね。ジェンマは姉ふたりとも年が離れています。あの子はずっと仲間はずれみたいなもので、かわいそうな子なんですよ。ジェンマはずっとつらい思いをしてきたんです」

この話に興味を引かれたので、きいた。「どういうふうにです?」

「あの子は真ん中ですからね。ケイトとネスタはずっと年上ですし。上のふたりはいつも一緒でした。一年半しか離れていませんからね。それから十年たってジェンマが生まれました。だから、あの子はひとりでやっていかなければならなかったんですよ。ほとんどひとりっ子のようなもんです。それから八年たってジェシーが生まれた。だから、ジェンマはもはや赤ちゃんではいられなくなった。わたしたちがそれまでジェンマを甘やかしていたということではありませんよ。でもジェシーは赤ん坊のときはひどく体調が悪かったのです。ダイアンもそうでした。だから、ジェンマはひとりで成長しなければならなかったんです」

「ジェンマがジェシーのことを愛してないといっているのではありません」とグウィルは急いでつけ足した。「あの子はジェシーのことが大好きだったんです。ジェシーにとっては、小さなお母さんといったところだったよね？」と彼はダイアンのほうを見た。「ジェンマはいつもジェシーに何かしてあげたがっていたよね？　あの子は赤ん坊の面倒をみるのが大好きだったんです。いつもジェシーを抱っこして、運んで、食べさせてやっていました。しかもほんとうにちゃんとやってたんです。そうだよね？」と彼はダイアンにいった。ダイアンはうなずいた。

「ということは、ジェンマはしょっちゅうジェシーのことで責任を持たされていたということですか？」とわたしはきいた。

「ジェンマは学校から帰ってくると、お茶を淹れて、ジェシーをお風呂に入れ、寝かしつけました。わたしたちはあの子のことをほんとうに誇りに思っていましたよ。小さい女の子にとっては荷の重いことだってよくわかっています。でも、おかげでわたしたちはすごく助かったんです。でも、そんなに長いあいだのことではなかったよな？　きみが立ち直るまでのことだったから。

そのおかげであのふたりは仲良くなれたんだし。いいことですよね？　姉妹が仲良くするっていうのは」

　メレリがジェンマの現在の学校の様子や計画を聞いて、会話は続いていった。

「話は変わりますが」としばらくしてからわたしはいった。「ちょっとお聞きしたいんですが、おふたりのどちらか、教会に通ってらっしゃいますか？」

　ダイアンもグウィルもぽかんとしてわたしを見た。それからグウィルが首を振った。「もう何年も行ってません。まあ、クリスマスには行くかもしれませんが。クリスマスの礼拝にね。でもそれだけですよ」

「ジョーンズ牧師という名前の人が家に訪ねてくる、とジェシーがわたしに話してくれたもんですから、その人のことをもっと話していただけたらと思っていたのですが」

　グウィルとダイアンはわけがわからないというふうにお互い顔を見あっていたが、やがてグウィルが首を振った。「このあたりはジョーンズだらけですよ」そういって微笑んだ。

「それでジョーンズ牧師という人はいなかったということですか？」

　再びふたりはいぶかるように顔を見合わせた。

「わたしはただジェシーが話していたことを理解しようとしているだけなんです。それが作り話なのか記憶なのか、どちらなのかと思って。彼女は非国教徒教会のことをいっているようだったので、あなたがたがそういうところに通ってらしたのかな、と思ったのです。それがどうこうというのではなくて、ただわたしの頭の中でものごとをはっきりさせようとしているだけなんです」
「そういう教会があったかもしれません」とグウィルがおぼつかない声で答えた。「あの道を行ったところに、しばらくのあいだハッピー・クラッピー派（手拍子をとって聖歌を歌うなど情熱的な礼拝を行なうキリスト教会の信者）とでもいうような地域の教会がありましたよ。その信者たちは誰に対してもすごくやさしくて、常に人助けをしたがっているようでした。ポーリーンという名前の女性がうちにもケーキやビスケットをときどき持ってきてくれました。わたしたちを元気づけるためにね。その女性が牧師の奥さんだったかもしれません。でも、ずっと昔の話です。ジェシーがそんなこと覚えているはずはないのですがねぇ」

　わたしはうなずいた。

「ジェシーの場合、夢であることが多いですからね。あの子はいつも夢のことをほんとうみたいに話しますから。あの子はほんとうのことは少ししかなくて、夢みたいに想像したことが大部分だというような奇想天外な話をするんですよ。その点ではあの子はちっとも成長していません」

　次の火曜日、わたしはパペットたちを持っていった。わたしはジェシーが来る前に袋から二匹のクマを出して、そのうちのひとつをわたしの左手にはめていた。

「見て！」彼女は姿を現すと、ドアのところから叫んだ。「子どもたちのかつらチャリティーのために髪を切ったんだよ！　見て！」

　たしかにそのとおりだった。この前会ったときには、彼女の髪は肩甲骨の下五センチくらいまであったのが、いまは耳の下ぎりぎりくらいのボブスタイルになっていた。

「ガンにかかっている小さな女の子のところにあたしの髪の毛が行くんだよ。その子はかつらをつけるから、あたしそっくりになるんだ！　きっとあたしたち双子みたいだね！」彼女の興奮は抑えがきかなかった。テーブルのまわりを踊りながら、短くなった髪を両手でふわっと持ち上げた。

「それはすばらしいことをしたわね。きっとそのかつらをもらう子は大喜びするわ。それに、その新しいヘアスタイルもすてきよ。あなたにすごく似合ってる」

「その子はショウガ色のかつらをもらうことになるね。あたしの髪の毛はショウガ色だから。こういわれるかも。『やあ、ショウガちゃん』って。でも、そんなこといわれてもその子は傷つかないはずだよ。だって、もう一度髪があるようになってすごく誇らしいから。それに、あたしの髪はまた伸びるし。いつまでもこんな短いままじゃないから。そうしたらまた切るんだ。それから、また切るの。あたしはかつらを百個も寄付するの。そうしたらその子たち喜ぶでしょ。きっとこういうよ。『あのジェシーがまたいいことをした！』って」

彼女の喜びがこちらにまで移ってきた。わたしは彼女と一緒に笑わずにはいられなかった。

「そうよ、あなたはいいことをしたわね。人を助けたいなんて、あなたのことを誇りに思うわ」

突然、ジェシーはわたしの手にあったクマのパペットに気づいた。彼女はテーブルの反対側にいたのだが、急に動きを止めた。両手をテーブルにつくと、パペットをもっとよく見ようと身を乗り出した。「なんでトリイがエレノアを手にはめてるの？　他のパペットたちはどこ？　どうしてパピーが出てないの？　パピーは真っ暗で汚い袋の中が嫌いだって知ってるでしょ？　それに、マグナスはどうしたの？」

彼女はテーブルのわたしがすわっている側までやってくると、わたしが気づくより早くわたしの手からパペットを引き抜いた。「この子たちはトリイが遊ぶためのものじゃないの。トリイは年を取りすぎてるんだから。あんたには許可をあげてない」彼女はわたしの隣にすわり、クマのパペットを自分の手にはめた。

わたしは自分が話し合いたかったことから気を散らされたくなかった。わたしはその話し合いを「面と向かって」しなくてすむようにパペットを使うつもりだったのだ。そうすればジェシーはより制約を受けずに話せるのではないかと思ったからだ。だが、彼女がわたしの手からパペットを取ってしまったので、わたしの目論見は台無しになってしまった。そこで、わたしはそのまま話をすることにした。「今週あなたの家族に会ってきたのよ」

クマのパペットがわたしの顔の前につきだされた。「どうでもいいよ」とクマはわたしの鼻先でいった。

「トーマス先生と一緒に行ったの。あなたの家を見たし、あなたのお父さんとお母さんにも会ったのよ」

「どうでもいいよ」とパペットがまたいった。

ジェシーはゴミ袋を開けて、中を探し回ってもう一匹のクマのパペットを見つけた。彼女はそれをもう片方の手にはめた。「あなた、どう思う、マグナス？　気にする？」もう一匹のクマが立ち上がった。「ううん。そんなことどうでもいいよ。おれはニンジンを食べて、日向ぼっこをしたい。それがクマのやりたいことだよ」

「ネスタとケイトや彼女たちの家族のことも聞いたわ。それからジェンマのことも。ジェンマはいまボーイフレンドと一緒に暮らしているんですって」

「ボーイフレンド、ダサイフレンド」ジェシーは一匹のクマにもう一匹のクマに向かっていわせた。「そんなことどうでもいいよな？　そうとも、どうでもいい」

「それからジョーンズ牧師のことも聞いたのよ。お母さんがヒステリーの発作を起こしたときにやって来たという人よ」

「ジョーンズ、ボーンズ。どうでもいいよ」

「ご両親はジョーンズ牧師のことを覚えていなかったわ。自分たちが教会に行ったかどうかもよくわからないって」

「ジョーンズ、ボーンズ、どうでもいいよ。教会、ヨウカイ、どうでもいいよ。クマ、クマ、クマちゃん、どうでもいいよ」

わたしは口をつぐんだ。どうやらこの会話は続けられそうになかったからだ。ジェシーは両手にクマのパペットをはめてすわり、テーブルの上で二匹を戦わせたり走らせたりした。その間ずっと、「クマ、クマ、クマちゃん、どうでもいいよ」と何度も繰り返し歌いつづけていた。これは耳を指でふさいで、「ラララ」と歌うことのパペット版なのだ、とはたと気づいた。

袋に手をつっこんで、わたしは野ウサギのパペットを取り出し、それを手にはめた。わたしが何かしたりいったりする間もなく、ジェシーのクマたちがわたしの手を攻撃し、野ウサギを引きはがすとテーブルに激しく叩きつけた。「ほら、これで死んだ」

わたしは野ウサギを再び動かした。再び野ウサギはクマたちの猛攻撃を受けた。

「昔々小さな野ウサギがいました……」わたしはそういって、野ウサギを生き返らせた。

「そしてクマたちがその子を殺しました！」バン、と彼女はまたわたしの手を攻撃した。

「その小さな野ウサギはとても恐れていました」

「それはその子がクマたちに殺されるからです！」ジェシーはありったけの声で叫ぶと、すごい勢いでわたしの手を攻撃したので、わたしの手はテーブルに押さえつけられた形になった。

「なぜならその子には大きな秘密があったのです……」とわたしはいって、野ウサギのパペットをもう一度手にきちんとはめた。

ジェシーはしばらく黙っていた。「何なの？　秘密って何？」

「何だと思う？」

「その子はスーパーラブなんだ！」と彼女は叫んだ。「それで、このクマたちを殺して、テーブルの上を中身でぐちゃぐちゃにしちゃうんだ！　その子にそうさせて。あたしのクマたちと戦わせて」

「いいえ。この子の秘密はそういうことじゃないの。この子は自分の秘密を話すのをすごく恐れているの。それがヒントになるかもしれないわね」とわたしはいった。「見て。すごく怖がっているでしょ。隠れちゃった」わたしは野ウサギのパペットをテーブルの下に隠した。

「教えて。その子の秘密って何なの?」ジェシーは身を乗り出した。「あたしの耳にささやいて」

「この子は秘密を話すのを恐れているの。それはこの子の身に起こったすごく悪いことについてなのよ。この子が小さかったころに起こったことなの」

「何なの?」

「わたしにもよくわからないの。わたしも想像するしかないのよ。だってこの子はすごく怖がっていて、わたしにもいってくれないんだもの。あなたは何だと思う?」

「あたしに見えるようにその子を出して」すわりなおすと、ジェシーは二匹のクマのパペットを自分の胸のところに持ってきて、わたしが野ウサギを出すのをじっと見ていた。

「あたしにもその子の秘密が何だかよくわからないな」しばらくじっと野ウサギを見てから、ジェシーがいった。

「ええ、わたしにもわからないわ」わたしはそういって、待った。

「そうね、その子には女の子の穴はないから。だからあれじゃあないな」

「何じゃあないって?」

「だれかがその子の女の子の穴に指を入れたってこと」

「もしそんなことをされたら、いやでしょうね。自分だけの場所を触られるなんていやでしょう。この子はほんの小さな野ウサギなのよ。だれも小さな子どもの、その子だけの場所を触ったりしちゃいけないのよ」

「お風呂の中ならいいんだよ」とジェシーがいった。

「その子が小さすぎて自分で体を洗えないから、だれかが洗ってあげるっていうときだけはね。そのときだって、その人は自分のものじゃない場所に指を入れたりしてはいけないのよ」

「ベッドの中だったらしてもいいんだよ。愛し合ってそういうことだよ」とジェシーがいった。

「いいえ。小さな子どもとそういうことはしないの。野ウサギはほんの子どもなのよ。この子が話すのを怖がっているのは、そんなことをしたら困ったことになるってだれかにいわれたからなのよ。だれもこの子のいうことなんか信じない、もしこの子の身に起こったことをいったりしたら、すごく、すごく困ったことになるぞ、っていわれたからなの。だけど、野ウサギは誰かに触られるのはすごくいやなの。やめてほしいと思っているのよ」

「うん」とジェシーはいったが、その声はそれまでより小さく、心もとなげだった。

「かわいそうな小さな野ウサギくん」とわたしはいった。「この子は秘密を話してくれると思う？　そうするのはとても傷つくことなの。この子は秘密をエレノアに話してくれるかしら？」

ためらいながらジェシーはクマのパペットをはめたままの右手を伸ばしたが、その動作に動きはなかった。クマのパペットはだらりと手にはめられたままだった。

わたしは野ウサギをテーブル越しにジェシーの手に向かって動かした。そのとき突然ジェシーは手をひっこめて、パペットをはずした。「もうこのゲームにはうんざり」

わたしは彼女を見つめた。

「もう行ってもいい？」

「いますぐ?」わたしは驚いていった。

うなずきながら、彼女はもう片方のパペットも手からはずして、テーブルの上に置いた。

「気分がよくない。病気の菌が入ったのかも。いまここで流行ってるんだ。だからもう行きたいんだけど」

わたしは彼女をしげしげと見た。

「お願い」とジェシーはいい、椅子から立ち上がった。「もう行かなくちゃ」そういうと、その場を去っていった。

25

　五月になった。いかにもこの時期らしく、長いあいだ暖かく乾燥した天気がつづいていた。羊の出産の時期も終わり、農場もそれほど忙しくなくなってきたので、わたしの心はヒバリのほうに向いた。ある日の午後、ムーアをつっきって車を走らせると、狭い道のわきにある草地に車を停めてエンジンを切った。車の窓を開けて耳を澄ます。数えきれないほどのヒバリがムーア一帯から次々と飛び上がり、たくさんの流れるような歌声が空気を満たしていた。ジェシーを連れ出すときがきたのだ。

　次に彼女に会ったときに、ムーアに行くときがきたというと、ジェシーは喜びではじけた。

「やったー！　いつ行くの？　今日行ける？　今日の午後行ける？　あたしだけなの？　あたしだけを連れていってくれるの？　お願い、今から行こうよ！　お願い。お願い、お願い、お願い！」

「今日は遅すぎるわ。だってそろそろお茶の時間だし。土曜はどうかと思っているんだけど」

「フィッシュアンドチップスの店にも行ける？　あたしをフィッシュアンドチップスの店に連れていって、それからヒバリを見にいくっていうのはどう？」と彼女は熱心に頼んだ。

わたしにはそれがいい考えだとは思えなかった。外出ということになると、ジェシーにはじつにひどい実績しかなかった。わたしが何かをアレンジしようとするたびに、ジェシーは興奮に負けてしまうのだった。それで必ず、わたしがやってくる直前に不始末をしでかして、その結果、謹慎を言い渡されてわたしとの外出は許されなかった。またこういうことが起こる可能性を最小限にしたかったので、わたしはイベントの計画を大きなものにしすぎないようにしようと思った。それで、今回はヒバリを見に行くだけにして、フィッシュアンドチップスはまた別のときにする、と説明した。

「じゃあ、ピクニックをするのはどう？　ピクニック用の食べ物を持っていくっていうのは？　お願い。小さいときからずっとピクニックには行ってないんだよ。ずっと小さいときから。他のみんなはそういうのに行ってるのに。先週だってフィオンのお父さんがあの子に会いにやってきて、あの子を恐竜パークにピクニックに連れていったんだよ。水上自転車に乗ったんだって。あたし、そんなのやったことない」

「今度のはちょっと外出するだけなのよ」彼女の気持ちを鎮めようと、わたしは声を低めにしていった。「ムーアまでドライブしてヒバリを見るの。アイスクリームくらいなら持っていってもいいかもね。でも、あまり大ごとにならないように気をつけたいのよ。台無しになってほしくないから」

「そうはならないよ。あたし、いい子にしているから。約束する。学校でもずっといい子にするし、しなければいけないことは全部やる。ここでも全部やるから。だれにも口答えしない。癇癪を爆発させたりしない。約束するから」

もちろん、そうはならなかった。わたしはそのためにじゅうぶんな準備をした。何かいいことが予定されているときに、ジェシーが自己破壊《セルフサボタージュ》してしまう可能性に対しても準備をしていた。その場合でも彼女を外に連れ出すことについてスタッフと調整していた。この問題への対処法はこれしかないと思われた。わたしが彼女の行動と何か楽しいことをすることとの関連を取り除くことができるとすれば、この方法でこの問題をやり過ごすことができるかもしれないと思った。だから、ジェシーが何をしでかしても、わたしは彼女を土曜に外に連れていくつもりだから、彼女に準備をさせてやってくれ、とスタッフに頼んでおいたのだ。

残念ながら、問題を起こすことに関してジェシーがどれほど創造性豊かになれるかをわたしは甘く見ていた。夜のあいだに彼女は真夜中のパーティをしようと心に決めた。キッチンにはスタッフがいないときには子どもたちは入ってはいけないことになっていた。それが守られるように多くの予防策がとられていた。ドア、戸棚、冷蔵庫にも鍵がかかっていた。だが、そんなことでめげるジェシーではなかった。彼女はなんとかして臨時雇いのキッチン・スタッフから鍵を盗み出し、それから「パーティ」に参加しないかと他の女の子ふたりを誘った。彼女たちはキッチンに忍び込んだが、戸棚も冷蔵庫も開けることができなかった。ジェシーはフォークを見つけだし、それを曲げて冷蔵庫の鍵をこじあけようとした。他の女の子ふたりはこの時点で怖気づいてしまい、自分たちの部屋にもどった。だが、ジェシーは執拗だった。食べ物が手に入らないのに腹を立てて、彼女はキッチンをめちゃくちゃにしはじめた。その物音でスタッフが飛んできて、彼女を捕まえ、真夜中だったので隔離室には入れずに部屋に戻した。ジェシーの怒りはますます高まり、自分の持ち物をめちゃくちゃにしはじめた。ベッドをひっくり返し、ものを投げちらし、ついには上からぶら下がっていた電球を割った。シーツを使ってドアの取っ手とベッドを結びつけていたため、最初はだれも彼女の部屋に入って騒動をおさめることができなかったので、事態はさらに悪くなった。

土曜の朝早くにリンがわたしに電話をしてきて、残念だがジェシーは外出できない、といってきた。彼女はわたしたちの計画のことと、ジェシーの行動の良し悪しに関係なくわたしがジェシーを連れていきたいと思っていることもよくわかっていた。それでも今回はそうするわけにはいかなかった。あまりにも被害が大きかったからだ。ジェシーは自分がめちゃくちゃにした後を片づけるためにホームに閉じ込められており、二週間は罰として外での活動に参加できないことになった。そんなわけで、わたしたちはヒバリを見には行かなかった。

火曜日の午後、わたしたちはいつものようにその場にいた。セッションに入ってきたジェシーは少しきまり悪そうに見えた。それとも、わたしがそうだと想像しただけなのかもしれなかった。というのも、ふつうの因果関係はジェシーには通用しなかったからだ。彼女はものすごくわたしと外出したがっていた。困ったことを起こせばそうできなくなることを彼女は知っていた。それでも、このふたつがどのようにつながるかの論理が相変わらず彼女にはわからないのだった。

わたしの向かい側の席にすわって、ジェシーはわたしと目を合わせなかった。そうはせず、指でテーブルの縁をなぞりながら、テーブルの上を長いあいだずっと見ていた。ようやく彼女はいった。「ゆうべトリイの夢を見たよ」

わたしはうなずいた。

「トリイがあたしを里子にしてくれるっていう夢だった。リンが服を入れるようにってゴミ袋を渡してくれたんだけど、あたしが袋の中を見ると、そこにはパペットたちが入っていて服を入れる場所なんてなかった。それで、トリイはあたしの持ち物を持ってきてほしくないのかもしれない、って思ったんだ。あたしは自分の持ち物は全部置いていかなきゃいけなかった」

長い間《ま》があった。

「それから、トリイはあたしをトリイの家に連れていった。そこに行ったらヒバリが見られると思ってたんだけど、その家はトリイがいってたみたいにムーアにはなかった。フィッシュアンドチップスの店のそばだったんだ。でも、だったら代わりにフィッシュアンドチップスを食べに行ける、って思ったんだ。でも、そこにはジョーゼフがいた。あたしたちがトリイの家に着いたら、ジョーゼフがドアを開けた。ジョーゼフがトリイの夫で、彼はトリイの小さな女の子を抱っこしてた。彼がその子のお父さんだったんだ。

ジョーゼフはあたしにそこにいてほしくなかった。彼はあたしを見てほんとうに腹を立てた。それで、ぼくにはもう小さな娘がいるんだから、おまえなんていらない、っていったの」

ジェシーは長いあいだ口をつぐんでいた。「彼がドアを開けたとき、だいじょうぶだってあたしは思ったんだ。トリイとジョーゼフがあたしの里親になってくれてうまくいくって。だって、ふたりともあたしにはやさしくしてくれるってわかってたから。でも、ジョーゼフはあたしにつらくあたった。あたしに出ていってほしかったんだ。あたしは泣きだした」

「あなたが動揺したのはよくわかるわ」

彼女はうなずいた。「あたしがそこにいてもいいんだって、トリイからジョーゼフにいってほしかったんだ。トリイとジョーゼフがあたしの里親になることになっていて、あたしはトリイたちとずっと一緒に暮らせるんだって、トリイから説明してほしかったんだよ。だって、トリイはそういってたもの。それでだいじょうぶだっていったもの」

わたしは椅子にすわりなおした。「で、そうはならなかった?」

ジェシーは首を振った。「トリイもあたしにつらくあたった」

「なんてひどい夢かしら。夢の中のわたしがあなたにそんなにひどかったなんて、気の毒に。だけど、それは夢だったって覚えておくことがだいじよ。夢で起こることは想像上のことなんだから。夢はわたしたちの心が作り上げるお話にすぎないのよ。ほんとうのことじゃないの」

ジェシーは黙り込んだ。彼女はわたしと向かい合う場所の椅子にすわり込んでいたが、いまは両腕を自分の体に巻きつけていた。「トリイがあたしにしたことをいいたくない」と彼女はぶつぶついった。

「夢の中で、ってこと?」

彼女はうなずいた。「いえない。だってトリイはいやらしいことをしたんだもん」

「そうなの」とわたしはいった。彼女に話してみるよう促すべきなのかどうかよくわからなかった。反応性愛着障害の子どもは、自分が相手の「弱み」を見つけたと感じたら、相手を思い通りに操ることができる。だから、性的虐待のことを持ちだすとわたしが強い関心を持ち続けるとジェシーが考えていることもありえた。話題として、このことがわたしたちの会話の中心になりはじめていたが、それがジェシーが勇気を出して自分が虐待されたことを告白しようとしているのか、それともわたしを手玉に取ろうとしているからなのか、わたしにはよくわからなかった。

ジェシーはわたしがはっきりした反応を見せていないことに気づいていないようだった。「あたしは泣いていたの」と彼女は話をつづけた。「ジョーゼフがあたしにいったことのせいで。トリイはあたしを抱きしめてくれた。あたしを慰めてくれるつもりだったんだ。あたしたちがヒバリを見られなくて残念だった、ってトリイはいった。それからあれをやったんだ」と彼女はいった。

「何をやったの？」

「いえないよ」

わたしは黙っていた。

ジェシーが顔を上げたので、わたしたちは一瞬目を合わせた。すぐに彼女は目をそらした。あまりに早く目をそらしたので、彼女が何を考えているのか考える暇もなかった。

「トリイはあたしのあそこに指を入れたんだよ」

「夢の中で？」

彼女はうなずいた。「あたしを慰めるために」しばらく間《ま》をおいてから言葉をつづけた。「トリイはあたしのことをかわいそうだと思ったんだよ。ジョーゼフが意地悪で、あたしが泣いていたから。トリイはあたしの気分をよくしてあげようとしたんだ。でも、あたしはああいうのはいやだった」

「そうよ。小さな女の子にそういうふうに触ってはいけないわ。そうでしょ？」

ひどく長い間《ま》があった。それからジェシーがいった。「慰めるためだったらいいんだよ」

「いいえ。慰めるためでもだめよ。小さな女の子をそんなふうに触ってはいけないのよ。何があっても」

「あたしはいやだった。やめてほしかったんだよ」

わたしは彼女を見つめた。

「ジェンマはやめてくれなかった。やめて、ってあたしが頼んでも。ジェンマはあたしがすごく怖がらなくてすむように、あたしをベッドに連れていった。それであたしを慰めてくれたの」

「お姉さんがあなたのあそこに指を入れて、あなたを慰めるためにそんなことをしているっていったの？」

ジェシーはうなずいた。

「ジェンマにそんなふうに触られたことを、だれかに話した？」

「話したらだめだってジェンマにいわれた。これはあたしたちの秘密だから、って。もしあたしが話したら、あたしはどこかに行かされるって。だけど、あたしはやめてほしかったんだ。おしっこするときに痛いんだもの」

ジェシーはうなだれた。両手をひざに置き、指をからませながらじっとそれを見ていた。わたしが何もいわなかったので、彼女は顔を上げてわたしを見た。一瞬わたしたちの目が合ったが、それから彼女はまた下を向いた。

「ジェンマがそうやった」と彼女は小さい声でいった。それから長い間《ま》があった。「夢の中のトリイの話じゃないんだ。さっきはそうだといっただけ。どうしてそういったのかわからない。あれはほんとのことじゃなかった」

沈黙が流れた。

「トリイに話したかったんだ。小さな野ウサギのときに、先週話したかった。でもできなかった。トリイにいうために悪い夢のせいにしなきゃいけなかった。それでもトリイに話したかったの。ジェンマがあたしを傷つけたのに、それでもやめなかったっていいたかったんだよ。ジェンマなんか大っ嫌い。だってずっとそういうことをしてきたから」

「わたしに話してくれてうれしいわ」

「一度お母さんに話そうとしたんだ。『お母さん、ジェンマがあたしを傷つけるの』って。そうしたらお母さんはかんかんに怒って、こういったんだ。『このろくでなしが！　誰がおまえのいうことなんか信じるもんですか！』って」

ジェシーがそういったとき、わたしは疑わしいと思った。ダイアンに会ったわたしには、彼女がそんなものの言い方をするとは想像できなかった。だから、わたしはただちに警戒することにした。これのどこかでもほんとうのことはあるのだろうか？　ジェシーはわたしを手玉に取っているだけなのだろうか？

わたしの心を読んだかのように、ジェシーは顔を上げてあたりを見た。ほとんど何もセッションらしきことができなかった後で、わたしたちは長いあいだ目を合わせていた。彼女の眼つきは挑発しているわけでもなく、懇願しているようでもなかった。ほんとうのところ、どう解釈していいのかわからなかった。

「あたしのいうことを信じてないんだね」彼女は感情のこもらない声でいった。それは質問ではなかった。

「信じているわ。でも、このことはトーマス先生にいわなければ」

「だめ、やめて」

「もしこれが起こったんだとしても、それはあなたが悪いんじゃないのよ、ジェシー。あなたを責めてなんていないわ。でも、わたしには守れない秘密もあるの。あなたを安全に守るのがトーマス先生のお仕事なの。だから彼女にはいわなくてはならないの」

「何もいわないで。お願い、いわないで」

もちろん、わたしには話す以外の選択肢はなかった。仮にこれがジェシーの作り話だとわかったとしても、その判断をするのはわたしではなかった。わたしはこれを真剣に受け取らなければならなかったし、まずこれを聞かなければならないのはメレリだった。だから、このセッションが終わってからわたしは彼女に電話をした。わたしはジェシーがした主張をメレリに話し、彼女がいったことをどう受け取っていいのかほんとうに難しいが、今回のことは彼女がドクター・ヒューズなど他の人のことでいったこととはちがう気がする、といった。今回の話には、ジェシーがこれまでとんでもない言い立てをしたときに伴っていた心からの訴えも、彼女の嘘につきものだった入念に練られた感じもなかった。わたし自身物語を書いているので、ジェシーの説明の多くには彼女が自分の話のうまさにほくそ笑んでいるのがわかった。事実だけではそこまでいかず、細かな部分が話に命を吹き込むということを彼女はよく心得ていた。

「あー」わたしが話し終えると、メレリは長いため息を吐いた。「すごく長いあいだ、わたしはこの家族の謎を解く鍵を探していたのよ。あの人たちはとにかくわけがわからなかったから。だけどジェンマのことを考えたことはなかったわ。いえ、考えたことはあったわよ。だけどたいていはジェンマも犠牲者だという可能性があるという意味でしか考えなかった。水面下で彼らが話している以上のことが起こっているはずだとは思っていたの。身体的な虐待も考えたけれど、証拠が見当たらなかった。わたしはグウィルがダイアンのことを正気ではないと思わせているんじゃないかと疑ってもいた。だけど、人が気がつかないところでジェンマがそんなことをしていたのね」

「ということは、ジェシーがほんとうのことをいってると信じているのね?」とわたしはきいた。

「ええ。この件に関しては、わたしはジェシーを信じる」とメレリがいった。

26

再び大騒ぎが始まった。児童保護当局がすでにジェシーにかかわっており、かつジェンマが十二歳以上であることから、警察がかかわってこざるをえなかった。そんなわけで、新たな事情聴取と捜査が始まった。ケリドウェン・デイヴィスと少し話した以外、わたしはジェシーの家族とも警察とも直接接触はしなかった。だから翌週にわたしが受け取った情報はすべてまた聞きだった。

ジェンマによる虐待が露わになったことで、この難しいケースについに風穴があいた。警察での事情聴取のときにターニングポイントがやってきた。わたしたちはみんなジェンマが否定すると予想していたのだが、ジェンマは自分が妹に性的虐待を行なっていたと告白したのだ。それから彼女は自分の家族がどんなに機能不全に陥っていたかを、次々と詳しく暴露していった。

ジェシーがネグレクトされ、不当な扱いを受けていたことの全容が明らかになった。彼女たちの母親は産後うつのために何もできなかったので、グウィルが仕事に行っている日中、ジェシーの世話をしていたのは八歳のジェンマだけだった。ダイアンを動揺させないようジェシーをおとなしくさせるために、ジェシーは母親の処方薬からジェンマが自分で作り出したものまで、あらゆる種類の薬の混合物を与えられていた。ジェシーは体を洗ったりおむつを替えたりしてもらえないまま、ベビーベッドにほうっておかれていた。ジェンマには妹の世話をするのに必要なものが見つけられなかったのだ。また、沐浴やおむつ替えをどれくらいの頻度でやればいいのかわかっていなかったせいもあった。家には適切な食べ物がないことも多かったので、トーストを作り、ベイクド・ビーンズの缶詰を開けて、それらをスプーンで生後六か月の妹に食べさせた。それしか食べ物がみつからなかったから、とジェンマはいった。

　こうなったのがメレリが推量していたように、グウィルが妻をコントロールしようとしていたせいなのかどうかよくわからなかった。わたしにはそれ以上のもののように思われた。グウィルが不健全なまでにダイアンの精神面の問題に介入しすぎているように思えたのだ。ほとんど一種の代理ミュンヒハウゼン症候群（周囲の関心や同情を引くために近親者（母親が子どもに対してする場合が多いが配偶者の場合もある）を病気にしたてあげる）といえるほどに。その結果、彼の注意は全面的にダイアンのほうに向いていて、ジェンマにもジェシーにもほとんど注意を払わなかったのではないか、と。事情聴取を受けたときに、自分は上のふたりの娘たちとはふつうの関係を築けていたが、ジェンマもジェシーも「好きになれなかった」とダイアンは報告していた。ジェンマのときにすでにネグレクトは始まっていたようだ。当時上のふたりの姉はティーンエイジャーで、彼女たちふたりでジェンマの母親代わりをやっていた。だが、ケイトからは虐待されていた、とジェンマはいっている。母親がうつになったのはジェンマのせいだとか、あんたが生まれたせいで家族がめちゃくちゃになったなどといって、ケイトはジェンマを精神的に攻撃した。また、ケイトは「すわり方が悪い」など些細なことでジェンマを言葉で攻撃し、このようなことをあげつらっていかに彼女に価値がないかと指摘したりもした。ジェシーを扱うにあたって、これがジェンマの規範となった。もっとも彼女は世話をするということには姉ほど興味を持たなかったので、結果としてほとんどジェシーを彼女の部屋に閉じ込めておくことになった。

いつ性的虐待が始まったのかについては、ジェンマは覚えていなかった。ジェシーが三歳か四歳のころに彼女を自分のベッドに連れていくようになった、とジェンマはいった。ジェシーが夜驚症（睡眠中に突然泣いたり叫んだり恐怖症状を示すこと）になったので、ジェンマは両親を怒らせたくなかったからだ。これがきっかけとなって、性的な探索をしたり指を入れることになったのだという。メレリからこのことを聞いたとき、わたしは「慰める」という言葉を思った。わたしたちが一緒にセッションを始めたかなり早い時期に、「ジェンマはあたしを慰めるためによくベッドに連れていった」とジェシーがいっていたのを思い出した。

ジェンマが突然大量の情報を提供しだしたことに、わたしは驚いた。わたしの経験では、恐れやきまり悪さから、虐待を打ち明けるプロセスは時間がかかりがちだったし、紆余曲折を経ることが多かったからだ。ジェンマの告白はあまりに早かったし度を越したものだったので、わたしは最初疑いを持った。ひょっとしたらジェンマも妹と同じように話を作り上げるのが得意なのかもしれない、わたしたちは甘い誘惑に乗るようにしむけられているのかもしれない、と。しかし、警察も児童保護当局もジェンマがいっていることの信ぴょう性を確立することにはたけていた。たしかに、その大部分はジェシーの話からも裏付けることができ、結局のところ必ずしもそれほど突拍子もないことではなかったのだとわたしたちは気づきつつあった。すぐに秘密を打ち明けたのは、ジェンマもジェシーと同じくらい助けてもらいたくてたまらなかったのかもしれない、とわたしは思った。放火がジェシーを家から逃れることを可能にしたように、性的虐待とその結果として警察から事情聴取を受けたことが、ついにジェンマに自分の家族についてオープンに話すために必要な安全な場所を与えたのだ、と。

ジェシーが虐待のことを打ち明けてから次のセッションまでのあいだ、わたしはジェシーとは会わなかった。が、彼女が警察とソーシャル・サービスから二、三回事情聴取を受けたことは知っていた。だから、ジェンマがことの真相を証言したことにまつわる劇的な出来事がわたしたちの会話の中心になるだろう、とわたしは予想していた。だが、そうはならなかった。

部屋に入って来たとき、ジェシーにはいつもの弾むような感じがなかった。部屋に入ると、彼女は後ろ手で静かにドアを閉め、テーブルのところにやって来ると椅子を引き、わたしと目を合わさずにすわった。手を伸ばしてわたしの仕事かばんをつかみ、開けると画用紙とペンを取り出した。彼女は何もいわなかった。

「今日はおとなしいのね」とわたしはいった。

「絵を描きたいの」

「いろんなことが起きているわね」

彼女は返事をしなかった。箱から黒いペンを選ぶと、用紙の左下の隅に小さなヒバリを描きはじめた。高さが二・五センチもない。ジェシーは紙にくっつくほどかがみこんで描いていた。

「そういうことについて、あなたはどういうふうに感じているの？」

「絵を描きたいんだよ」

ジェシーが絵に熱中して数分が過ぎた。彼女はヒバリを青と緑に塗ったが、そのまわりに描きはじめた長い草の中にヒバリはほとんど消えてしまった。わたしは時計を見つめた。何もいわないまま秒針が二回、四回、六回周るのを見ていた。

「今日は話したくないみたいね」

「うん。話したくない」

「どうして？」

「だって、は、な、し、た、く、な、い、から」

「わかったわ」わたしはすわりなおした。

さらに時間がたった。

「どうしてなのか教えてくれる？　ここで何が起こっているのか、わたしにはよくわからないのよ」とわたしはきいた。

ジェシーは顔を上げてわたしを見て、目をせばめた。「トリイとはもう二度と話したくないかもしれないからだよ。ここにはもう二度と来ないかもしれない」

「怒ってるみたいね。何があったの？」

ペンを置くと、ジェシーはすわりなおした。「話したでしょ」

「ジェンマのことをいってるの？　先週もいったように、あなたがわたしにいったことを、わたしはトーマス先生に話さなければならないのよ。覚えてるでしょ？　ジェンマとのことで起こったことはあなたが悪いんじゃないの。あなたがわたしに話してくれてすごくうれしいわ。でも、わたしはそれを秘密にはしておけないのよ」

「トリイ、話したじゃない」

「あなたがそうしてほしくなかったのなら、悪かったわ」

ジェシーは泣きだした。涙があふれて顔がゆがみ、口がへの字になった。彼女は体をかがめ、両手で顔をおおった。

彼女が泣くのを見ているのはつらかった。彼女がいったことにもかかわらず、ジェシーがジェンマを、そして、どれほど不適切であったにせよ、実家での生活を愛しているのはまちがいなかった。だから、自分がその秘密を明かす張本人になりたくなかったのは明らかだった。

数分後、ジェシーはすわりなおし、手の甲で涙を拭いた。わたしは彼女のほうにティッシュの箱をわたした。彼女はティッシュを一枚取り、鼻をかんだ。「これからジェンマはどうなるの？」と彼女はきいた。

「わたしも正確には知らないのよ。わたしは彼女を担当する役目じゃないから。でも、彼女はもう警察にあなたの家族で何があったのかについては話したそうよ」

「ジェンマ、逮捕されるの？」

「いいえ。この件はあなたの家族内の問題と関係がある、と警察はわかっているから。このことに関して、解決しなければならない法的なことがいくつかあるの。それが終われば、ジェンマも何か助けを得られるんじゃないかしら」

「ジェンマもあたしみたいに施設に入るの？」

「いいえ。ジェンマは十八歳よ。もう大人だもの」

「ジェンマがあたしを引き取ることはできない？」眉をひそめながら、ジェシーがきいた。

「どういう意味？」

「ジェンマがあたしをここから出して、あたしの里親になることはできない？　ジェンマはもう大人なんだから。だって、ベッキーはそうなったんだよ。ベッキーはマンチェスターにいるお姉さんと一緒に暮らすことになったんだよ」

「いいえ。ベッキーのお姉さんは二十代で、結婚して落ち着いた生活をしているからよ」

ジェシーは黙り込んだ。彼女はヒバリの絵を手に取り、長いあいだそれをじっと見ていた。彼女はため息をついた。それから大きくバンと音をたてて紙を両手で叩くと、それをくしゃくしゃに丸めてテーブルの向こうに投げた。

「なんでこんな絵を描いたのかわかんない。ばかみたい」

わたしは黙っていた。

「パペット、持ってきた？」と彼女はきいた。「マグナスとエレノアを連れてきた？」

わたしは黒いゴミ袋を引き寄せた。ジェシーは手をつっこみ、二匹のクマのパペットを見つけると、それぞれ両手にはめた。

彼女は長いあいだそれを見つめていたが、やがていった。「昔々、森に二匹のクマがいました」彼女は顔を上げてわたしを見た。「これからお話をするから。クマについてのおとぎ話を作るから」彼女は二匹のパペットにもどった。「ふたりには赤ちゃんグマがいませんでした。ふたりだけだったのです。『ご機嫌いかが、クマさん？』とこっちのクマがいいました。『いいよ。きみはどうだい？　クマさん』『元気よ』とこっちのクマが答えました」

数分間にわたってジェシーはクマにあれこれしゃべらせた。森の生活についての他愛もないことばかりだった。ジェシーがマグナスとエレノアを要求したにもかかわらず、クマたちにはいつものマグナスとエレノアという人格が備わっていないようだった。これはおとぎ話であること、クマたちがどういうふうに山腹の森の中で暮らしているかなど、自分がしていることをわたしに説明するときは、ジェシーはずっと動きを止めていた。このおとぎ話には生き生きしたところがほとんどなかった。ただ森の道を行ったり来たり、ベリーを食べたり、お互い機嫌はどうだとたずねあったりするばかりだった。

やがてクマの一匹がいった。「こういうのには飽きたよ。おいしいウサギが食べたいのに」「野ウサギね」ともう一匹のクマがいった。「どこにいるか知ってるわ」そして、二匹のクマは黒いゴミ袋に飛び込んだ。

「あーよかった。ここに小さな野ウサギがいる。ガツ、ガツ、ガツ」一匹のクマが野ウサギのパペットを口にしっかりとくわえた。

もう一匹のクマのパペットが野ウサギの脚をつかんだ。「ビリッ、グシャッ、パクッ。全部食べちゃった！　平らげちゃった！」ジェシーが野ウサギのパペットを部屋の向こうに放り投げたので、パペットはソファの後ろに消えてしまった。「今度は子羊だ！」

二匹のクマのパペットはこんなふうに袋の中のほとんどすべてのパペットを食べてしまった。ドラゴンとダチョウだけは無視されたが、おそらくこのふたつが大きすぎたせいだろう。残りのものは食べつくされ、残骸があちこちに放り投げられた。

「あーあ」ジェシーは満足そうにいい、二匹のクマのパペットを背中をもたせかけるようにすわらせた。「おいしかった。ごちそうパーティだった」

「あなたのクマたちはすごくお腹が空いてたのね」とわたしはいった。

「そうだよ。みんな食べちゃった」

「すべてのものをなくしちゃうと気分がいいときもあるわよね」

彼女は満足そうにうなずき、両手にはめたクマをしげしげと見た。それからいった。「あたし、クマだったらよかったのに」

「みんなを食べてしまいたいのね」

彼女はうなずいた。「食べちゃうことですべてのことを消してしまうんだ」彼女はにやっと笑った。「パク、パク！」いつもの明るさが少しもどってきた。「パク、パク！」そういって、クマの一匹を伸ばしてわたしの腕を噛んだ。

「わたしまで食べちゃいたいのね」

「そうだよ！　パク、パク！」

それからしばらく動きが止まった。「でも、もしあたしがクマだったら、赤ちゃんを持たなきゃならなくなる。だって、クマが寝ていると、知らないあいだに赤ちゃんが生まれちゃうんだもん。あたし、そういうのはいやだ。目が覚めたら自分に子どもがいるのがわかるなんて」

ジェシーはクマのパペットを自分の近くに引きもどし、しばらくのあいだ二匹のクマの口と口がくっつくようにした。それから一匹を自分の目の高さまでかかげて、じっとそれを見た。「それがあたしのお母さんに起こったことなんだよ。お母さんは眠っていて、目が覚めたらあたしがいたの」

「あなたのお母さんが眠ったのは麻酔をかけられたからよ。帝王切開をするためにお医者さんたちはそうしなければならなかったのよ。それって一種の手術なの。お医者さんがお母さんに麻酔をしたのよ。お母さんがあまり苦痛を感じなくてもすむようにね。でも、目が覚めたら赤ちゃんがいることをお母さんは知ってたのよ」

「お母さんは目が覚めたときに赤ちゃんなんかほしくなかったんだよ」とジェシーはいった。「でも、そこにはあたしがいた。だからお母さんはあたしの世話をしなきゃいけなかった。お父さんがおちんちんをお母さんのあそこに入れたからだよ。そういうことなんだよ。お母さんはいつでもベッドにもどって眠りたかったんだ。次に目が覚めたときにはあたしはいないかもしれないから。でも、そんなふうにはいかないよね、エレノア？」

ジェシーはクマのパペットの体と体をぴったりくっつけた。二匹の口と口をくっつけてはまた離した。こうすることで彼女は性的な行為を示しているのだとわたしは感じたが、彼女は何の説明もしなかった。

「飛んでいけるのでないかぎりは」とジェシーはいった。「ヒバリみたいに。だってヒバリは空高く飛ぶもの。そのときヒバリは歌うんだよ。ほら、このおとぎ話はそういう話なんだよ。エレノアは妖精の粉を少し食べて、突然ヒバリに変身しちゃうの」ジェシーは手を高く頭上にあげて、クマのパペットを空中で進ませた。椅子から立ち上がって、彼女はクマをさらに高いところにかかげた。「ほら、この子はいまヒバリなんだよ。トリイにはクマにしか見えないだろうけど、それはトリイの目に妖精の粉が入らなかったから。でもほんとうはエレノアはヒバリで、ずっと飛んでいけるんだよ。エレノアは子熊をみんな置いていっちゃった。洞窟も置いていっちゃった。マグナスさえ置いていっちゃったんだよ。ほら。マグナスもどこかへいっちゃった」ジェシーはもう一匹のパペットを振り落とした。「エレノアはいまヒバリです。彼女は幸せです。おしまい」

「エレノアにとってハッピーエンドになってよかったわ」とわたしはいった。

「おとぎ話だからそううまくいくんだよ」

「だけど、エレノアが飛んで行って、残された子熊たちはいい気はしないんじゃないかしら?」とわたしはきいた。「子熊たちにとってはハッピーエンドとはいかないわね。だって、彼らはお母さんにいてほしいでしょ。子熊たちは自分たちが何か悪いことをしちゃったから、お母さんは自分たちと一緒にいたくなくなったのかもしれない、と考えているのかも。お母さんが行っちゃったのは自分たちのせいかもしれない、と考えているのよ」

「ちがう」とジェシーは確信をもっていった。「そういうふうにはならないの。エレノアは幸せなの。妖精の粉が他のものはすべて消してしまうの。だからエレノアはそんなこと心配しなくていいんだよ」

わたしはなおも食い下がった。「エレノアはそうかもしれないけど、でもわたしは小さな子熊たちのことが心配だわ。あなたが生まれたからといって、それはあなたのせいじゃない。だれか他の人がおとぎ話のようなエンディングを欲しがっているからといって、あなたはただ消えてしまうわけにはいかないのよ。この小さな子熊たちにはこの子たちの面倒をみてくれる人が必要なの。子熊たちはさびしくなって泣くわ。子熊たちは泣くし、自分たちの面倒をみてくれる人が必要な存在だからといって、責められることはないのよ」

「あたしはあの子たちを責める」ジェシーは平然としていった。「自分で自分の面倒がみられないのなら、生まれてこなければよかったんだよ。エレノアが眠っているあいだに彼女のヴァギナから出てきてはいけなかったんだよ」

わたしは捨てられたクマのパペットを拾って、わたしの腕の中であやした。「かわいそうな子熊ちゃん。わたしが抱っこして寄り添ってあげるわ」

ジェシーはわたしをじっと見ていた。彼女が笑いだして、わたしに何をばかなことをしているのだというのだと、一瞬思った。だが、沈黙は長引いていった。ジェシーは下唇を噛んだ。それからエレノアのほうに手を伸ばした。ためらいがちに彼女はパペットを自分の胸の近くに持ってきた。

「そうね、あなたはその子に寄り添ってあげなさい。わたしはこの子に寄り添うわ」とわたしはいった。「そして、この子たちが自分たちだけ置き去りにされて泣いていたことを、わたしたちがどんなに気の毒だと思っているかを話してあげましょう。だれもこの子たちのことを傷つけたりしないわ。この子たちに悪いことなんか起こらないのよ」

「だれもこの子たちのあそこに指を入れたりしない。だってそれは寄り添うってこととはちがうから。そうだよね？」とジェシーがいった。「だって、見て。これはこの子たちのあそこになるよ」彼女はパペットに手を入れるところの穴を見せた。

「ええ、そういうのは寄り添うことじゃないわ。寄り添うっていうのは、ただ強く抱きしめるだけ。この子たちが暖かく安全な気持ちでいられるようにね。それがわたしたちが赤ちゃんにしてあげることなの。赤ちゃんはそう扱われるべきなの。だってそれが赤ちゃんに必要なことだから」

ジェシーはにっこり笑って、パペットをぎゅっと抱きしめ、前後にゆすった。「そうだね。それが赤ちゃんに必要なことだよね」

27

「トリイに話があるの」次の火曜日にやってきたとき、ジェシーがいった。彼女はテーブルをはさんでわたしの向かい側にすわった。「メラニーが養子になるんだよ」

メラニーは廊下をはさんでジェシーの向かいの部屋に住んでいる十二歳の女の子だ。このふたりはかなり緊張をはらんだ関係にあった。メラニーは長いブロンドの髪と天使のようなかわいい顔をしたとても魅力的な女の子だったが、抜け目のないところもあった。自分に有利になるように自らの知性を隠す人がいるが、彼女もそんなひとりだった。このため、彼女はグループホーム内でも力のある地位にいた。これらふたつの特性をうまく操作することを完全に心得ていたからだ。彼女とジェシーだけが年齢が近かったので、当然ふたりは一緒にいることが多かった。だが、彼女たちの関係はわたしにはいつも不公平に思えた。ジェシーはお人好しでだまされやすいわけではなかったが、メラニーよりは年下なので自分に何かがしかけられてもそれを見抜けなかった。メラニーはそこを利用した。だから、わたしはいつも彼女のことを多少警戒していた。

しかし、このニュースには驚いた。メラニーの背景についてはよく知らなかったが、彼女に母親と弟がいることは知っていた。弟は里親に預けられていて落ち着いているようだった。が、その里親の家庭がメラニーをも引き取ることはできなかった。わたしがジェシーとセッションをやっていたあいだに、メラニーを母親のもとに帰そうという試みが一度あった。母親は目下ヘロイン依存症という問題を抱えており、結局この試みはうまくいかず、メラニーはグラン・モルファに残ることになっていた。

「養子って確かなの？」とわたしはきいた。メレリは彼女をジェシーと同じように里親にあずかってもらうという計画を立てていたからだ。

「そうだよ。お母さんは権利を取り上げられたってメラニーがいってたもの。だから、もうメラニーと弟は養子になれるんだよ」

「そのことについてメラニーはどう思っているの？」

「えーと、最初は里子ってことになるんだって。うまくいくかどうか見るためにね。でも、もう来週行くんだよ。それで、それがうまくいけば、里親があの子を養子にしてくれるかもしれないって、メラニーがいってた。もし養子になったら、メラニーはその人たちの苗字になるんだよ。マッキーっていうんだ。スコットランドの名前だよ。だからメラニーはスコットランド人になるんだ」

「名前はスコットランドの名前かもしれないけど、メラニーはそれでもウェールズ人よ。だって彼女はここで生まれたわけだから」

「でも、知ってる？」ジェシーは相手の興味をくすぐるような小声でいった。「その里親はゲイなんだよ！　女の人ふたりなの！　あたしその人たちに会ったよ。ひとりはルースって名前でもうひとりはシルビアって名前。『ゲイ』ってどういうことか知ってる？　メラニーはお父さんとお母さんではなくお母さんがふたりできるってことなんだよ」

「ええ、『ゲイ』がどういうことかはよくわかってるわ。それってメラニーにとってすてきなことじゃない？　きっと里親のおうちで楽しく過ごせるわ」

「里親じゃないってば。メラニーは養子になるんだから」

「それはメラニーの見方でしょ。でも、まずは里親から始まるのよ」

「メラニーは自分のことをすぐにメラニー・マッキーって呼ぶつもりだっていってたよ。その名前で学校も行きはじめるって」

「そのことについて、あなたはどう感じているの？」

ジェシーは肩をすくめた。「別に、どうでもいい」

「彼女がいなくなってさびしくならない？　いいお友達だったじゃない」

「そんなことないよ。それに、どうでもいいもん。さあ、そろそろ何かする時間だよ。絵を描いてもいい？　紙が入っているケースはどこ？」

彼女は椅子から立ち上がって、わたしの仕事かばんのところまで行った。そしてペンと紙を三、四枚取り出した。

「いつヒバリを見に連れていってくれるの？」再びすわりながら、彼女がいった。

「来週かな。いつものセッションをする代わりに、あなたをムーアまで連れていこうかしら。どう？」

「ゲイの人がメラニーを養子にしてもいいと思う？」と彼女は答えた。

「ええ、もちろんそう思うわ」

「何かが起こるとか思わない？」

「どういう意味？」

「あの、ほんとは『ゲイ』がどういうことか、あたし知ってる」

「あなたはその人たちがゲイだからって、メラニーのことを心配してるの？」

彼女は肩をすくめた。紙を広げてジェシーは絵を描きはじめた。初めてのことだったが、それはヒバリの絵ではなかった。彼女は人の形を描きはじめた。彼女がいつもとはちがうものを描くのを見てすごく驚いたので、わたしはしばらく黙って見ていた。

紙の上に女の子の形ができてきた。黒いパンツにピンクのブラウス、ブロンドの髪なのでメラニーだとわかった。ジェシーがメラニーを描かずにはいられない様子であることに、わたしは興味を引かれた。それからメラニーの横に別の人物が描かれた。茶色のショートヘアーの女性だ。

ジェシーは人間を描くのはヒバリほど上手ではなく、その女性の腕の長さが左右ちがっていた。指を描き足したとき、ジェシーもそのことに気づいた。「見て。まちがって描いちゃった。これはよくないな」それから言葉を切った。「見て。女の子の右側にあるほうの腕が長い。この人は指を女の子のあそこに入れられるよ」

「あなたはそんなことがメラニーの身に起こることを心配してるの？」

「ちがう」と彼女は断固としていった。

「ゲイのカップルだということは、その人たちがお互い性的な関係を持つということよ。ちょうど男女のカップルが性的な関係を持つようにね。どちらの場合も、そのカップルは愛情あふれる親として自分の子どもたちをだいじに思うのよ。愛情あふれる親は自分の子どもたちに性的に触れたりしないわ。だからルースとシルビアはお互いは性的な関係を持つけれど、メラニーに対してはそんなことはしないの。だから彼女は安全よ」

「わかってるよ」ジェシーは気のない様子でいい、絵を描くことをつづけた。

会話のないまま一、二分が過ぎた。今では女の子のそばに女性がふたり立っていて、細部が描かれていた。

「これをもっとちゃんと描ければいいんだけどな。もっと上手に描きたい」

「いまの絵もわたしは好きだわ」とわたし。

「きいてもいい？」

「ええ。もちろんよ」

だが、彼女は何もいわなかった。彼女はしばらくのあいだ再び絵を描くことに熱中していたが、ついに口を開いた。「ゲイのカップルがあたしのことを養子にしてくれるかもしれないと思う？」

「養子にしてもらうことを考えているの？　それともそれがゲイのカップルだってこと？」

「ホームの男の子がいってたんだけど、大きくなるとぜったいにお父さんとお母さんはできないんだって。お父さんとお母さんは小さな子どもしか欲しがらないから。赤ちゃんのことだよ。大きな子どもはすれちゃってるから。でもときどきは、メラニーみたいに、ゲイのカップルがもらってくれる。ゲイのカップルがあたしのこと、欲しがってくれるかもしれないと思う?」

「あなたはどう思うの?」

「あたしはだいじょうぶだと思う。いいかも」

それから沈黙が流れ、ジェシーは絵の細部を埋めるのに没頭していった。それから彼女がいった。「先週トーマス先生から話があったんだ。もう先生たちもジェンマのことを知っているから、もうすぐあたしは家に帰れるかもしれないって。あたしはサポートを受けられるからだいじょうぶだって」彼女は絵を見ながら言葉を切ったが、顔は上げなかった。「でも……」

彼女はペンを取り上げた。沈黙が長引いた。

「でも、何なの?」とわたしはきいた。

「あたしがいいたいのは……あの……あたしが知りたいのはこういうことなんだ。どうやってメラニーは家に帰らなくてすむようにしたの、ってこと。あの子の家族があの子を取り戻すことができなくなるように、どうやったの? だって、あたしもそうしたいから。あたし、だれか他人の子どもになりたい」

それから、わたしたちはまたおなじみの敵と対面することになった。つまり外出と。ジェシーとわたしは、天気がいいかぎり、翌週の火曜の午後にムーアに行くと決めていた。だが、どうやったらジェシーがまた自己破壊《セルフサボタージュ》を起こさないようにやり過ごせるだろうか？

「わたしはほんとうに、ほんとうにあなたとこれを実現させたいのよ。でも、わたしたちいつも問題にぶつかってばかりだわよね」とわたしはいった。

「今回はそうならない。約束する。ほんとに約束するから。指切りの約束だよ。さあ、小指を出して。指切りできるように。そうしたら、そのとおりになるから」彼女は右手の小指をわたしに向けて振った。

「いいえ、あなたが本気でいってることを疑ってるわけじゃないの。ただ、わたしたちが一緒に出かける日が近づいてくるといつも、必ず何かが起こるのよね」

「ううん、起こらない」

片方の眉を上げて、わたしは彼女の顔を見た。

「えーとね、いつも何かが起こるのはあたしのせいじゃないんだよ。あの人たちのせい。ヘレンとエニールの。あの人たち、あたしのことが嫌いなんだよ。特にリンがそう。あの人、すごくうるさいんだよ。わたしが何をやるときでも、後ろからついてくるの。土曜の夜も、あの人ったらあたしがババンダイの五十ペンスをとったっていうんだよ。あたし、とってないのに。とってないよ。でもあの人はあたしがとったっていって、それがみつかるまであたしはテーブルのところにすわっていなきゃいけなかったんだよ。すごく不公平だよ。超不公平だよ」

「わたしはだれのせいとかそういうことを気にかけているんじゃないの。わたしが気にかけているのは、どうやったらわたしたちが出かけるのを止めるようなことが起こらないようにするか、ってことよ」

「みんながいつもあたしを厄介ごとに巻き込むんだもの。そんなのすごく不公平だよ」

「今週あなたが厄介ごとに巻き込まれなくするためには、どうすればいいと思う？」

「とにかく厄介ごとには巻き込まれない。約束する。それと、トリイはリンにあたしを公平に扱うようにさせて。そうしたらあたしもいらいらしないから。だってあの人はいつもわたしをそうさせるから。あたしを怒らせて。トリイがそうしてくれたら、あたしは出かけられるよ」

「これがわたしの責任なのかよくわからないけど」とわたしはいった。「わたしにはこういうふうに思えるのよ。わたしたちが外出する計画をして、それが近づいてくると、あなたはお行儀よく振る舞うことができなくなる。これはわたしが知っていた他の子どもたちにも起こったことなの。彼らはすごくすごくわたしと出かけたいのよ。でも、出かけると何が起こるのか、どんな気持ちがするのかがよくわからなくて、だんだん心配になってくるの。よくあることだけど、わたしたちは怖くなると、ばかな振る舞いをしてしまうのよ。わざとじゃないの。ただそうなってしまうのよ」

「あたしは怖がってなんていないよ。あたしは何も怖くない」ジェシーは言い張った。

「そうね、そうかもしれない。でも、わたしが考えているのは、一緒に外出する練習をしたら役に立つかもしれないってことなの。椅子を並べるからごっこで一緒に旅に出かけましょう」

「ばっかみたい。あたしは赤ちゃんじゃないよ。ごっこ遊びなんてしない」

『ごっこ』という言葉がよくなかったかもしれないわね。『ロールプレイ』よ、そう、一緒に出かけるロールプレイをしましょう。これは新しいことを練習するいい方法なのよ」

「トリイってへんね」ジェシーは軽蔑していった。

「そうかもしれないけど、でも、やるわよ」立ち上がって、わたしは椅子を動かして二脚横に並べた。部屋はすごく狭かったので、ひとつの椅子はテーブルにくっつき、もうひとつの椅子はソファにくっついてしまった。ジェシーはまだテーブルの反対側にある椅子にすわっていて、いぶかしげにわたしを見ていた。

「これでいいわ。これはわたしの車よ。わたしは運転するからここにすわっているの。ここに来て車に乗って。ヒバリを見にムーアに行きましょう」

ジェシーはその場にすわったままだ。

「いらっしゃいよ。車に乗ってちょうだい」とわたしはいった。

彼女は立ち上がってテーブルを回りこんだが、まずソファによじ登らないことにはわたしの隣の椅子にすわる余地がなかった。で、ジェシーはためらった。

「オーケイ。まず最初の状況。あなたがわたしの車のところまでやってきても、中に入るためにどうやってドアを開けたらいいかわからなかったら、どういうことが起こる?」

「『車の邪魔にならないところにソファをどかさなきゃ』っていう」

わたしは笑ってしまった。彼女はわたしの意図を邪魔してやろうとしていったのだが、あまりにおかしくて笑ってしまったのだ。それでジェシーもくすくす笑った。

「ずいぶんダサい車だね」とジェシー。

「ええ。そのとおりよ。でも、とにかく乗って」

ジェシーはソファによじ登って、それからわたしの隣の椅子にすわった。

「わたしのほんとうの車のところまで来たけど、中に入れないときには何ていうの？」

「『手伝ってくれませんか？』」

「よろしい。それでうまくいくわね。じゃあ、ドライブを始めるわよ。次に心配なことは何かしら？　どんな問題が起こるかもしれないかな？」

「わかんない」

「車に酔ってしまう子もいるわ。田舎の道を車で走るのに慣れていないから。車に酔ったことはない？」

「ない」

「それはよかった。でも、もし酔ったらどうする？　わたしが運転してるときに気持ちが悪くなってきたらどうする？　どうすればいいと思う？」

「『ゲーッてしちゃいそう』っていう」そういって、彼女は吐く真似をした。

「車の中でゲーッとはしてもらいたくないわね。この状況をどうしたらいいと思う？」

「あたしは車酔いしないから」

「わかったわ。でも、もしあなたが途中でアイスクリームを食べすぎてお腹の調子が悪くなって、そのせいで気持ちが悪くなったら？　この状況をどうすればいいかしら？」

「服で受ける。こういうふうに！　ゲーッ！」彼女はワンピースの端を上にあげて示してみせた。

明らかにジェシーはこのシナリオをおもしろがっているようだった。わたしは気にしなかった。これがわたしたちのあいだに必要な緊張を和らげるコミカルな雰囲気を作ってくれたからだ。これが外出そのものも楽しくて、怖いのではなく、やっていけるものにしてくれればいいのだけれど、とわたしは思った。わたしたちは吐きそうな子どもを扱ういくつもの場面をロールプレイし、気持ちの悪い擬音を出してますます笑った。

「オーケイ。じゃあ今度はムーアまでドライブしているところね。次にどんなことが起こりそうかな？」

「わかんない。だって、これまでムーアには行ったことがないもの」と彼女は答えた。

「何が起こりそうかわからないわよね。新しいことが心配になるのはすごくふつうのことよ。わたしたちがよく知っていることからそれを詳しく探っていくと役立つわ。あなたはサメのことが心配なの？」

ジェシーは大声で笑った。「トリイってばかみたい。あそこにはサメなんていないよ！　陸地だもの」

「ほらね。あなたもわたしたちが行くところのことを少しは知ってるじゃない」

「ヒバリのことが心配かもしれない」ジェシーがいたずらっぽくいった。「ヒバリがあたしのことを食べちゃうかもしれないもの！」彼女は両腕を合わせて、顎のような動作をした。「こんなふうに！」彼女は両手でわたしの腕をぱくぱく食べる動作をした。

「なんかばかみたいなゲームをしてるわね」とわたし。

ジェシーが突然立ち上がった。「場所を変わって。あたしが運転したい」

わたしは彼女を見た。彼女は満面に笑みを浮かべ、目を輝かせていた。そう、彼女はこのセッションを支配していた。わたしは自分がやりたいと思っていたことを達成できていなかった。でも今回は意地の張り合いのような気はしなかった。自分も楽しんでいる気になっていた。

わたしは隣の椅子にすべり移り、ジェシーがわたしの席にすわった。彼女は手を伸ばして目には見えないギアをつかんだ。「高速にギアを入れるよ。ブゥーン！　轟音をたてて走るから。ほら、見て。さよなら、家たち。さよなら、町。いまからムーアまで運転するよ」高速で走る車の音がいくつも続いた。

「車に酔った？」とジェシーがわたしにきいた。「速く走りすぎるから？　くねくね道をムーアまでずっと行くから。気持ちが悪くなったら、どうするの？」

「車を停めてもらうようにいうわ」

「だめ！」彼女はうれしそうに叫んだ。「残念でした。車は停めてあげない。窓から吐いて！」

彼女はごっこのハンドルを左に急に切った。「あの角のところ。あたしの家に行くよ。トリイをまずあたしの家に連れていってあげる。『ハーイ、お母さん！　ハーイ、お父さん！　あたしを見て。あたし、トリイの車を運転してるんだよ！　あたしを見て！　あたし、ポルシェを運転してるんだよ！』っていうの」

「わたしの車がポルシェだったらいいんだけど」

『ハーイ、メラニー！』いま彼女の新しい家を通り過ぎたよ。『ハーイ、シルビアとルース！すばらしい生活を送ってね！』」ジェシーはわたしのほうを振り向いた。「ね、そういったの。あたしはいい人だから」彼女は顔をもどして目に見えない車の窓の外を見た。「『さよなら、メラニー！　あんたとはもう二度と会わないよ！』あたしはムーアまでポルシェを運転してるんだ。時速一六〇キロで。ギアを変えなくっちゃ。超高速のギアに」さらに高速で車が走る音を出した。

わたしたちは目に見えないポルシェを走らせながら魔法のような十分ほどを過ごした。わたしたちはジェシーが考えつくすべての人の家を通り過ぎ、その人たちにハーイといい、かっこいい車を指さし、これからムーアまでドライブするのだと宣言する以外たいしたことはしなかった。ジェシーにはこれで十分なようだった。彼女は喜びでいっぱいだった。わたしはそれにつき合っていた。

28

ついにその日がやってきた。火曜の午後。ムーアまで出かけるのだ。五月の下旬でその時期にしては暑かったが、空の高いところに雲が出て曇っていた。仕事に行く途中にムーアを横切ったとき、わたしは車を待避所に停めてヒバリの声を聞いた。ヒースとムーアに茂る紫色の草が広々とひろがるあちこちで、ヒバリが次々と飛び立っていた。ヒバリを見にいくのに完璧な時期だった。

ジェシーを迎えにいって、海岸沿いの小さなカフェでアイスクリーム・コーンを買い、それから丘陵地帯を目指す、という計画だった。わたしが行くつもりの場所まで四十分ほどだった。ジェシーがその気になれば、車から降りて少し歩いてもいい。そうしているうちに、もう帰る時間になるだろう。この日の外出は、アイスクリームとドライブだけというわざと地味なものにしていた。これでもジェシーが対処できる以上のものかもしれないとわかっていたからだ。

前の週のわたしたちのロールプレイはばかげたものだったが、それでも外出するとどういうことがあるのかを適切にカバーできていたし、何を予想すればいいのかジェシーにもわかっただろうと願いたかった。また、あのばかばかしさがセラピー的な面で役に立ってくれていればいいなとも思っていた。わたしたちはもっと実際的な細かいことも話し合った。普段着を着て、汚れてもいい履きなれた靴を履いていくこと、ウェールズではどこに行くにも雨の用意は欠かせないので、念のためにレインコートも持っていくこと、などだ。

だが、これだけの準備をしたというのに、ジェシーはうまくやれなかった。彼女は学校でけんかをし、その結果ひざにあざを作り唇を切った。それから、グラン・モルファに戻ってすぐにこのままだと隔離室に行かせると脅された。スクールバスから降りた直後にホームのある男の子の学校の書類を道路にまき散らし、スタッフのヘレンにそれを拾いなさいといわれて彼女に怒鳴り返したからだ。

こんなことになるだろうと思ってはいた。この時点で、自分は特別でみんなの注目の的だと感じさせるような何かが予想されるときには、気持ちをしっかり保つのはジェシーには無理だとわたしは思っていた。失望しないようにする彼女なりの防御は、それがそもそも起こらないようにすることなのだ。だから、前のように、彼女の行動でわたしたちの外出を縛らないようにしてほしい、とわたしはスタッフに頼んでおいた。彼女の素行の悪さがとびぬけてひどくないかぎり、わたしは予定どおり彼女を連れていくつもりだった。そんなわけで、彼女は腹立たしいほど態度が悪かったが、とにかくわたしたちは出かけた。

グループホームから出ることへのジェシーの即座の反応は、ポジティブなものではなかった。彼女の関心は、自分が場を支配することと自分の安全を確保することに向かっていたので、グラン・モルファの玄関から出て、わたしと一緒に駐車場まで行くうちに自信が失くなってきたのだ。ジェシーは神経質そうにグラン・モルファの建物を振り返り、それから駐車場のほうを見渡した。わたしは車のロックを解除した。

「それで行くの？」わたしの車を見ると彼女はそうきいた。「ダサい車」

彼女のいったことはそれほどはずれてはいなかった。緑色の車体にあちこち泥が飛び散っている七年もののボルボは、ふだんは五歳児と二匹のラブラドール犬、ときには羊も乗せているので、まさに作業用の車といえた。

ジェシーはこれが気に入らなかった。「ひどいじゃない。あたし、これには乗らないよ。ポルシェだっていったくせに」

「わたしはいってないわ。あなたがポルシェっていったのよ。先週ロールプレイをしていたときに。わたしはぜったいいいってません。ポルシェはわたしには実用的じゃないのもの」

「貧しすぎてポルシェが買えないからでしょ」

「そうね、それもあるわ」

「この車、汚い。こんなのに乗りたくないよ」

ジェシーの不安がこういわせているのだとわかっていた。だからさらなる自己弁護はしないでおいた。というか、わたしの車の弁護を。農場へと帰る泥道を通るのでこの車が特にきれいだったことは一度もなかった。もしジェシーがほんとうに不安のためにこの外出ができないのなら、わたしの車は彼女がメンツを保ったままグラン・モルファに戻れるいい口実になるわけだ。戻るのでなければ、わたしは歯を食いしばって、文句を聞き、彼女が車に乗るのを待たなければならなかった。

「前のシートにすわりたい？　それとも後ろ？」事態を進めようとしてわたしはきいた。

ジェシーはもう一度車のまわりを歩きながら、まるで中古車のセールスマンのように後ろのタイヤを蹴った。「トリイが住んでいるところは汚いんだね。それにここに引っかき傷がある。だれかにキーで引っかかれたの？」とぶつぶついった。

「いいえ。生垣から飛び出ている小枝が当たったのよ。たいした傷じゃないわ。車にワックスをかければ目立たなくなるわ。前のシートか後ろかどっち？」

ジェシーはその引っかき傷をしばらく指で触っていたが、やがていった。「前。だって、練習したときそうだったでしょ？」

車に乗り込むと気持ちが明るくなったようだった。彼女はギアシフトレバーを引っ張った。

「あたし、運転できるよ。あたしに運転させてくれる？」

「だめよ」

「お父さんはジェンマに運転させてたよ。ジェンマをひざの上に乗せて、ジェンマがハンドルを握ってたんだよ」

「そうなの。でも、わたしたちはそういうことはしないの。シートベルトをしなさい」

「なんでだめなの？」

「わたしの保険はそういうことに対応しないから。さあ、シートベルトをして」

ジェシーはギアシフトレバーを再び握り、それを動かそうとした。「ブゥーン！」そう叫び、想像上のハンドルを回した。

「シートベルトをしなさい」


アイスクリームを買うカフェに行くまでのあいだ、ジェシーは黙っていた。おそらくこの沈黙のせいだろうが、わたしの心には教職についた初めのころに、シーラという名のやはり気まぐれな女の子をアイスクリーム店に連れていったときのことが蘇ってきた。思いがけずそのときの思い出が溢れでてきた。ドアの外の焼けつくようなアメリカの夏の暑さとは対照的な、店内の心地いい冷房の冷え、アイスクリーム店の明るいピンクと白の装飾、乳製品のにおいなど、驚くほど細かいことまでが蘇ってきた。アイスクリームにいろいろな種類があるのを見てシーラがすごく喜んだこと、うれしさにくすくす笑いながらガラスのカウンターの前で彼女が踊りまわっていたことを思い出した。

現在に戻ったときにわたしの頭によぎった「別世界にきたような」感じを表現できる言葉が、どこかの言語にはあるはずだ。カフェに着いたとき、アイスクリームは欲しくないというようなことをジェシーはぶつぶついった。そんなことをいったのは、なんとなく落ち着かないからか、彼女がすごい重圧を感じていることを暗示しているかのどちらかだろう。唯一空いていた駐車場所は、両方向の車の流れを止めながらバックで少しずつ入れなければならないというやりにくい場所だった。カフェは薄暗くあまり清潔とはいえなかった。合成樹脂製のテーブルが六つと金属製の椅子があり、ポテトチップス用の古い揚げ油のにおいがした。アイスクリームは年代物のミスター・フィッピーの機械から絞り出されるソフトクリームしかなかった。選択肢はバニラ、チョコレートとバニラのマーブル、ストロベリーとバニラのマーブルだけだった。

「ソフトクリームは欲しくない」とジェシーがいった。

「ソフトクリームは好きでしょう。覚えてる？　夜、ボウリングに行くときにエニールはいつも立ち寄ってソフトクリームを買ってくれるって、あなたすごくうれしそうに話してたじゃないの。チョコのクッキーバーをつけるでしょ。チョコバーが大好きだものね」

「あたし、帰りたい。ヒバリなんか見たくない。気分がよくないの」

「先週ロールプレイをしたときに、練習したことを覚えてる？　いまこそそれを実行しなくちゃ」わたしは明るい声でいった。「車の窓を開けてオェーッってすればいいのよ」

ジェシーはおもしろがってくれなかった。

わたしはソフトクリームをふたつ買った。わたし用にバニラを、そしてジェシーのためにチョコマーブルのソフトクリームにクッキーバーをつけた。両方を車まで運び、わたしは彼女が車に乗り込むまで彼女の分を渡すのを待った。それからわたしの分も彼女にわたした。「ちょっと持っててくれるかしら。このひどい駐車場所から車を出して道路に出るまで」

「あたし、ソフトクリーム欲しくない」

「それでもいいわよ。これ、いちばん小さいサイズだし。あなたが欲しくないのなら、食べなくてもいいわ。わたしがふたつとも食べるから」わたしは自分のコーンを受け取った。

「欲張り！」と彼女はいった。

わたしは裏道を行った。道そのものは狭くその分スピードは出せなかったが、このほうが街中から早く出られるからだ。

「このソフトクリーム溶けてきてる」ジェシーはまだ手に持っていたチョコマーブルのほうのソフトクリームのことをいった。

「溶けてきているところを舐めてくれる？　わたし、まだそっちまで食べられないから」ためらいがちに、ジェシーはコーンを自分の口に持っていった。「ここをきれいにするだけだからね」そういって、コーンの周囲を舐めた。

「わたし、ミスター・フィッピーのソフトクリーム、大好き。あなたは？」

「バニラだけのは好きじゃない。あまりにもバニラの味しかしないから。でもチョコマーブルのほうは好き。それからクッキーバーも」彼女はチョコクッキーのバーについたソフトクリームを舐めた。「これ、食べてもいい？」

「よかったら全部食べていいのよ」

「ありがとう！」彼女は明るい声でいった。まるで、このソフトクリームはそもそも彼女のために買ったということがまったくわかっていなかったかのようだった。

ジェシーがソフトクリームを食べているあいだ、わたしたちは黙ってドライブしていた。彼女はソフトクリームを食べるのを楽しんでいるようだった。もっとも、チョコバーをスプーンのように使ってソフトクリームをコーンからすくうという、かなり変わった食べ方だったが。それだとまわりが汚れてしまう、といいたいところをぐっと我慢した。

狭い田舎道が上り坂になっていった。わたしたちは小さな村を通り過ぎた。

「Llanbedr《スランベドル》」標識を読んでジェシーがいった。「英語では聖ペテロという意味だよ。Llanfair《スランバイル》は聖マリアって意味」

「Llan《スラン》は教区って意味よ」

「そういうのやめてほしいんだけど。いつもあたしのいうことを訂正してばっかり。だってそうだもん。いつも『それはちがうわ』『それはちがう』『それはちがう』こればっかりじゃない。トリイのそばにいると先生のそばにいるみたい。だからつまんないんだよ」

わたしはそうではないと思ったが、ここで彼女に反論してもいいことはなさそうだったので、こういった。「あなたがそんなふうに感じていたのなら悪かったわね」

「他にもやめてほしいと思ってること、わかる?」

「何なの?」

「いつもあたしがどんな気持ちかをあたしにいうこと。それって、トリイのすごくいやなところだよ。もう、うんざり」

「そう」

「カフェでもそれをやったよ。あたしがソフトクリームをほしくないっていったときに。トリイはそれをあたしに問題があるからというふうにしようとしていたけど、そうじゃないから。あたしはソフトクリームがほしくなかっただけなんだよ。でもトリイはとにかくあたしにもソフトクリームを買った」

「悪かったわね」

わたしたちはしばらく黙ってドライブをつづけた。

「別にトリイに怒ってるんじゃないよ。ただいっているだけ」とジェシーがいった。

「いいのよ。あなたのいうとおりだわ。わたしはあなたがソフトクリームを欲しがっていると思ったのよ。あなたがそうじゃないのに、先走ってあなたの分まで買ってしまって悪かったわ。でも、そういうこともあるわ」

わたしたちは再び沈黙に陥った。

わたしはジェシーが過剰に興奮するものと予想していた。それからおそらくは状況をコントロールしようと努力するとか、多少の怒りやそれを行動に出すこともあるかもしれない、と。こういうことはすべて彼女が不安に対処するときの典型的なやり方だったからだ。だが、彼女はどんどんおとなしくなり、ほとんど落ち込んでいるといってもいいくらいだった。

わたしは本来楽しい時間であるはずのものであっても、彼女が安心していられる居場所から無理に彼女を遠くに押し出すようなことはしたくなかったので、こうきいた。「あなた、これを今日したい？　ソフトクリームを買うときに、わたしは先走って、あなたは欲しくないといってたのにあなたの分までソフトクリームを買ってしまったからいうんだけど。あのとき、あなたは帰りたいともいったわよね。それなのにわたしはそれにも耳を貸さずに、先に進めてここまでドライブしてきてしまったわ。ホームに帰るほうがいい？」

ジェシーは答えなかった。その代わりに体をくるりとひねって、後部シートに置いてあったティッシュの箱をつかんだ。そしてティッシュを一枚取ると、べとべとした指を拭いた。

「ふたりでこれを計画したのはわかってるわ。でも、計画は変えてもいいのよ。いつでもまた来られるんだから。わたしはこのまま行くのは楽しいけど、でも、もしあなたが今日はムーアに行きたくないというのなら、それでもいいのよ。あなたの好きに選んでいいのよ」

「選ぶのはもううんざり」

わたしはずっと狭い道ばかり走ってきていたが、いまや草深い田舎に入ってきていて、丘のてっぺんを超えていく一本道を行くのが最短の道だった。ムーアに出るまであと八キロほどだった。

「悪い思い出があるせいかもしれない」とジェシーは静かにいった。「そのこと考えたことある？　これがあたしに悪いことを思い出させるかもしれないって？」

「そうなの？」

彼女は肩をすくめた。

「そうなんだったら、いってくれてよかったわ。どんな種類の悪い思い出なの？」

ジェシーは首を振った。

車を完全に道路からはずれたところに入れられる次の待避所に来たときに、わたしはそこに乗り入れ、エンジンを切った。ジェシーはびっくりしてわたしを見た。

「だいじょうぶよ。怒ってるわけでも、気が動転したわけでもないから。あなたの話をしっかりと聞きたいだけだから。だから、しばらく車を停めるのがいちばんいいと思ったのよ」

ジェシーは泣きだした。

「この遠出があなたを悲しませてしまったみたいね。遠くへ行けば行くほど、悲しくなってるじゃない」

「あたし泣いてないよ、ほんとは」彼女はすごい勢いで頬を拭いた。

「泣いてもいいのよ」

「泣いてないってば。ただ悲しくなっただけ。ムーアに行くと思うとジョーゼフのことを考えてしまうんだもの」

「先週、あなたは前にムーアに行ったことはないといってたわね。でも、ずっと前にジョーゼフがあなたをここに連れてきたとあなたがいってたことを思い出したわ」

ジェシーはうなずいた。それから本気で泣きだした。わたしはシフトレバー越しに彼女を抱きしめた。

ジェシーが涙を流し、激しく泣きじゃくったまま数分が過ぎた。わたしがそれまで見たことのある彼女とは全然ちがっていた。彼女は自分のほうから慰めてもらいたがり、わたしにしがみついて泣きじゃくった。彼女の爪がわたしのシャツの生地越しに肌に食い込んだ。

彼女を抱きながら、わたしの心は沈んでいた。ジェシーとジョーゼフのあいだに何があったのか、ほんとうの話が今から始まるのだ。最初はジェンマ、今度はジョーゼフだ。間もなく真実が明らかになる。ジョーゼフまでもが彼女を虐待していたのだとしたら、と思うとわたしの心は引き裂かれそうだった。

ゆっくりと涙は止まった。ジェシーはシートにまっすぐすわりなおすと、また片手いっぱいにティッシュを取り、顔を拭いた。

「ジョーゼフとのあいだにほんとうは何があったのか、話してくれる?」とわたしはきいた。

「ジョーゼフはよくここにピクニックに来てたんだ。毎週日曜に。彼と奥さんと男の子たちとで。息子たちは特別のウォーキング・ブーツなんかを持ってたんだよ。で、あの人たちはピクニック用のお弁当を持っていくんだ。たとえ雨が降ってても、あの人たちはウォーキングをするためにムーアに来るの。それが彼らにとっていいことだから、ってジョーゼフはいってた。外に出て自然の中にいるのはいいことなんだって。新鮮な空気を吸って運動をすることが。たとえ雨が降ってもね。ジョーゼフはいつもそのことを話してた。彼は毎週月曜日にやってきて、自分たちがムーアで何をしたかをあたしたちに話したんだ」

わたしは静かにすわっていた。

「あたしはジョーゼフと一緒に行きたかった。だからていねいに頼んだんだよ。あたしも連れてってと、何度も何度も頼んだんだ。でも連れていってくれなかった」彼女は再び泣きだした。

「これは家族だけのものだから、っていって」

わたしは再び彼女の肩を抱いた。「ムーアに行くと思うと、そのことを考えてしまったのね？」

ジェシーはうなずいた。「家族で日曜ごとにムーアに行くのは、そこが聖なる場所で神様が近くにいるように感じるからだ、ってジョーゼフはいったの。毎週日曜日には行くっていった。だからあたしも行きたかったんだよ。たった一回でいいから」

「あなたはすごく行きたかったのね」

彼女は泣きながらうなずいた。「ジョーゼフにあたしのお父さんになってほしかった。あたしを養子にしてほしかった」

「そうなの」

「そうする、っていったんだよ」とジェシー。

「あなたを養子にするって、ジョーゼフがあなたにいったの？」とわたしはきいた。

ジェシーはすぐには答えなかった。彼女はぐちゃぐちゃになったティッシュを手でいじくり、それからきれいなティッシュに手を伸ばした。やがて彼女は肩をすくめた。「よくわからない。ジョーゼフはそういった、とあたしは思う」

「それとも、そうだったらいいなと思ったのかな？」

「ジョーゼフの奥さんはマリーナっていう名前で、長くて黒い髪をしてるんだ。そして、抱きしめてくれるといい匂いがするの。それによく笑うんだ。遊びで庭でサッカーもするんだよ。あたし、すごくマリーナにお母さんになってほしい。そうだったらいいだろうな、ってあたしいったんだ。ジョーゼフがしてほしいことは何でもするから、っていったんだ。あたしはとにかくジョーゼフたちと一緒にあたしも連れていってほしかったんだよ。でもジョーゼフは一度もあたしを連れていってくれなかった。ただの一度も。彼がいったことをあたしが全部したときでも」

「それはどんなこと？　彼はあなたに何をしてほしいといったの？」とわたしはきいた。

「部屋をきれいに整頓すること。厄介ごとに巻き込まれないこと。テレビ室を片づけるのを手伝うこと。それで、あたしやったんだよ。ジョーゼフがいったことは全部やった。それでもあたしを連れていってくれなかった。ふたりの息子と奥さんは毎週日曜にムーアに連れていったのに。それでホームにもどってきてあたしにそのことをいうんだよ。あたしが行けないというのに」

「つまり、わたしが聞いたことをまとめると、あなたはジョーゼフとマリーナが大好きで、彼らの家族の一員になりたかった。でもジョーゼフはだめだといった。これでいい？」

ジェシーはうなずいた。また泣き顔になって口がゆがんだ。

「ジョーゼフはあなたをピクニックに誘ってくれなかった。それなのに、ホームに戻ってきたら、ピクニックがどんなに楽しかったかをあなたに話した。それであなたは彼に対して不満を感じた。これが起こったことなの？」

ジェシーは鼻をすすりながらうなずいた。

「自分だけ仲間はずれにされたようにあなたが感じたのはわかるわ」とわたしはいった。

彼女はまた泣きだした。「ジョーゼフたちには女の子がいない。男の子たちだけなんだよ。それなのにあたしの家は女の子だらけ。だからちょうどいいはずだったのに。でも彼はそうしようとはしなかった。あたしをピクニックに一回も連れていってくれなかった」

「すごくがっかりしたのね」

彼女はうなずいた。

再び沈黙が訪れた。

車内が暑くなってきたので、わたしは自分の側の窓を開けた。そよ風が春独特の複雑なにおいを運んできた。

「あんなことというつもりじゃなかったんだよ」ジェシーが小声でいった。

「あんなことって？」

「ジョーゼフがあたしのあそこを触ったこと。ただジョーゼフにすごく腹が立ってただけなんだ」

「ジョーゼフは触ってないの？」

「ジョーゼフはあたしにいい続けたんだ。『きみは連れていけない』って。一度でいいから行きたかったのに。たった一度でいいから。たった一度でいいから、ジョーゼフとマリーナと一緒にピクニックに行きたかった。彼はあたしがどんな気持ちかを気にもしていなかった。それですごく腹が立ったんだ。それでついいってしまったんだ……」

長い沈黙があった。

「そのことで二度とジョーゼフに会えなくなるなんて、知らなかったんだよ。あんなことを起こすつもりなんて、ほんとに、ほんとに、なかったんだよ。もとに戻すことができればいいのに。それでいろんなことが前みたいになればいいのに」

29

家畜脱出防止格子《キャトルグリッド》のところまで道が上り坂になっている場所があった。道の両側には古びて朽ちかけの門柱があり、ウェールズのそのあたりの地域独特のがたがたの柵を支えていた。地元のスレート採石場から出たくずスレートを廃物利用した薄いスレート板で作られた柵で、針金でしっかりと縛りつけられていたので、柵というよりはむしろ塀のようだった。土地が少し勾配になっているのと、その塀のせいで、キャトルグリッドを通り過ぎるまでムーアは見えなかった。やがて目の前にそれが広がっていた。広大で木も生えていないムーアが。

感情を出し切ったせいで、ジェシーの心は軽やかになってきていた。彼女はよく見ようと自分の席で背筋を伸ばしてすわった。「うわぁ、思っていたより広い。で、ヒバリはどこにいるの？」

車の中からはヒバリの声は聞こえない、とわたしは説明した。わたしは車を道路から離れたところに停めることのできる場所まであと一、二キロほど行くつもりだった。そこで車から降りてしばらく歩くと、わたしたちのまわりでヒバリが飛び立つはずだった。

ジェシーの頭にはまだジョーゼフのことがあったようで、わたしが車を停めると彼女がきいた。

「ここはピクニックする場所？　ジョーゼフとマリーナが行ったのはここだと思う？」

「わからないわ。ここにはピクニック・エリアはないのよ。国はここを手つかずの自然のままにしておきたいと思っているから」

ジェシーは警戒したように背筋を伸ばした。「たぶんそうだよ。ここがジョーゼフたちが行った場所かもしれない。だって、ほら？　あそこに公共歩道の標識があるもの。ジョーゼフたちは歩くのが好きだったんだよ。あたしにそういってた。だからここにも来たかもしれないよ」

わたしは車を停めてエンジンを切った。「わたしたちもあの歩道を歩きましょう。でも、しばらくのあいだはただ窓を開けるだけにして」とわたしはいった。「車がヒバリを怖がらせただろうから。でも、静かにすわっていると、ヒバリたちはまた鳴きだすわ」

今日の目的には完璧な日だった。晴れてはいるが暑すぎず、風もなかった。ムーアは鳥たちと昆虫で活気づいていた。それから羊も。ここは共有領域《コモンエリア》だった。つまり地元の農家の人が夏のあいだ羊を連れてきて放牧させているのだ。羊たちはすべてウェルシュ・マウンテンという、小柄でしたたかな性格の地元産の品種だった。彼らのもじゃもじゃの冬毛はまだ刈られていなかったので、少しだらしなく見えた。わたしたちが車内にすわっていると、母仔のペアが車のごく近くまで歩いてきた。ジェシーの筋肉がこわばるのがわかった。

「あなたを傷つけたりしないわ。車のドアを開けたとたんに、彼らは大慌てで走っていくから」

「怖がってなんかいないよ。あたしの心を読めるみたいに思わないで」

「『あなたの心を読んで』なんかいないわ。ただいっただけよ」

「羊なんか怖くない。あたしは何も怖くないんだから」と彼女はいらいらしていった。

ヒバリの声を聞くためには静かにしていなくてはだめだ、ということを思い出させるためにわたしは人差し指を唇に当てた。

いた。最初のヒバリが舞い上がり、長く引っ張るような声で鳴きはじめた。それから次々とヒバリが現れた。

ジェシーはうっとりして耳を傾けた。

わたしは車を道の左側にある平らな場所に停めていた。わたしたちが聞いている鳥たちは遠く、道路の右側にずっと広がっているムーアにいた。はるか遠くにいたので、空高く飛翔するかと思えば、今度は急降下する彼らの驚くような飛行がよく見えた。だがその姿は双眼鏡で見てもよく見えなかった。そのときふいに、車のわたしがいる側にごく近い草むらから一羽が飛び出てきて、わたしたちの真ん前のアスファルトの上に着地した。

「ほら！」とわたしは叫んだ。「あそこを見て。道路にいるわ」

ジェシーは首を伸ばした。「どこ？」

「そこよ。前。右のほうよ。なんて運がいいの。ヒバリをこんなにそばで見られるなんてめったにないことよ。ほら、これを使いなさい。もっとよく見えるから」といって、わたしは双眼鏡をわたした。

おそらく近くに巣があるのだろう。車が近くに来たので心配して、わたしたちの注意をそらそうと飛び出てきたのだ。そのヒバリはわたしたちの前で神経質そうにぴょんぴょん跳ねていたから。

ジェシーは双眼鏡でそのヒバリをじっと見ていた。「あれはヒバリじゃないよ。ただのスズメだよ」と断固とした調子でいった。

「いいえ。ヒバリよ。ずっと見ていたら、まっすぐ上に飛んで鳴きだすかもよ」

「ううん。ちがう」

「いいえ、ヒバリよ」

「あれがヒバリ？　ほんとに？」

「そうよ。こんなにはっきり見られるなんてラッキーだったわ。飛んでいるときに見るのはほんとうに難しいから」

ジェシーは双眼鏡をゆっくりと下げ、眉をひそめた。「羽がすごく地味じゃない」

「ヒースの中に身を隠せるようにそうなっているのよ。ヒバリは地上に巣を作るから、ああいう色が天敵から身を守る役に立つのよ」

「あたしが思っていたような姿じゃない。なんていうこともない姿だよ」

「でもすばらしい声で鳴くわ」

それからわたしたちは車から出て少し歩いた。前もっていっておいたにもかかわらず、ジェシーは歩くのにふさわしい靴を履いてこなかった。でもとにかくわたしたちは歩いた。わたしは彼女にヘザーとビルベリー（ブルーベリーに似たコケモモの種類）を見せた。ビルベリーにはまだ赤いちょうちんのような形をした花が残っていった。わたしはその花をひとつちぎり、この花が夏の終わりには小さなベリーになるのだとジェシーに見せた。友達とこれを摘みにきて、それでパイを作るのだと彼女に話した。

少し先に行くと地面がぬかるんできた。わたしはキンコウカを指で示した。もう少しすると黄色の星形の花が穂のように咲き、この暗い湿地を明るくしてくれるはずだ。わたしたちは注意深くモウセンゴケを探した。ハエジゴクの仲間の小さな食虫植物だ。この植物のべとべとした小さな赤い触毛にジェシーは夢中になった。

やがて帰る時間になった。予定よりかなり遅くなってしまった。退避所に車を停めて話をした上に、思っていたより長くムーアを歩き回ったからだ。ジェシーは、笑ったり、活発におしゃべりしたり、わたしたちが驚かせたヒバリを指さしたり、同じようにヘザーから飛び立つマキバタヒバリとヒバリの鳴き声のちがいを学んだりして、この魔法のような環境の中で活気づいてきた。だからわたしは急《せ》かしたくなかったのだ。それでも時間は過ぎていき、楽しい時間に終止符を打たざるをえなくなった。わたしたちは車に向かった。

「ジョーゼフと彼の家族がここに来るときにも、こういうことをやると思う?」車への帰り道にヘザーの茂みの中に両手をすべらせながら、ジェシーがきいた。

「今日は頭の中がジョーゼフのことでいっぱいなのね」とわたしはいった。

彼女はうなずいた。「だから、そう思う？　ジョーゼフがここに歩きに来て、ヒバリの声を聞くって？　だって、あたし、ここで神様を感じたかもしれないと思うもの。彼のいってた場所ってここだと思う。ここが彼が来る場所だと思う？」

「どうかしらね」

「あたしはそうだと思う」

短い沈黙が流れ、小鳥たちのさえずりが聞こえた。

「ジョーゼフに会えなくてすごくさびしい」物思いに沈んでジェシーがいった。「いつもあたしにやさしくしてくれたもの」


帰りの車中で、ジェシーは再び考え込んでいるように黙ってしまった。行きのときのような不安そうな雰囲気ではなかったが、一日の疲れからくる単純なおとなしさから、もっと暗くて複雑なものに変わってきているのをわたしは感じていた。

「ムーアに行ってみて、何がいちばん好きだった？」とわたしはきいた。

「歩いたとき」彼女は車の窓に頭をもたせかけ、物憂げに前を見つめていた。「毎日ああいうところを歩けたらいいな。あんなところに住めたらいいな。そうできてトリイはラッキーだね。トリイのところの女の子もラッキーだよ」

「歩いていて何がいちばん楽しかった？」

「全部。植物も。植物の名前を覚えたことも。藪に咲いていた小さな花を見たことも。だってあの花って小さな丸い球みたいで、指先でぽんとはじけるもの。それからモウセンゴケも。植物って退屈だって思う人もいるかもしれないけど、あたしはそう思わない。あたしは植物が好き。植物はしゃべらないからかな」

「そうね、それが植物のいいところね」

沈黙がわたしたちのまわりに戻って来た。

いつもそうだが、帰りは早く感じられた。わたしたちは丘陵地帯を下り、かなり早く幹線道路に出た。渋滞がなければ二十分ほどでグループホームに戻れるだろう。

「ムーアに行って何がいちばんいやだったかをきかなかったね」とジェシーがいった。

「何だったの？」

「ヒバリ」

「どうして？」

「みっともないから。ヒバリってスズメみたいだったじゃない。スズメならどこにでもいるのに。スズメの鳴き声はうるさいし。それにすごく汚い。あたしたちが遊びに行くときだってスズメはコンクリートのそこらじゅうに糞をするし」

「スズメが汚くするからってヒバリを責めることはできないと思うけど」

「うん。でも、ヒバリを見なければよかった。あたしの想像の中だけにいてくれたらよかったのに。今日の午後でいちばんいやだったのは、ヒバリがそうしてくれなかったってこと」

ジェシーを車から降ろしてから、わたしは帰宅する前に会えるかとメレリに電話した。ジョーゼフについてジェシーがいったことを彼女と話し合いたかったからだ。夕方というこの時間帯は会うには微妙な時間だった。わたしたちふたりとも家族に当てにされていたし、その上この時間には会うのに便利な場所も見つけにくかった。コーヒーショップで会うには遅すぎたし、パブには早すぎたからだ。その結果、道沿いのかなりうらぶれたカフェで会うことになった。濃すぎて濁っている紅茶と、メレリと分け合うことにしたトーストしたティーケーキ（ドライフルーツの入った丸いパン。水平にふたつに切ってトーストしバターを塗って食べる）を前にして、わたしはムーアへ出かけた話をした。

ジョーゼフのことで嘘をついていた、とジェシーが率直にいったのは今回が初めてだったが、ジェシーがいったことがすべてそうであるように、今度のわたしたちにとっての課題はこれが嘘かどうかを見極めなければならないことだった。今度はほんとうのことをいっていて、ジョーゼフから虐待を受けたというのは嘘だったのか？　それとも今度のが嘘で、もともといっていた虐待を受けたというのが真実なのか？　わたしたちは決してこの鏡の迷宮から抜け出ることはできないように感じられてしかたなかった。

そうはいっても、ジェンマのことが明らかになってからジェシーの中で大転換があったとわたしは感じていた。わたしたちのセッションはまだ奇妙でとっぴょうしもない会話ばかりだったが、それでも厚かましい嘘は少なくなってきていることにわたしは気づいていた。またジェシーはわたしとの一対一の振る舞いで敵対することが少なくなってきていた。つまり、わたし本人やセッション中にわたしがいったことをコントロールしようと全エネルギーを注ぐようなことが減ってきたということだ。ここ数週間ゆっくり話す機会がなかったので、わたしはその夕方、こういうことをかなり詳しくメレリに話した。

このような変化に気づいていたので、わたしはムーアでジェシーがジョーゼフとの関係について話したことや、どうして彼女が自分がしたことについて話したのかを信じるほうに気持ちが傾いていた。わたしが担当してきた子どもたちのほとんどは、どんなに家族から虐待を受けていても、またその家族がどんなに機能不全に陥っていても、家族のもとに帰りたいということを痛ましいほどオープンに示していたし、そうできる可能性が少しでもあればすばやくそれに飛びついた。しかし、ジェシーはケアの場を去ることについては、いつも胸の奥に秘めて口にしなかった。ある意味では、彼女は自分を守っていたのだろう。彼女がいちばん望んでいることを知っている人が少なければ少ないほど、それを利用して彼女を傷つけようとする人も少なくなるわけだから。だが、彼女はただ単純に家族とそれほど繋がっていなかっただけなのかもしれない、ともわたしは思った。単にそれほど家族のもとに帰りたくないのだ、と。たしかに、彼女の行動には家に戻される心配からそうしたのではないかというものもあった。この断絶感ゆえに、ジェシーにとってはジョーゼフの家族を理想化し、その一員となる空想を築きあげるのは簡単だったのかもしれない。彼女の性格には取りつかれるような一面があるので、空想を膨らましてし心酔してしまうことも想像できた。彼女には悪意ある一面もあった。そもそも彼女が施設に連れてこられた原因である放火は、火に魅せられたというよりは復讐のためのものだった。他の人を厄介ごとに巻き込むためにつく破滅的な嘘も、このこととの別の表れにすぎなかった。

わたしの意見にメレリも同意した。この件で警察と一緒に仕事をしている心理学者のドクター・ヒューズもほぼ同じ結論に達している、とメレリはいった。ドクター・ヒューズは数回にわたってジェシーに面接をし、彼女の口から虐待についての完全な説明を聞こうとしたが、ドクターの意見で最もはっきりしているのは、ジェシーの話の内容がじつにばらばらだということだった。ジェシーはいつも虐待について詳しいことを話して聞かせるが、それらは別々の案件についてのものだった。ドクター・ヒューズはジェシーにどの出来事についても何回も話させることはできなかった。「シャワー中にジョーゼフがあなたを触ったときのことを話してちょうだい」と彼女がいうと、ジェシーはまったく新しいバージョンの詳細を話すのだった。要約すると、ドクター・ヒューズはジェシーが嘘をついていると断言することはできなかったが、このパターンに早くから気づいていて、そのために疑念が生じているということだった。

メレリが話しているのを聞いているあいだ、わたしの頭の奥にあったのは、警察がこんなにも長いあいだ疑っていたこと、そして捜査にだらだら長い時間がかかっている原因は、ジョーゼフへの事情聴取の結果ではなく、ジェシーのせいだと特定できないせいだったのだ、ということがわかっていればどんなによかったか、ということだった。もちろん、彼らが自分たちの見通しをわたしたちに分かち合うことができないことはわかっていた。だが、わたしたちみんながこの件を疑っているのだとわかっていれば、ずっとましな気分でいられたのに。それにしても、わたしはジョーゼフが気の毒でたまらなかった。彼もこの間《かん》ずっとこのことを知らなかったのだ。あれだけ事情聴取をされながら、そして人生をめちゃくちゃにされながら、警察はジェシーが嘘をついていると疑っていたことを。

善良な人の人生がまともな理由もないのにひっくり返されてしまったこと、一瞬のうちに小さな女の子がこれほどまでに甚大な被害を与えることができるということ、そしてその女の子ですら、実際起こったことを起こそうなどとは本気で思っていなかったこと。考えはじめると、このようなことが頭から離れなくなった。

メレリからはさらにニュースがあった。メンタル・ヘルスに問題のある子どもたちのための居住型プログラムがリバプールの特別支援学校で導入されていて、いい結果を出しているようだ、というのだ。このプログラムのアプローチは従来のものよりもっと総合的なもので、自己管理を教えることが強調されていた。このプログラムは六歳から十二歳くらいの聡明で想像力豊かな子どもに特に有望であるといわれていて、それを聞いたとき、すぐにジェシーのことが頭に浮かんだ、とメレリはいった。

最近まで、支援をつけてジェシーを実家に帰すことが目標だったが、ジェンマのことが明らかになって以来これは変わってしまった。児童保護チームは今度の最善の方針は、ジェシーを長期里親に措置することだと考えたが、彼女の行動が相変わらずたいへん扱いにくいので、措置先はセラピー効果のある里親でなくてはならず、やはりそんな場所はなかったのだ。それで、いまは彼女をリバプールのこのプログラムに送ることを考えている、とメレリはいった。

これを聞いてわたしはわくわくした。ジェシーは可能性を秘めた賢く能力のある女の子だったが、長いあいだ中途半端な状態で留め置かれていた。このような居住型プログラムが万能薬でないことはわかっていた。彼女が成人になる前に福祉のシステムから出られるとは考えにくかったので、その年齢になっても彼女はまだそのシステムにいることになるだろうから。それでも、彼女にもっと適切な行動を身に着けることができるこの新たな機会が与えられると聞いて、わたしは元気が出てきた。

30

翌週わたしが火曜日のセッションにやってくると、ジェシーは隔離室にいた。その日はひどい一日だったようだ。まず、早朝、学校に行く前に、スタッフのひとりが彼女に制服のスカートの裾かがりがほつれて垂れているから、ズボンに履き替えなければならない、といった。これにジェシーはひどい癇癪を起こし、リンによるとそれは一時間半ほども続いたという。その結果、ジェシーはスクールバスに乗れなかった。したがって、遅れて学校に行くことになったが、彼女はこれがいやでたまらなかった。学校でも、昼食時にいじめかもしれない厄介ごとに巻き込まれた。他の子どもが彼女のことをからかったのだ。だが、それに対して度を越した反応をしたために、学校の職員は彼女をも罰した。その後、バスでホームに帰るときに、彼女はだれかが何かいったことに対してまた癇癪を爆発させた。それで、気持ちを鎮めるために隔離室に行かされていたのだ。

わたしは荷物をいつもの部屋に置いてからジェシーに会いにいった。目を泣きはらし、彼女は狭い部屋の奥の隅にあぐらを組んですわっていた。近づいていって、わたしも床に腰をおろした。

「たいへんな一日だったみたいね」とわたしはいった。

「ほっといて」

「かわいそうに、いろいろたいへんだったのね」

ジェシーはわたしの声を聞きたくないというように、しばらく両手で耳をふさいでいたが、やがてゆっくりと手を下ろし、頭を垂れた。そのまましばらくのあいだ沈黙が続いた。ついに彼女は小声できいた。「パピーを連れてきた？」

「いいえ。ごめんなさい。今日はパペットは持ってこなかったわ」

「パピーがどんなふうだったかほとんど忘れちゃったよ。ずっと会ってないもの」

「パピーはいつものパピーよ。それに、あの子は他のパペットたちと一緒に安全で元気にわたしの家にいるわ」

「あの物差しみたいなものは持ってきた？　どれくらい好きか嫌いかを測れるやつを？　あれをやりたい」

「あれはわたしの仕事かばんに入ってるわ。ここを出ていい時間になったら、いつもの部屋に行って、それであなたがやりたいのならやりましょう」

「チェッカー盤は？　いまここに持ってる？」

彼女がチェッカーのことを口にしたのでわたしは驚いた。一緒にいたときにこのゲームはいつもやりたくないといっていたからだ。この部屋には何も持ってきていないことを示すために、わたしは両手を上げてみせた。「あれも仕事かばんの中よ」

「何も持ってないの？」それからしょげたような口調でこういった。「あたしたちが前に一緒にやったものは全部なくなっちゃった」

そのほとんどはここから二〇メートルも離れていない別の部屋にある、と指摘したい衝動をわたしは抑えこんだ。その代わりに「いろいろなものがなくて寂しいのかな」といった。

彼女はうなずいた。

「トーマス先生があなたにいったことと関係があるの？　あなたはリバプールの特別の場所に行くかもしれないって先生がいったでしょう？」

ジェシーは泣きだした。「それに、あたしが今何ができないか知ってる？　ヒバリの絵を描くことだよ。トリイのせいだよ」

この反応にわたしは一瞬虚をつかれた。ジェシーがひどい振る舞いをしてしまったり、慣れ親しんだ活動をしたがっているのは、移動のニュースを聞かされたことと関係があるとわたしは感じていたので、これからそのことを話そうと思っていたのだ。それなのに、今、彼女は突然ヒバリのことでわたしに腹を立てている。「ごめんなさい、あなたのいっていることがよくわからないんだけど」とわたしはいった。

「だって、トリイがあたしをあそこに連れていったんじゃない！」本気で怒った声でいった。

「ヒバリはみっともない鳥だった！　みっともない！」

すごい剣幕だったので、彼女がわたしに殴りかかってくるのではないかと半ば思った。

「あたしが描いていたのはヒバリなんかじゃ全然なかった。トリイはそれを知ってたくせに。ずっとあたしのことをばかにしてたんでしょ。あたしがヒバリは美しいと思っていたから」

「ジェシー、あなたをばかにしたことなんてないわ」

「いまになってヒバリがそうじゃないってわかった。ヒバリはみっともないって」

「あなたが怒っているのはわかるわ。あなたはきれいな色でヒバリを描くのを楽しんでいたのに、ムーアで見たものは同じ鳥じゃないと感じているのね」

「あたしが感じているのは、ヒバリはみっともないということだよ。あたしのいってることを聞いてないの？　みっともない。あたしがみっともないみたいに」

「あなたが思っていたようなものじゃなかったから、ヒバリをみっともないと感じているのね。自分もみっともないと感じているのね」

「トリイがそうさせたんだよ。あたしを連れていって。全部をめちゃくちゃにしたのはトリイだよ」

「いまあなたにはすべてのものがみっともないと思えるのね。それでそれがわたしのせいだ、と」

彼女は答えなかった。

「そんなふうに感じているなんて残念だわ。すべてがみっともなく思えるなんて残念だわ」とわたしは答えた。

わたしたちのまわりに沈黙が広がった。ジェシーはわたしがあげたティッシュを使いきったが、わたしにはもう持ち合わせがなかった。腕を上げて、彼女は制服の袖で涙を拭いた。

「それにパピーも持ってこなかった」と責めるようにつぶやいた。「あたしにはどれほどパピーが必要か知ってるくせに」

「あなたの気分をよくするためにパピーがここにいなくて残念だわ」

ジェシーはうなずいた。「あたしの気分をよくしてくれるのは世界であの子だけなんだよ。それなのに持ってこなかった」と責めるようにいった。

再び沈黙が流れた。わたしは沈黙に耳を傾けた。ドアの向こうから放課後の活動のくぐもった音が聞こえてきた。耳の中で自分の心臓の鼓動が驚くほど大きく聞こえていた。

わたしはジェシーの顔を見た。「いろんなことがいつも慣れ親しんだままの状態で、わたしたちが知っているままでいてくれたらいいわよね。でも、なかなかそうはなってくれないみたいだものね？　まず、ヒバリはそうであってほしい姿じゃなかった。それから、あなたはリバプールの居住型プログラムのことを知らされた。そして今、パピーがセッションに来なかった。何ひとついままでと同じではない、そういう気がするわね」

「うん」とジェシーがすごく小さな声でいった。

「変わるのってつらいわよね。変わると、すべてのことをコントロールできないような気になるわ」

ジェシーはうなずいた。

「変わるのは怖いわ」とわたし。

ジェシーは再びうなずいた。「でも、パピーを持ってくるのはできたはずだよ」と不機嫌な声でいった。「そうしなかったのは、トリイのせいだよ」

「来週はパピーを持ってくるわ」

「でも、もし『来週』がなかったら？　それまでにあたしがリバプールに送られてしまって、二度とパピーに会えなくなったらどうする？」

「送られそうな気がするの？」

「うん」

「自分が何か悪いことをしたと心配しているの？　ここのホームの人たちがあなたにいてほしくないんじゃないかと心配しているの？」

彼女はまた泣きだした。

「全然そういうことじゃないのよ。トーマス先生がリバプールのそのプログラムを選んだのは、あなたが賢くて想像力に富んだ女の子で、自分でものごとを変えていけると思っているからなのよ。そのプログラムはまさにそういう子のためのものだから。希望がある子どもたちのための特別なプログラムなのよ」

「ばかみたい」とジェシーはつぶやいた。

「ばかみたいに感じるかもしれないけど、でもほんとうなのよ」

「リバプールなんかに行きたくない。あたしはウェールズ人だもの。ウェールズに残っていたいよ」

「戻ってこられるわよ」

「ここを離れたくない」

「よく知っているものから離れるのはつらいわよね」

「トリイやパピーからも離れたくない」また涙ぐんで、彼女はいった。「あのばかみたいでみっともないヒバリからも離れたくない。だって、ほんとうはあたしがヒバリなんだもの。あたしもみっともないから。あたしはショウガ色だから。みんながあたしの赤毛をそういってばかにするんだよ」

「パピーを一緒に連れていけるかもしれないわ」とわたしは提案した。

ジェシーはわたしの顔を見た。「どういう意味？」

「いま考えたんだけど。あなたにパピーをあげてもいいかな、と思ったの。あの子があなたと一緒にリバプールに行って、あなたのお友達になるっていうのはどう？」

ジェシーの目が輝いた。「あの子をほんとうにあたしにくれるの？」

「ええ。喜んでそうするわ」

「うん！」彼女は熱心にそういって笑顔になった。


で、こういうことになった。この一年、ジョーゼフに関する告発も、ジェシーをふさわしい場所に措置することに関しても、すべてがだらだらとなかなか進まなかったのが、突然事態が進展しだした。リバプールのプログラムへの移行は、わたしが知っているよりもずっと前から動きはじめていたのだ。メレリはそれが実現しそうになるまで、ジェシーはもとよりわたしにもあらぬ希望をもたせても意味がないと考えていたので、わたしたちはふたりともそのことを知らされていなかったのだ。チームは、ジョーゼフの件がどう決着するかに関係なく、ジェシーをあちらに送ることをすでに決めていた。もし実際に虐待が行なわれていたら裁判になるわけだが、その場合でも彼女はビデオで証言することができるからだ。事態がどう展開するにしろ、彼女をしばらくこの地域から出して新たなスタートを切らせるのがいいだろうと彼らは感じていた。したがって、彼女とわたしがこの移動の可能性を知らされてから実際にそうなるまでに十日ほどしかなかった。あの時間を超越したような不思議なムーアでの午後から二週間もしないうちにジェシーが行ってしまうなんて、わたし自身事態がよく呑み込めなかった。

ジェシーのグラン・モルファでの最後の日の夕方にわたしはやってきた。日曜日だった。グループホームは彼女の送別会を開いていた。興奮しすぎて不祥事を招くような大げさなパーティではないが、彼女に特別な気持ちを抱かせる程度には立派なパーティだった。

エニールはバタークリームのアイシングをほどこしたケーキを作った。表面には一面分厚くスプリンクル（ケーキなどの上にふりかける飾り用の極小のカラフルな菓子）が振りかけられていた。きっと一瓶全部使ったのだろう。まさにジェシーが気に入りそうなケーキだった。手づかみでケーキを食べながら、歯についたスプリンクルをとるために唇をすぼめたりして、ジェシーは大笑いしていた。彼女は特にわたしと話したそうではなかった。自分のケーキの食べ方を見せびらかしながらみんなのところを飛び回り、さらに次のケーキを取ってはまた見せびらかしていた。

賢明にも、ケーキ以外のパーティの唯一のスペシャル・イベントは、いつもの「月曜の朝に備えてする日曜の夜の作業」ではなく、みんなそろって映画を見ることだった。映画はジェシーが選んだもので、『ライオン・キング』だった。

わたしは映画まで残っているつもりはなかったので、帰る準備ができたときにジェシーを呼んだ。「あなたにわたすものがあるのよ」

彼女の目が輝いた。「もの、じゃなくてだれかだよね」

プレゼントらしくきれいに包装すべきかどうか、わたしは決めることができなかったのだが、ぐずぐずしているうちに時間が過ぎてしまい、結局パピーはそっけなくスーパーの袋に入れられてやってきた。わたしはその袋をジェシーにわたした。

「信じられない。トリイがあたしにパピーをくれるなんて、信じられない。あたし、袋を開けられない。だって、あの子が中に入っていないかもしれないもの。あの子がここにほんとうにいるなんて、信じられない」

彼女の目の表情から、期待に見せかけて彼女が実は本気で怖がっているのだとわたしは思った。それでわたしは手を伸ばして自分で袋を開けた。

「キャーッ」と彼女は歓声をあげた。「パピーだ！　本物の！　あたしのために！」彼女はパピーを取り出すと、自分の頬に押しつけた。「パピィーッ！」

エニールがやってきてパピーを褒め、他の子どもたちも何人かよってきて同じように褒めた。

ジェシーはすぐに片手をパペットの中に入れ、パピーの口を動かしてうれしそうに吠えさせ、そばにいた子どもたちの腕を嚙んだりした。

それで終わりだった。ジェシーはわたしのところには戻ってこなかった。彼女はパピーと一緒にうれしそうに部屋中を踊り、しゃべり、パピーを自分のためにしゃべらせた。いよいよ映画の時間になった。ジェシーはリモコンを操作しなければならなかった。片手にまだパピーをはめたまま、彼女はリモコンのボタンを押した。

「もう行かなくっちゃ」とわたしは戸口のところからいった。

「バーイ」彼女は部屋の向こうからいい、わたしに手を振った。

「リバプールで楽しんでね。ときどきは絵はがきを送って」とわたしはいった。

ジェシーはパピーを自分のほうに向かせていた。彼らは目を見つめあい、彼女はパピーの鼻先にキスをした。それから彼女の視線はパピーの頭越しに映画に向けられた。わたしのほうは二度と振り返らなかった。

エピローグ

十五か月に及ぶ捜査のあげく、ジョーゼフに対する告訴はすべて取り下げられた。彼が担当するどの子どもたちに対しても、性的不祥事やその他の形のどんな虐待を裏付ける証拠もみつからなかった。その後すぐジョーゼフと彼の家族はこの地域を去り、わたしも彼には再会していない。

ジェシーはリバプールの居住型プログラムに三年間とどまり、その後また別のプログラムに移った。彼女はウェールズには帰ってこなかった。最初の一年ほど、わたしは何回かはがきを送ったが、彼女から返事が来ることはなかった。ご多分にもれず、はがきを出す回数はどんどん減り、ついに連絡を取るのをやめた。

ほぼ十年ほどたったある日、アメリカの出版社からファンレターが入った包みが送られてきた。その中に大きな硬い厚紙で保護した写真入りの封筒があった。開けてみると中身は背が高く脚が長い、とても美しい若い女性の宣伝用の写真だった。その女性はすばらしいキャバレー用の衣装を着て、大きな金色の頭飾りをつけていた。写真の下のほうに『リド・ドゥ・パリ』と印刷されていた。

写真の裏にはフェルトペンで短いメッセージが書かれていた。「これがわたしの家族です。この二年間わたしはプロのダンサーをしています。ダンスをして世界中に行きました。日本にまで。あなたが知りたいんじゃないかなと思ったので。愛をこめて、ジェシー」

トリイ・ヘイデンについて（訳者あとがきに代えて）

本書は二〇一九年にイギリスのPan Macmillan社から出版されたトリイ・ヘイデンの新作*Lost Child*の全訳です。彼女の作品が日本で最後に翻訳出版されたのが二〇〇五年の『霧のなかの子』ですから、日本の読者にはじつに十六年ぶりの作品になります。というわけで、トリイ・ヘイデンのことをよくご存じない読者の方も多いと思われますので、ここで改めて彼女の紹介をしておきたいと思います。

一九五一年にアメリカ合衆国モンタナ州で生まれたトリイ・ヘイデンは、大学で特別支援教育を専攻。のちに教育心理学の博士号も取得しています。その間、特別支援学級の教師をはじめとし、さまざまな研究所、福祉施設で障害をもつ子どもたちにかかわってきました。そんな彼女が作家としてのスタートを切ったきっかけは、特別支援学級の教師としてまだ経験も浅いころに、シーラというひとりの少女と出会ったことでした。この六歳の少女との出会いと、彼女と過ごした日々のことをどうしても書き留めておきたくて、出版のことなど考えずに書き起こした記録が、のちに*One Child*（日本語版『シーラという子』）として出版されることになりました。それが大評判となり、その後も彼女は教育の現場で出会った子どもたちのことを次々に書いて出版し、作家として活動することになったのです。彼女の作品は世界中の何十もの国で翻訳出版されています。

この『シーラという子』と続篇『タイガーと呼ばれた子』は、日本では早川書房から一九九六年に出版されましたが、出版と同時に一大ブームを巻き起こしました。一九九八年にトリイは早川書房の招聘で初来日し、いくつかの講演会で話し、NHK教育テレビにも出演しました。わたしもそれらの講演を聞きましたが、終演後、トリイにハグしてほしいというファンの列ができたのをよく覚えています。このときのことを、トリイは「日本に来る前は、友人たちから日本人はスキンシップを嫌うから、あまりそばに近づきすぎないように、といわれていたのに、向こうからハグしてほしいといってくるなんてびっくり」と笑いながら話していました。実際のトリイは大柄で、落ち着いた低めの声で話し、彼女にハグしてもらったら安心できる、と相手に思わせるような包容力に溢れた人です。以後、トリイのほぼ全作品が日本でも出版されましたが、彼女の著書は福祉や特別支援教育に携わる人たちに多く読まれ、その人たちにとって彼女はメンターのような存在になっています。

トリイは一九八〇年にイギリスのウェールズに移住し、八二年にスコットランド人の男性と結婚、八五年には娘を出産しています。障害児教育の専門家であり、アメリカでさまざまな経験を積んできたトリイですが、本書にも書いてあるように、移住した英国では外国人である彼女の職業としては作家しか認められませんでした。そういう事情もあってか、ウェールズに移ってからトリイはアメリカ時代に携わってきた子どもたちのことを次々と本に書いていきました。と同時に、ボランティアとしてなら認められる子どもたちとのかかわりも続けてきました。

そんな中で出会ったのが、本書の主人公ジェシーだったのです。本文中に娘が五歳とあるので、一九九〇年ごろの話だと思われます。

トリイはのちにウェールズからスコットランドに引っ越し、現在もそこに住んでいます。イギリスも新型コロナウイルスの感染がひどかったので、心配していましたが、最近彼女とやりとりしたメールによると、二度のワクチン接種も済ませ、元気にしているとのことでした。そして、この夏にもさらなる新作が出版されるとのこと。まだまだ創作意欲も旺盛なようです。

本書刊行を機に、トリイの代表作である『シーラという子』と『タイガーと呼ばれた子』が今年一月に早川書房から再文庫化されました。ご興味がおありの方はぜひ手に取って読んでいただければ、と思います。合わせて、トリイのこれまで日本で翻訳出版された作品をリストアップしておきます。

ノンフィクション

- 『シーラという子——虐待されたある少女の物語』一九九六年（*One Child*, 1980）
- 『タイガーと呼ばれた子——愛に飢えたある少女の物語』一九九六年（*The Tiger's Child*, 1995）

・『よその子——見放された子どもたちの物語』一九九七年（*Somebody Else's Kids*, 1981）
・『檻のなかの子——憎悪にとらわれた少年の物語』一九九七年（*Murphy's Boy*, 1983）
・『幽霊のような子——恐怖をかかえた少女の物語』一九九八年（*Ghost Girl*, 1991）
・『愛されない子——絶望したある生徒の物語』一九九八年（*Just Another Kid*, 1988）
・『ヴィーナスという子——存在を忘れられた少女の物語』二〇〇二年（*Beautiful Child*, 2002）
・『霧のなかの子——行き場を失った子どもたちの物語』二〇〇五年（*Twilight Children*, 2005）
・『うそをつく子——助けを求められなかった少女の物語』二〇二一年（*Lost Child*, 2019）**本書**

フィクション

・『ひまわりの森』一九九九年（*The Sunflower Forest*, 1984）
・『機械じかけの猫』二〇〇〇年（*The Mechanical Cat*, 1999）
・『最悪なことリスト』二〇〇四年（*The Very Worst Thing*, 2003）

※すべて早川書房刊、入江真佐子訳。（　）内は原書タイトルと原書出版年。

二〇二一年七月

入江真佐子

解説　希望の書

原宿カウンセリングセンター
信田さよ子

二十五年前に起きたこと

『シーラという子』というタイトルの本が書店に平積みされているのを見たのは、たぶん一九九六年だったと思う。カバーの絵を今でも思い出すことができる。それほど記憶に鮮明に残っているのに、私は手にとって読むことはなかった。それには理由がある。

日本でアダルト・チルドレン（ＡＣ）という言葉が急速に広がり、一種のブームを巻き起こしたのは一九九六年である。その前年、一九九五年の十二月に当時共同通信記者だった西山明さんが『アダルト・チルドレン――自信はないけど、生きていく』（三五館）という本を出版され、異例の売れ行きを示した。それはちょうど私が原宿カウンセリングセンターという開業心理相談機関を開設した時期とも重なっている。そしてこの年は阪神・淡路大震災とオウム真理教による地下鉄サリン事件が起きた年でもあった。

西山さんの本が皮切りとなり、ACという言葉はあれよあれよという間に広がり、テレビをはじめとするメディアでも大きく取り上げられるようになった。当時まだインターネットは一般化していなかったので、ACに関心を持つひとたちはこぞって本を買ったのである。一九九六年の八月、五十歳になった私が『「アダルト・チルドレン」完全理解』（三五館）を出版できたのも、そのような流れがあったからだ。

当時、書店ではアダルト・チルドレンと名が付けば本が売れるという状況だった。大きな書店にはACコーナーまで登場し、被虐待経験を書いた翻訳本が平積みになっていた。当時の私はあまりの類似本の多さに内心辟易していたのである。たぶんそんな理由で一九九六年の私は『シーラという子』を手に取らなかったのだ。しかしカバーの絵とトリイ・ヘイデンという著者の名前は記憶に残っていた。

それから二十五年が過ぎ、今回本書を改めてじっくり読む機会を与えられ、たて続けに『シーラという子』『タイガーと呼ばれた子』を読了してしまったのである。

日本での子ども虐待の歴史

ここで日本における子どもへの虐待（以下虐待と略す）がどのように扱われてきたのか。その歴史を簡単に述べよう。

読者の多くが、虐待死事件に心を痛め、日本ではどんどん虐待が増えているのではないかと考えていらっしゃるだろう。しかしそれは正確ではない。もともと虐待という言葉は、日本では極めて限定的につかわれていた。

戦後の混乱期に端を発する「捨て子」を虐待の代表としてとらえてきたのである。貧困のあまり親から捨てられた子どもは、孤児院（養護施設）に収容された。実の親から捨てられたかわいそうな子どもたちと、孤児院での悲惨な生活というテーマは一九五〇年～一九六〇年代の少女マンガの主要なテーマのひとつだった。裏返せば、生活レベルが上がれば虐待＝捨て子はなくなるはずであり、実の親はみんな子どもをかわいがるものだと考えられていたのだ。

しかし一九七〇年代に入るとこれを裏切るような事件が多発する。コインロッカーに新生児が捨てられる事件が数多く報道されるようになった。高度経済成長によって日本の生活レベルは向上し、猛烈社員の時代が到来していたのだから、この現象は従来の貧困を要因とする虐待観をくつがえすものだった。村上龍の『コインロッカー・ベイビーズ』（講談社、一九八〇年）は生活に困らないが子どもを捨てる母たちを描いた作品として位置づけられる。こうして一九七〇年代から子どもの虐待は、「育児環境」「母性」の問題へとシフトしたのである。

次の転機は一九九〇年代に入ってから生じた。日本のバブル経済の崩壊によって中小企業などの倒産が相次ぎ、徐々に日本は低成長社会へと転換していくことになる。これは新たに貧困層を生み出し、虐待死の増加にもつながった。大阪や東京で、医療者や弁護士などを中心とした子ども虐待防止を掲げる民間団体が生まれメディアにもとり上げられることで、家族という閉ざされた世界で起きている虐待への注目が広がったのである。

トリイ・ヘイデンが虐待問題にアメリカで取り組み始めたのは、約四十年前の一九七〇代末のことだ。当時のアメリカは、一九七五年に終わったベトナム戦争の影響で虐待やＤＶ（ドメスティック・バイオレンス）などの家族内暴力や、アルコール・薬物依存症者が著しく増加していた。ＡＣという言葉がアメリカで誕生したのは、そんな背景をもっている。

一九九六年のＡＣブームはこのような虐待への取り組みの延長線上で起きたといってもいい。アダルト・チルドレンとは端的に言えば、子どもは親の被害者であることを宣言する言葉だ。それは、「家族」「親子関係」「親の愛」までも疑う、広い射程をもっている。

虐待への注目を加速化させ、さらに深化させたのがＡＣだったのかもしれない。二〇〇〇年には「児童虐待防止法」が制定されることになった。

希望に満ちた一冊

「このうえなく悲惨で、現実にあってはならないこと」、虐待についてこう思わない人はいないだろう。その自明性がかえってそれについて書くことを難しくしている。カウンセリングで長年虐待問題にかかわってきた立場から、そう思う。書く人がどんな立場に立っているかが明確に浮かび上がるからだ。

本書の特徴はなんだろう。一言でいえば実にバランスのとれた、希望に満ちた虐待の書ということになろう。著者が医師でなく公的な行政機関に属していないことも大きい意味を持っている。虐待は病気・病理という精神医学の視点を抜きにしてとらえるべきだと思うからだ。では心理学的立場ならいいのか。本書でもしばしば登場するが、九〇年代以降の欧米の虐待に対する施策は、きわめてシステマティックに運営されている。個人の力量によって差が生まれないように、援助の「品質保証」が至上命題となったからだ。その結果として、虐待を受けた子どもへのケアの中心はプログラムを提供することへと変わっていった。この変化は虐待だけでなく、DVも、アルコール依存症も同じで、専門家がプログラムを作成し、その効果を測定する。その結果（＝証拠＝エビデンス）によって、プログラムは改変されたり不採用となったりする。

エビデンス中心主義ともいえる変化への嘆きが本書の至るところに書かれていて、深く共感させられた。個人の技量（スキル）に頼ることは、たしかに住民へのサービスの質をばらけさせるだろう。こうしてエビデンスが明確なプログラムを実施することが、虐待対応の中心となる……こんな潮流は二十一世紀の日本でも主流になりつつある。

一九八〇年からウェールズで仕事をしている著者は、このような流れを嘆きながら、それでも自分のやり方を変えずに目の前の子どもたちとかかわりつづける。本書で、シーラのころとほとんど変わりない態度で主人公に接する著者の姿に私は感動した。

日本でも公認心理師という国家資格が誕生した。私たちの仕事も行政の影響を受けることになるだろう。いっぽうで心理の仕事は、精神科医とどのように連携するかが問われてきた歴史がある。そんな舵取りが難しい職種の苦労も本書から立ちのぼる気がして、その点も共感させられた。

近年トラウマに関する研究が進むことで、親からの虐待が子どもに与える影響がどれほど深いか、そして長期にわたるかが明確になりつつある。それは新たな援助方法の開発につながっているが、多くのひとたちは相変わらず「虐待の世代間連鎖」という呪いから自由になれないでいる。

本書が訴えかけているのは、その子供がどんな悲惨な経験をしようと、ひとりの人間として正面から長期にわたりかかわってくれる援助者がいれば、必ず希望があるということだ。どれほどエビデンスが積み重ねられようと、息長くあきらめずに信じつづけてくれる援助者の存在にまさるものはない。私たち援助者にとっては勇気を、そして多くの読者には希望を与えてくれる一冊である。

うそをつく子《こ》
助けを求められなかった少女の物語
2021年8月10日　初版印刷
2021年8月15日　初版発行
*
著　者　トリイ・ヘイデン
訳　者　入江真佐子《いりえまさこ》
発行者　早　川　　浩
*
印刷所　株式会社亨有堂印刷所
製本所　大口製本印刷株式会社
*
発行所　株式会社　早川書房
東京都千代田区神田多町2－2
電話　03-3252-3111
振替　00160-3-47799
https://www.hayakawa-online.co.jp
定価はカバーに表示してあります
ISBN978-4-15-210040-5　C0098
Printed and bound in Japan
乱丁・落丁本は小社制作部宛お送り下さい。
送料小社負担にてお取りかえいたします。

ハヤカワ・ノンフィクション

イヌは愛である
―「最良の友」の科学―

DOG IS LOVE
クライブ・ウィン
梅田智世訳
46判上製

イヌと人、その絆の謎を科学が解く。

「イヌは感情をもち、人を愛するか?」。研究者たちが恐れ、避けてきた究極の疑問に、先駆者が挑む。研究所を飛び出し、分野の最先端を進む日本の大学や、「イヌのようなキツネ」を育てる旧ソ連の研究施設にも答えを求めた、その先にある結論とは。解説/菊水健史

ハヤカワ・ノンフィクション

わたしが看護師だったころ

―命の声に耳を傾けた20年―

THE LANGUAGE OF KINDNESS

クリスティー・ワトスン

田中 文訳

46判並製

「命の現場」を綴る、心震えるノンフィクション

内科病棟で認知症の患者を抱きかかえながらベッドシーツを換え、火災で致命傷を負った少女の髪を洗い続ける。看護とは、「優しさ」という言語を使ったコミュニケーションなのだ……ロンドンで看護師として働き、現在は小説家として活躍する著者による回顧録

ハヤカワ・ノンフィクション

闇の自己啓発

江永 泉&木澤佐登志&ひでシス&役所 暁

46判並製

〈人間〉を超越せよ

ダークウェブと中国、両極端な二つの社会が人間の作動原理を映し出し、ＡＩや宇宙開発などの先端技術が〈外部〉への扉を開く。反出生主義を経由し、私たちはアンチソーシャルな「自己啓発」の地平に至る。話題騒然のｎｏｔｅ連載読書会「闇の自己啓発会」を書籍化

ハヤカワ・ノンフィクション

ＳＦプロトタイピング

―ＳＦからイノベーションを生み出す新戦略―

宮本道人 監修・編著
難波優輝＆大澤博隆 編著

４６判並製

ビジネスは想像力。

ＳＦを通じて未来をプロトタイプし、そこからの逆算＝バックキャストで製品開発や組織変革の突破口を開く――ＳＦプロトタイピングと呼ばれる手法がいま、ビジネス界で熱い注目を浴びている。主要な面々による座談会＋論考でその最前線に迫る、本邦初の入門書

ハヤカワ・ノンフィクション

実力も運のうち
能力主義は正義か？

THE TYRANNY OF MERIT

マイケル・サンデル
鬼澤 忍訳
46判上製

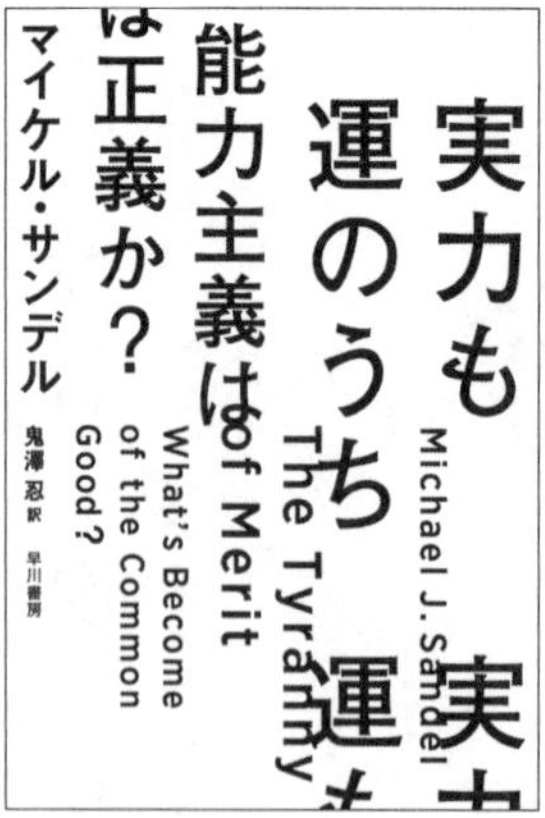

サンデル教授の新たなる主著！

出自に関係なく、人は自らの努力と才能で成功できる――こうした能力主義《メリトクラシー》の夢は残酷な自己責任論と表裏一体であり、勝者と敗者の間に未曾有の分断をもたらしている。この難題に解決策はあるのか？　ハーバード大の超人気教授の新たなる主著。解説／本田由紀